사랑과 혁명 그리고 퀘스트

히든SF 타임라인

위래
남세오
해도연
이하진
최의택
이산화

그래픽

The Love,
The Revolution and
The Quest

006

074

116

200

204

318

위래	**마젠타 C. 세레스의 사랑과 혁명**
남세오	**벨의 고리**
해도연	**거대한 화구**
이하진	**지오의 의지**
최의택	**아니디우스 레푼도**
이산화	**마법사 에티올의 트루 엔딩 퀘스트**

마젤타 C. 세레소의 사랑과 혁명

위래

2010년 8월 네이버 오늘의 문학에 <미궁에는 괴물이>를 게재하며 첫 고료를 받았다. 이후 여러 지면에서 꾸준히 장르소설을 썼다. 소설집 『백관의 왕이 이르니』를 출간하고, 웹소설 <마왕이 너무 많다>와 <슬기로운 문명생활>을 연재했다. 최근 경장편 『허깨비 신이 돌아오도다』를 출간했다.

"류진은 어떤 사람이었죠?"

내 질문에 같은 테이블에 앉아 있던 세 사람이 시선을 교환했다. 나는 무심한 척 젓가락을 들었다. 나는 젓가락질을 할 줄 몰랐지만 나와 결합된 내가 아닌 나머지 부분은 그렇지 않았다. 나는 앞서 관찰한 식사 예절을 따라 이름 모를 야채 짠지를 집어들어 입에 가져간 뒤 숟가락을 퍼서 밥알을 씹는다. 이런 식문화는 처음이지만 평생을 먹어온 것처럼 혀가 움직인다. 혀나 구내를 씹는 불상사는 일어나지 않았다. 이제는 유일한 내 팀원인 앤서니 G. 프뢰벨이 미소지으며 말했다.

"음, 듣는 사람이 어색한 질문일 수 있다는 건 알고 있지?"

"그럼요. 당사자가 나서서 자신이 어떤 사람이었냐고 물어보는 게 흔한 일은 아니겠죠."

숟가락에 잠깐 내 얼굴이 비쳐 보인다. 눈매가 뾰족하다. 무심하게 말한다면 시비를 거는 듯한 인상이다. 입가를 살짝 올리고 부드러운 말투를 쓸 수 있도록 주의한다.

식탁 끝 쪽에 앉은 로렌조 카르발류가 퉁명스럽게 말했다.

"자료를 찾아보진 않았나?"

"레코드에 접속하려면 액세스 카드가 있어야 한다더라고요. 류진의 옛 소지품은 조사 명목으로 모두 압류됐고요."

로렌조는 당황스러운 표정을 짓고, 소리에 세사이를 바라보았다. 로렌조는 이번 사건의 조사관보고, 소리에 세사이는 조사관이었다.

소리에는 눈썹을 살짝 찡그리곤 말했다.

"생활에 문제가 생길 줄 미처 파악하지 못했다. 미안하다. 두 시간 이내 액세스 카드를 재발급하겠다."

"고마워요."

만져 보지 않아도 부드러움을 알 수 있을 곱슬 단발이 나를 돌아보았다.

앤서니가 말했다.

"유명자와 일인칭 개인은 동일인이니, 결국 우리가 묘사하는 일인칭 류진은 유명자 류진과 크게 다르진 않을 거야. 네가 레코드를 통해 알아보는 쪽이 더 효율적으로 정보를 입수하는 방법이겠지."

"이전의 제가 그랬던가요."

"뭘."

"효율적인 쪽을 좋아한다고."

그러면서 한 손으로 입가를 살짝 가린다. 웃음기를 숨기려는 듯이. 식문화로 유추되는 문화권에선 일반적인 습관이다.

"아니면 저와 이야기하는 게 싫으시다거나."

앤서니가 웃음을 터트린다.

"그럴 리가."

소리에는 가볍게 머리를 절레절레 흔든다. 로렌조는 입술을 살짝 비튼다. 류진에게 있어 기대되는 반응들이다. 이번 제스처도 성공적이다. 저들은 아직 나를 류진이라 생각하고 있다.

"그럼 이야기해 주세요. 류진이 여러분과 어떤 관계였는지 궁금하니까요."

그러자 기다렸다는듯 앤서니와 소리에, 로렌조가 이야기를 시작했다. 이중 류진과 같은 보안팀이었던 것은 앤서니뿐이지만, 소리에와 로렌조 또한 행정팀에서 보안팀을 서포트했기에 마주할 일이 많았다는 모양이다. 첫 이야기는 류진이 가지고 있던 사소한 버릇들에 대한 것이었다. 류진이 왼손 손등을 오른손으로 가리는 버릇이 있다던가, 버섯을 먹지 않는다던가, 정리정돈에 서툴다던가 하는 사소한 것들이었다. 말하는 이들도 이런 종류의 사사로운 생활감은 레코드로도 알 수 없을 것이라 짐작했다. 내게 있어서는 꼭 필요한 것들이므로 각각의 에피소드들을 꼼꼼히 기억해 두려고 했다.

이야기는 자연스럽게 유명자 류진으로 이어졌다. 최초의 류진, 그러니까 유명자가 되기 이전의 류진은 대략 8세기 이전 노프시아 성계 사람이었다. 류진이 태어난 노프시아 성계는 대단절을 겪은 후 인구를 부양할 주요 기술들을 소실하는 바람에 주둔 중이던 연합 지역사령부 관할 부대와 노프시아 방위군 군벌이 각각 군사 독재로 체재를 전환하여 얼마 없는 자원을 두고 끝없는 전쟁을 치르고 있었다.

주요 군벌이었던 류서윤 원수의 서자로 태어난 류진은 제왕학과 군사학을 익히며 자라났고, 중앙사관학교에 입학한 뒤 노프시아 제3방위군 소위로 임관해 노프시아 성계 전쟁에 참전, 기적과 같은 전술을 연이어 성공시키며 불과 27세 나이에 원수의 바로 아래 계급인 대장군에 취임한다. 하지만 천재 지휘관에게도 모든 일이 쉽게 풀리진 않았다. 성계 통일을 앞둔 때에, 가문 내 파벌 싸움에 패배한 류진은 겨울잠 계획에 강제 참여하게 된다. 의학과 생리학, 의뇌 기술을 실전한 성계에서 흔히 볼 수 있었던 겨울잠 계획은, 유능한 인물을 동면시킨 뒤 위기 때마다 깨워 활용한다는 아이디어에서 비롯되었는데 본래의 취지보다는 정치적 목적으로 더 많이 쓰이곤 했다. 정적을 미래로 귀양 보내는 것이다. 류진은 잠들고 깨어나기를 반복하며 약 3세기 동안 가문과 성계 내전에 이용당했다. 그러다 5세기 이전, 노프시아 권역을 침공한 제국 원정군을 방어해낸 뒤 자신이 응당 가졌어야 할 권력을 찬탈하고, 노프시아 성계를 공화정으로 되돌리고 식민지를 모두 독립시킨다. 이후 2세기가 더 지난 뒤 관문선이 도착해 노프시아 성계가 연합에 소속되고 자신의 청사진은 연합 레코드에 올려넣었다. 그렇게 하여 유명자 류진이 탄생한 것이다.

불세출의 천재 지휘관을 필요로 하는 곳은 셀 수 없이 많았다. "하나의 계, 한 명의 유명자"라는 도플갱어의 규칙을 따른 한도 내에서, 연합이 청사진에 요구하는 값비싼 복제권을 구매할 돈과 유명자에 대한 복잡한 규제를 따를 수 있었던 우주의 수많은 군사 단체에서 류진의 청사진을 내려받아 협력을 구했다.

류진은 무수한 무명자 지휘관들, 또는 자신과 같은 다른 유명자 장군들, 가끔은 또 다른 자기 자신과 대치했고, 승리했다. 류진은 노프시아 성계는 물론 연합이 관문을 잇고 있는 250여 개 성계에 그 이름을 떨쳤다. 이제 류진의 이름이 단순 유명자가 아닌 고전으로 자리잡았음을 부정하는 사람은 없을 터였다.

이런 정보는 레코드를 검색하면 나오는 지식이지만, 이야기를 하면서 세 사람이 류진에 대해 어떻게 생각하는지를 알 수 있었다. 소리에는 동경을 담은 태도다. 듣자하니 소리에는 아동을 대상으로 한 몇 가지 유명자 텍스트를 들으며 자랐고, 류진과 같은 지휘관을 꿈꾸며 전함에 탑승한 적도 있는 모양이다. 로렌조는 다소 뚱해 보인다. 로렌조는 류진처럼 유명자이지만 그 유명세는 류진만은 못하다는 것 같다. 일종의 자존심 문제로 보인다. 앤서니는 명백히 애호를 가지고 있지만, 어느 정도 자중하고 있다. 본인이 앞에 있기 때문일지도 모른다. 류진이 앤서니와 함께한 시간이 많았다는 것을 염두하면 자신을 치켜세우는 이야기를 부끄러워했을 가능성이 높아 보인다. 나는 류진의 지인들을 거울 삼아 류진의 형상을 더듬더듬 만들고 있었다.

"제가 그런 사람이라는 게 믿기지 않네요."

"너무 걱정할 건 없어. 이 함선에선 지금의 너에게 그런 기대를 하지는 않을 테니까. 네 자전적 기억이 사라지면서 작업 기억에도 손상이 있었을 테지. 가속 동안 푹 쉬어도 괜찮아."

"그 이야기가 아니에요."

나는 가볍게 손을 내저으며 불안한 말을 내뱉기 전의 암시로 세 사람의 시선을 피한다.

"저는 사람을 일곱이나 죽였으니까요."

그 말에 식탁에 앉아 있는 사람들은 내 말을 의식해 천천히 움직임을 멈춘다. 앤서니 또한 나를 가만 바라보기만 했다. 이건 나쁜 신호인가? 그럴지도 모른다. 하지만 나는 그렇게 판단하지 않았다. 내 의문은 정당했다. 내 내면에 류진이라는 인물상이 완전히 갖춰지진 않았으나, 기억 상실 이전의 자신이 저지른 살인에 대해 의문을 느끼는 것은 보편적인 사고다.

나는 확신을 가지고 말을 이었다.

"그렇지 않나요? 유명자 류진은 그야말로 누구나 우러러 볼 위인인데도요. 아무런 이유 없이 살인을 저지르지는 않았겠지만, 그렇다고 죽은 사람들에게 죽을 만큼의 이유가 있었을 거라고 생각하지도 않아요. 죽은 사람들 모두 유명자였으니까요. …제가 너무 껄끄러운 이야기를 꺼냈나요?"

앤서니가 내 왼손에 자신의 손을 올렸다.

"그렇지 않아, 류진. 네가 저지른 기억이 없는데도 살인을 했다고 하니 당연히 불편하겠지. 하지만 살인자 류진은 편집기를 통해 자신의 기억을 완전히 파기했고, 따라서 지금의 너와는 연속성이 일치하지 않아. 다른 사람이란 말이지. 물론 함선에는 기억의 파기를 자살로 보지 않는 사람들도 있긴 해. 특히 유명자들은 완전히 다른, 머나먼 성계에서 오기도 했으니까 문화적 차이가 있겠지. 하지만 단장님이 널 처벌하지 않겠다고 공인한 이상 어쩌진 못할 거야."

나는 앤서니의 손을 맞잡으며 눈가에 눈물이 맺히도록 두었다. 예상보다 더 많이 감정이 움직인다. 류진과 앤서니가 예상보다 친밀한 관계였을 거라고 짐작하며 내 감정이 도랑에 물이 흐르는 걸 보듯 내버려두었다. 하지만 앤서니가 공감을 위시로 논점을 회피했다는 것도 인식한다. 속아 넘어가야만 할까? 나는 그러지 않기로 했다. 나는 부드럽게 앤서니의 손 아귀에서 손을 빼냈다.

"고마워요. 하지만 류진이 왜 사람들을 죽였는지 알아야만 한다고 생각해요."

"그건…."

"그쯤 해, 앤서니."

앤서니의 말을 끊은 것은 로렌조였다. 얼핏 보면 피곤해 보이는 인상의 짙은 피부색의 사내다. 최초의 로렌조는 13세기 이전 사람으로 요툰 성계 내에서 활동했던 유명한 비밀요원이었다. 듣기로는 수백 년을 이어져 내려오는 스파이물 시리즈가 있고, 어떤 버전에선 유명자 로렌조 본인이 본인 역을 맡은 작품도 있다고 한다. 하지만 이름과 얼굴이 알려진 요원이란 그 가치가 한정적일 수밖에 없다. 함선 내에서의 본래 역할은 암호해석학과 문헌학 연구자라는 것 같았다.

"지금 류진에게 정보를 숨긴다고 해서 영원히 숨길 수 있는 것도 아닐 테니까. 류진은 호기심이 많고, 그 호기심을 충족시켜야만 하는 종류의 사람이었지. 무엇보다 류진이 왜 살인을 했는지 정도는 모두가 가늠하고 있잖아."

좋은 반응이다. 대화의 초점이 류진에서 류진의 살인으로 자연스럽게 옮겨간 것을 보아 류진은 평소에 감정적 호소에 동조 받는 것으로 만족하거나, 은근한 위력에 물러서는 성미가 아니었다는 걸 알 수 있다. 물론 이들은 내가 류진이 아니라는 걸 의심조차 하고 있지 않겠지만.

내가 질문했다.

"조사관보님은 류진이 왜 사람들을 죽였는지 아시나요?"

"레코드에서 유명자 류진을 검색했다면 너도 파악할 수 있었을걸. 류진은 권력지향적인 인간이야. 모든 집단에서 항상 최고의 자리를 요구했지. 유명자 류진이 크건 작건 그룹 내 배후에서 사람들을 조종하고 그 머리 위에 올라서려고 했던 사건은, 우리 함선이 아니더라도 꽤나 흔했던 일이야."

"살인으로 이어진 경우도 있고요."

"솔직히 말해서… 일곱이면 다행이지."

탑승하고 있는 함선 '신성모독'의 유명자를 비롯한 승무원 전원들은 계급이 있긴 하지만 실제 생활에서는 수평적인 구조를 지향하고 있는 것 같았다. 로렌조의 말이 사실이라면 류진은 이 상황을 그리 달갑지 않게 느꼈을 가능성도 있다.

"류진은 반란을 획책했다는 말이군요."

밥을 먹으며 듣고만 있던 소리에가 수저를 놓고 목을 가다듬었다. 소리에는 명목상 로렌조의 상관이고, 류진에 의한 살인을 조사하는 임시 지위를 가지고 있었다. 나는 지난 며칠 동안 로렌조와 함께 계속 소리에의 얼굴을 마주하며 면담을 해야 했다.

"류진은 구체적인 계획을 누군가에게 발설하지 않았으니 명확한 증거는 없다. 이런 작은 함선에서는 비밀이랄 게 없으니까, 일을 꾸몄다면 증거가 있었을 확률이 높다. 하지만 이번에 죽은 승무원 중 하나가 로렌조에게 귀띔한 적이 있었다. 류진이 뭔가 일을 꾸미는 것 같다고."

"폐함의 구획 정찰을 나가기 직전에 내게 그렇게 말했었지. 류진은 자신의 팀원들이 구획 정찰을 나가 함선과 거리가 멀어졌을 때를 노렸던 거야. 화기로 무장을 하는 건 보안팀밖에 없으니 보안팀 팀원들이 류진의 반란에 동참했다면 함선이 위험했겠지. 실제로 살인이 일어나는 동안 류진이 중계기를 파괴하는 바람에 채널이 막혀 있기도 했고, 저장된 통신 내용도 없지."

"하지만 류진의 설득은 다른 승무원들에게 먹혀들지 않았다. 류진이 생각했던 것만큼 팀원들이 동조해 주지 않았던 것이다. 그러던 중 말다툼이나 오해, 사고로 전투가 시작됐거나 아니면 입막음을 위해 류진은 다른 팀원들을 살해했다. 그리고 함선으로 돌아가봤자 처벌을 받을 게 뻔하니 폐함의 편집기를 통해 뇌를 새하얗게 밀고 자살한 거지."

그러고 보면 함선 내 승무원들은 내게 거리를 둘지언정 생각보다는 살인을 화제로 두지 않는 것 같았다. 아마 나름의 배려도 있겠지만 다들 쉽게 답을 내릴 수 있었기 때문일지도 몰랐다.

나는 어색하게 웃었다.

"그렇게 추론하신다는 건, 다른 승무원들이 문제를 일으켰을 가능성은 없다고 보시는 거군요."

"유감이지만, 그렇다. 다른 보안팀 승무원들에게 문제가 없었을 거라고 확답하는 건 아니다. 하지만 류진의 권력 지향이나 지배 선호 성향에 대해서는 널리 알려진 사실이다. 류진 본인도 잘 알고 있었고. 반면 다른 보안팀 팀원들은 단시간에 살인을 계획하거나 충동적으로 살인을 저지를만큼 불안정하진 않았다."

"적어도 류진만큼은 아니었지."

앤서니가 변호하듯 말했다.

"달리 말하자면, 류진은 그런 위험을 감수하고서라도 태울 만한 유명자라는 말이기도 하죠. 단장님은 아마 운이 나빴다고 생각하는 것 같더라고요."

로렌조가 덧붙였다.

"널 두둔하려는 건 아니지만, 유명자들은 일반적인 인간들보다 뾰족한 편이야. 정신적으로 불안정한 사람들이 있지. 마젠타 세레스 같은 데몬이라든가."

"아무리 그래도 류진을 마젠타랑 비교할 수는 없죠."

"그게 누구죠."

나는 차마 흥미를 속이지 못하고 되물었다.

소리에가 답했다.

"마젠타 콩루시오 세레스. 약 24세기 이전 출생. 유명자. 출생지는 태양 성계로 추측한다. 제국 시대에서 활동했으며 황제의 친애를 받은 장군으로 알려져 있다. 제국 폐함에서 청사진이 발견되는 경우가 잦으나 연합 규정에 따라 마젠타의 청사진을 레코드에 올려넣거나 폐함에서 내려받는 것은 금지된 사항이다."

"왜죠."

"마젠타가 데몬이기 때문이다. 데몬은 내려받았을 때 공동체에 위험을 가져오는 특정한 유명자들을 지칭한다. 마젠타의 경우, 마젠타를 내려받은 공동체는 평균 6일 이내 괴멸적인 타격을 받는 것으로 알려져 있다."

"괴멸적인 타격이라고 하면…."

"공동체 구성원 전부가 살해되거나 사고로 파괴되는 것을 말한다. 하지만 연합 기록에서도 증거가 불충분하며, 최근 요툰 성계 내에선 5세기 동안은 마젠타를 내려받은 사례 자체가 없어 전설 또는 미신으로 치부된다."

"…흥미롭네요."

무심코 내뱉은 말이었기에 실수했다고 자책했지만, 로렌조가 곧장 고개를 흔들었다.

"역시 기억이 사라졌다지만 근본이 바뀌진 않은 모양이군."

내가 설명을 바라며 앤서니를 바라보았다.

"유명자들은 연합 내 온갖 성계에서 내려받으니까, 그만큼 잘 알려진 라이벌들도 있어. 마젠타는 류진이 맞서 싸웠던 유명한 숙적이야. 당시 유명자 마젠타는 제국 원정군을 이끌고 노프시아 성계로 진입했고, 겨울잠에서 깨어난 류진이 마젠타를 상대해야 했어. 기억을 잃었다지만 류진의 몸은 그 이름을 잊고 있지 않은 모양이지."

나는 천천히 고개를 끄덕였다. 그런 일이 있을 수도 있겠구나 납득하듯이.

"뭐, 주의해야겠군요. 선상 반란을 일으키지 않으려면요."

"걱정 마. 자전적 기억이 사라진 이상 너는 이전의 류진과 완전히 다른 사람이니까."

앤서니를 바라본다. 끝이 늘어질 것만 같은 긴 속눈썹 사이로 앤서니가 나를 바라보았다. 앤서니는 완전히 내 편이다. 내가 당장 살인을 하고 왔다 하더라도 내 편이 되어줄 것만 같다. 소리에는 아닌 척하지만 나에 대한 의심을 거둔 것으로 보인다. 하지만 로렌조는?

"글쎄. 근본적인 기질이 바뀔 것인지는 모를 일이지."

나는 로렌조와 눈을 맞췄다. 단순히 나에 대한 경고로 하는 말처럼 느껴지지 않았다. 말투도 날카롭고 표정도 무심하다. 하지만 류진을 정말로 증오하고 미워한다면 저렇게 말을 걸지는 않을 것이다. 나는 류진과 로렌조와의 관계를 유추했다.

"제가 또다시 잘못을 저지르려고 한다면, 그때는 잘 부탁드리죠. 로렌조 카르발류 씨. 이전의 류진이 저지른 잘못이 반복되지 않도록요."

그 말에 로렌조는 대답도 없이 눈을 돌리고 식판을 들고 자리에서 일어났다. 하지만 이것은 실수가 아니라고 확신할 수 있었다. 로렌조는 사라져 버린 류진을 그리워하고 있었고, 내가 똑같은 행동양식을 내보인 것에 내심 기뻐하는 것이다. 그리고 그 기쁨을 드러내지 않기 위해 황급히 도망친다. 고개를 돌려 입가를 가리는 것이 그 증거였다.

나는 류진으로서의 역할을 끝내고 내 방으로 돌아왔다. 일을 잘 마친 것은 기뻐할 일임에도 마음이 들뜨지 않았다. 오히려 가을 비를 맞고 바닥에 차갑게 들러붙은 낙엽과 같다. 의문은 하나도 풀리지 않았다.

류진은 숙적이었던 나, 마젠타 콩루시오 세레스를 왜 자신의 머리에 내려받은 것인가?

◇ ◇ ◇

복도는 따뜻한 열을 내뱉고 있었다. 육각형 격자 안에 자리 잡은 쿠션은 표백되어 있어 재질을 알아보기 힘들었다. 하지만 맨발로 복도에 들어서자 발바닥에 닿는 감촉은 사람의 살갗과 다름없어, 등골을 타고 오르는 오싹한 느낌이 있었다. 귀족 고위층들이나 황실에서 쓴다고 알려진 살갗 자재임을 알아보았다. 사람을 밟고 있다는 기분이 다소 가시자 발바닥을 감싸는 듯한 푹신한 감각과 사람의 온기가 마치 포옹을 받는 느낌이 들어 기분이 좋아졌다.

리크비엘은 퍼덕이며 앞서가다가 나를 살짝 돌아보았다.

"사소한 소란이 있었다고 들었습니다, 마젠타."

품에 안을 수 있는 구형의 몸체 한가운데에는 커다란 외눈이 박혀 있고, 뒤로는 커다란 두 쌍의 날개가 자라 있다. 천사의 동체를 두르고 있는 붉은 천과 은세공 장식 덕에 그 지위가 높다는 걸 알 수 있다. 일반적인 천사는 범죄자를 몸갈이하는 것이지만, 고위 천사는 황가에 충성을 맹세한 귀족의 자제들이다. 리크비엘은 황제의 대리인으로 나와 안면이 있었다.

"공격을 받았다고요."

"별일은 아니었습니다, 리크비엘 님. 행진 도중에 공격이 있었지만 황제 폐하의 친위대가 제 곁에 있어 발빠른 대처를 했습니다."

"공격자가 누구인지 알고 있습니까."

"자리에서 빠져나오느라 정확히 확인하진 못했지만, 듣자하니 반란군의 자식 중 하나라더군요. 현장에서 처형당한 것으로 압니다."

"놀랐겠군요. 승천을 미뤄도 되었을 텐데요."

"반역도당 사이에서 첩자라는 것을 들킬 뻔한 적도 있고, 반대로 이단심문관들이 저를 의심해 처형당할 뻔한 적도 있습니다. 이 정도의 위협은 사소한 일이죠. 승천은 제가 평생을 걸어온 목표입니다. 무엇보다 황제 폐하를 헛걸음시킬 수는 없는 노릇이지 않겠습니까."

천사는 다시 앞서 날아갔다.

"'은총'은 어떻습니까, 마젠타."

"아직은 잘 모르겠습니다."

나는 코를 더듬더듬 만졌다.

"이런 시술로 폐하에 대한 제 마음이 바뀔까요."

승천을 하기 위해서는 단순히 제국 고위 관료의 지위를 얻는 것만으로는 부족하다. 황제 폐하가 인정하는 위업을 이뤄야만 한다. 그리고 하나의 조건이 더 있다. 승천이 결정된다면 그전에 반드시 치러야만 하는 의식이 있는데, 그것이 바로 은총이었다. 하지만 은총에 대해서는 많이 알려지진 않았다. 전신마취 후 이뤄지는 간단한 시술이지만, 이러한 시술은 외부에 밝혀지지 않고 승천자들은 비밀을 지킨다.

천사가 말했다.

"궁 밖에서 은총에 대한 이런저런 소문이 떠도는 것 정도는 알고 있습니다. 황제 폐하에 대한 영원한 충성을 약속하는 세뇌가 이뤄진다든가 하는. 하지만 겪어 보셨으니 아시겠지요. 그런 종류의 수술이 아니라는 건."

"네."

두개골을 절제한 흔적은 없다. 체내에 약물이 돈다면 호르몬 조절 이상에 대한 신체적 반응이 느껴져야만 한다. 비강 내부를 중심으로 하는 얕은 통증과 열감, 붓기가 있지만 그리 심하지는 않다. 기분도 변화가 없다. 상처가 아물고 신체가 안정될 정도로 긴 시간이 지난 것일까? 승천 행진 이후 황궁으로 들어와 시술을 받고 나서까지 시계를 확인해 보지는 못했다. 하지만 그럴 기회가 없었던 건 아니다. 시간의 흐름을 확인하는 행위 자체가 은총과 황제에 대한 불신을 드러내는 것이기 때문에 피했을 뿐. …무엇보다 황제를 생각했을 때 그 어떤 감정의 동요도 들지 않는다.

하지만 말 잘 듣는 개로만 받아들여져도 곤란하다. 개를 기르는 사람은 말을 듣지 않는 개를 길들였을 때 더 좋아하니까.

"하지만 은총이 세뇌와 비슷한 종류의 시술일 거라고 짐작은 합니다."

"왜 그렇게 생각합니까."

리크비엘은 아무렇지도 않은듯 되물어왔다.

"은총을 받은 이들은 예외 없이 충성파로 돌아섰습니다. 제가 아는 가장 완연한 귀족파까지도요."

"그렇긴 합니다. 하지만 그럴 수 있다면 폐하께선 자신의 적들도, 무장 상인들도, 혁명의 별도 폐하를 따르도록 만들지 않겠습니까."

"은총 시술이 널리 퍼진다면 그 파훼법이 들통날 테니까요. 그러니 신임할 수 있는 이들에게만 시술을 허가하는 겁니다."

리크비엘은 나를 힐끗 돌아봤다.

"맞습니다, 마젠타. 폐하께선 제국을 위협하는 적들로부터 제국을 보호하기 위해 그런 종류의 안전장치가 필요하다고 생각하십니다."

얼떨떨한 느낌을 받았다. 예상보다 훨씬 빠르게 실토를 받아낸 것이다.

"승천자에 오를 정도의 사람이라면 이런 종류의 시술이라는 것 정도는 예상하고 있고, 그럼에도 시술을 받습니다. 만약 승천자들 중에 반역자가 있다면 대원정에 얼마나 큰 위험이 될지 알고 계시겠지요."

이 드넓은 우주에서 통일된 하나의 행성이나, 몇 개의 위성 거주구 따위를 묶은 연합체, 성계 동맹 따위를 제국이라고 할 수는 없다. 수천 광년 단위로 떨어진 수백 수천 성계들을 하나의 권위 아래에 놓을 수 있어야만 제국이라고 부를 수 있을 것이다. 관문은 머나먼 별들 사이를 넘나들게끔 하지만 관문선이 닿지 않는 머나먼 미답지들은 제국의 통제 밖에 놓여 있다. 지구의 정신과 문명을 잃어버리고 미개하게 단절된 선주민들을 제국은 다시금 포용할 의무가 있기에, 황제 폐하는 대원정을 결정했다. 대원정의 방법은 단순하지만 확실했다. 황제 폐하의 목소리가 닿지 않을 정도로 먼 곳에 있다면, 그들에게 황제 폐하와 그 심복들을 복제해서 제국 밖으로 보내는 것이다. 결과적으로 똑같은 통치자가 똑같은 방식으로 통치한다면 그 또한 제국이니까.

나는 리크비엘의 심기를 불필요하게 건드리진 않았을지 고려해 보았다. 나는 천천히 선회하기로 했다.

"알고 있습니다. 승천자는 제국민이라면 누구나 부러워하는 지위지요. 은총 시술이 제국의 안위에 도움이 된다면 몇 번이고 받을 수 있습니다. 제 걱정은 좀 다른 종류의 것입니다."

"다른 종류의 것이라면?"

"은총 시술의 성패가 폐하를 향한 충성을 보여 주는 지표가 된다면, 만약 이 시술이 제대로 자리잡지 못하게 되면 어떻게 되나 하고…."

리크비엘은 잠시 말없이 날았다. 다행히 이 침묵은 내게 있어 특별히 불리한 부분이라 할 수는 없었다. 승천문에 도달한 탓이다. 문 앞에서 돌아선 리크비엘이 눈을 가늘게 떴다. 틀림없는 눈웃음이다. 한없이 비웃음에 가까운.

"그건 걱정하실 것 없습니다, 마젠타. 폐하의 은총은 실패한 적이 없으니."

문이 열리며 틈새로 승천을 축하하는 노래와 음악이 새어 나왔다. 나는 옷매무새를 한 번 더 가다듬고 안으로 걸어들어갔다. 정면에 보이는 것은 황제였다. 치렁치렁하게 자란 검은 머리칼을 제외하면 간소한 복장이다. 승천식 자체는 개최 여부만이 알려질 뿐 대외에 공개되지는 않으니 이상할 것은 없다. 제국의 오래된 옛법으로 인사를 하며 한쪽 무릎을 꿇고 앉는데, 숙인 머리 아래로 황제의 맨발이 보였다.

"고개 들어."

그 말대로 하자 가까이 다가온 황제의 얼굴이 보였다. 감미로운 향이 맴돌았다. 무슨 일이 일어나는지 곧장 알아차렸다. 리크비엘의 말이 옳았다. 황제는 내 턱을 쥐고 뚱하니 바라보았다.

"혹 잘못한 것이 있다면…."

"조용히. 잠시 이대로 있어."

황제는 턱을 쥔 손을 펼쳐 목덜미에 손끝을 가져다댔다. 어딜 봐도 맥을 재는 것이다. 황제는 속일 생각도 없어 보였다. 움직일 수도, 숨길 수도 없는 맥박이 고스란히 황제의 손끝으로 전달됐고, 황제가 말했다.

"눈을 돌리지 마라."

나는 그 말을 따랐다. 황제의 손목에서 풍겨오는 살냄새가 머리를 가득 채운다. 승천가를 부르는 성가대가 두 번째 절로 들어섰다. 불분명한 고양감으로 심장이 뛰었다. 나는 얼굴이 풀어지는 것을 막기 위해 미간에 힘을 줘야 했다. 의도치 않게 눈가가 찡그려졌다. 황제는 안심시킬 목적으로, 어쩌면 비웃음으로 입가를 올렸다.

"자리에서 일어나라, 마젠타 콩루시오 세레스."

"예."

황제는 내 손을 가볍게 쥐고, 넓은 홀을 가로질러 걸었다. 느린 걸음이었다. 나는 쓰러지지 않게 조심한다. 머릿속에서 터져나오는 호르몬들을 선명하게 느낄 수 있었다. 과잉된 감각 때문에 만취한 것과 다름없이 어지러웠다.

"마주하는 건 처음이지만 꽤 익숙하구나. 예전부터 이름을 들어왔지."

"기억해 주실줄은 몰랐습니다."

"반란군 수괴를 잡기 위해 전생애를 바쳤지 않느냐? 아, 물론… 그런 아이들은 많지. 하지만 성공한 건 너뿐이었다. 장군들이 자주 너의 이름을 올렸지."

"영광입니다."

"물론 널 의심한 적도 있었다. 그런 종류의 보고도 종종 올라왔거든. 승천문의 설계도를 빼돌린 게 너라더군."

"다행히 제 결백은 밝혀졌지요."

"그래. 이제 상관 없는 일이기도 하고. 고위 천사들이 내게 속삭일 수 있다는 걸 알고 있나."

나는 고개를 끄덕였다.

"예."

"이야기를 들었다. 리크비엘은 네가 은총을 걱정하고 있다던데, 어때? 아직도 은총이 자리 잡지 못했다고 생각하나."

"…아닙니다."

"그래. 짐은 그런 식으로 은총을 내리지 않는다."

황제가 말했다.

"짐은 승천자들에게 사랑을 주지."

황제가 말한 그 단어 덕분에, 나는 내 모든 혼란스러운 감정과 흐트러진 정신을 하나의 점으로 귀결시킬 수 있었다.

"알고 있나? 인간의 코 안에는 야콥슨 기관이라는 게 있었다. 하지만 그 쓸모가 사라져 없어졌지. 야콥슨 기관은 페로몬을 감지한다. 원시적인 기관이지. 당시 원시 시대의 사랑이란 서로 다른 생물군계의 결합이었다. 신체의 여러 기관에서 분비하는 페로몬을 감지하고 그것의 타당성을 감지하는 것이 가치가 있었지. 하지만 인간은 사회를 이루면서 페로몬을 통해 배우자를 찾는 것보다 다른 방법이 더 생존에 유리하다는 걸 깨달았다. 결과적으로 야콥슨 기관은 꼬리처럼 퇴화해 버렸지. 은총 시술의 주된 목적은 그 야콥슨 기관을 되살리는 것에 있다."

"…폐하의 페로몬을 맡기 위해서입니까."

"맞아. 시술받은 야콥슨 기관은 특정한 페로몬만을 감지하고 수용한다. 네 코의 신경절은 오래된 흔적만 남아 있던 신경을 타고 올라 인간이 잊었던 사랑을 되살리지. 큐피트의 화살이자, 사랑의 묘약이다."

나는 혼란스런 마음으로 말했다.

"왜… 이런 사실을 말씀해 주시는 겁니까? 이건…."

"세뇌와 다름없지 않냐고? 마음을 조작당했다는 걸 알면, 승천자가 짐에게 부정적인 감정을 가질 것이라는 말이냐."

황제는 홀의 끝, 승천문이라 불리는 기계 앞에서 돌아섰다.

"네가 직접 말해라, 마젠타. 내 진실을 듣고 너의 사랑이 식기 시작했나? 그렇지 않을걸. 나는 널 가지기 위해 나름의 방도를 쓴 것뿐이야."

나만을 위한 방법이 아니라는 걸 알고 있음에도 부정할 도리가 없다. 더 이상 서 있을 수 없을 만큼 다리에 힘이 빠져 나는 쓰러지듯 무릎을 꿇었다.

"그 말이 맞습니다. 허나 폐하를 삿된 욕망으로 연모하는 것은 불경한 일이니, 부디 용서하십시오."

"죄를 사하마. 모든 승천자가 그러했으니, 너라고 어찌 벌하겠느냐."

나는 황제의 손을 잡고 일어난다. 올려다보는 황제의 눈가가 다소 처졌다. 황제는 어떠한 기대를 걸었지만 자신의 예상을 빗나가지 않자 흥미를 잃어버린 것이다.

"승천 의식을 시작하라."

황제의 명령에 가신들이 다가와 내 옷을 벗기자 황제는 흥미롭다는 듯 나를 바라보았다.

나는 황제에게 말했다.

"…폐하, 부디 제게서 물러나 계십시오."

"왜지."

"무례를… 범할 것만 같습니다."

황제는 내 몸을 내려다보더니 작게 소리내어 웃는다.

"그래. 그 흥분은 가라앉히는 게 좋겠구나."

황제는 승천문에서 멀어지고, 나는 기계 위에 누웠다. 황제의 가신들이 날 기계에 고정시켜 묶은 뒤에 황제는 다시 다가왔다. 내 머리 옆에서 팔을 걸치고 있는 황제는 장난기 섞인 웃음으로 말했다.

"미안하지만 네 사랑과 별개로 날 안을 수는 없을 것이다."

"폐하, 제가 어찌 감히 그런 기대를 하겠습니까."

"하지만 원정선에서는 모를 일이지. 그렇지 않은가? 난 내 배우자들을 승천시키진 않아. 새로운 성계에선 새로운 황가를 잇게 될 테지."

황제는 내 뺨을 손등으로 쓸어내렸다.

"물론 짐이 이렇게 말한 승천자는 자네가 처음은 아니야. 하지만 그 수많은 원정선 중에 한 척 정도에선 내가 자네를 안을지도 모르잖나. 그렇지?"

지독한 농담에도 황제의 모습은 아름답기만 했다.

"자네 얼굴이 내 취향이긴 하니까, 가능성이 아주 없는 건 아냐."

일말의 기대가 가슴을 후벼 파는 듯하다. 승천문이 빛을 발하자, 황제가 멀어졌다. 승천이 시작된다.

그리고 눈을 깜빡이기도 전에, 밝은 빛이 사라지고, 높았던 천장이 달려들듯 낮아졌음을 깨달았다. 지끈거리는 두통, 손끝과 발끝에서 타오르는 것 같은 열감이 전해졌다. 무언가 잘못되었다.

눈은 암적응을 하지 못하고 컴컴한 어둠만 바라보고 있었다. 나는 시야 한켠의 빛을 보기 위해 몸을 일으키려다 허리가 묶여 있다는 걸 깨달았다. 처음 보는 종류의 잠금장치였지만 간단한 버튼을 누르는 것만으로 풀어낼 수 있었다. 그러자 무엇이 잘못되었는지 알아차렸다.

내 몸은 붕 떠올라 크지 않은 방 구석으로 내동댕이쳐졌다. 그리고 튕겨져 나와 방 가운데로 부유했다. 중력이 없다. 유일하게 빛을 발하고 있는 것은 네모난 스크린이다. 어딜 봐도 익숙한 사물이 없다. 제국의 원정선이 아닌 것은 틀림없었다.

기억을 잃어버린 것인가? 원정선이 나포된 것일까? 불가능에 가까운 일이다. 원정선 한 척에는 한 성계에서 수십 년은 쌓아야 하는 인적·물적 자원이 들어간다. 이동하기 때문에 배라고 불릴 뿐, 크기와 질량만 따지면 1억 명 이상이 살아가는 초대형 위성 거주구에 맞먹는다. 원정선은 그 자체로 침략 전쟁을 위한 기함이기 때문에 적재된 전함만 200척이 넘는다. 나는 뒤늦게 다른 가능성을 떠올린다.

승천 이후 내가 상상도 할 수 없을 만큼 긴 시간이 흘렀다면? 승천은 신경절과 뇌 구조를 완벽하게 복사할 수 있는 기술이다. 그리고 그렇게 복사된 승천자의 의식은 영구적으로 보존이 가능하다. 제국이 사라진 이후의 언젠가일 가능성도 염두해야만 했다.

하지만 내가 누워 있던 기계와 방의 크기, 문의 모양이며 무중력에 대비하여 방 곳곳에 있는 바는 이 방의 사용 대상이 내가 알고 있는 생물학적 인간에서 크게 벗어나지 않을 것임을 암시했다. 그렇다면 빛나는 스크린 또한 내가 짐작하는 종류의 물건일 가능성이 높았다.

얼핏 보아도 전문적인 수준의 기술을 요하는 물건은 아니었다. 직관적인 형태의 입력기는 손을 올리자 무중력 상황에서도 인간이 사용할 수 있는 형태로 느껴졌다. 방 안에 빛이 적고 중력이 없다는 건 그리 좋은 신호가 아니지만, 함선 내에 문제가 생겼을 때의 위험을 발하는 별다른 신호도 없다. 금방이라도 문 너머에서 사람이 들어와 현재 상황을 설명해 줄지도 모른다. 나는 방을 나갈까 고민하다 입력기에 손을 올렸다.

우선 찾아야 하는 것은 언어 변환이었다. 출력되는 스크린에는 이런저런 언어가 떠 있고 간단한 그래프와 팝업이 있었지만 이해할 수 없었다. 제국의 존재 자체가 역사에서도 잊힐 정도의 미래가 아니라면 제국어 정도는 남아 있어야 했다. 제국인인 내가 남아 있으니까.

일반적인 행성에서 사용되는 차량의 넓이는 먼 과거 인간이 지구라는 작은 행성에 붙박여 살던 시기에 정해졌다. 차량은 도로폭에 근거하고, 도로의 폭은 차량이 전에 존재했던 말이 끄는 마차에서, 말이 끄는 마차는 결국 말의 체격으로부터, 말의 체격은 지구의 생태 환경과 중력에 근거한다. 이러한 연속성을 생각한다면 이 기기에 쓰인 조작 패널 또한 크게 다르지 않을 터였다. 몇 가지 약속과 부호는 내가 익히 아는 것이기도 했다. 예를 들어 X는 지우기 위한 기호였고, 사용자를 위한 설정은 화면 가장 구석에 있었다. 언어 설정을 바꾸는데 그리 긴 시간이 걸리지는 않았다. 화면에 떠오른 팝업을 이제 읽을 수 있었다. "대상이 승천문에 존재하지 않습니다. 대상의 위치를 재조정하십시오." 다른 텍스트로 눈을 돌리는데 문이 열렸다.

파열음과 함께 귀를 스치듯 통증이 지나갔다.

"움직이지 마, 류진."

눈을 천천히 돌리자 열린 문 앞에 몸에 달라붙는 나와 같은 우주복을 입은 남자가 총기로 유추되는 무기를 들고 서 있었다. 그 외 세 가지 놀라운 점이 있었다. 하나는 남자가 말하는 언어를 전혀 알 수 없다는 것. 다른 하나는 그럼에도 그 언어가 무슨 의미인지 파악한다는 것. 세 번째는, 나도 말할 수 있겠다고 생각한 것이었다.

"…류진이요."

"말장난을 하고 싶은 건 아니겠지. 이대로 구속하겠다. 양손 모두 안전바를 쥐어라. 함선에선 이미 문제가 있단 걸 파악하고 후속 부대를 보낼 거야. 그때까지 조용히 있는 게 신상에 좋을걸."

우선 그 말을 따랐지만 오해는 풀어야 했다.

"난 류진이란 사람이 아닙니다."

남자는 참을성이 약했다. 총을 내 발치에 한 발 더 쐈다. 날카로운 파공음. 화약을 통해 발사되고 여압으로 자동장전이 되는 종류다. 공기 유무나 중력 유무 무관하게 사용할 수 있는 고전적인 무기다. 내게는 아주 익숙하다.

"다음 한 마디를 조심하는 게 좋을 거다. 얕은 수를 쓴다고 생각하면 구속 없이 그냥 사살하겠어."

"왜 저를 류진이라는 사람이라고 생각하는 겁니까."

"…진지하게 하는 질문인가."

"네."

한껏 억울해 보이는 표정이 먹혀든 것 같았다. 연기였다면 들통났을 것이다.

"네 얼굴, 네 목소리. 네가 있는 우주복의 명찰이 널 류진으로 볼 근거다. 왜 그런 질문을 하는 거지."

나는 뒤늦게 내 손을 내려다보았다. 손끝까지 우주복으로 감싸져 있어 알 수 없다. 얼굴을 더듬는다고 알 수는 없으니 방황하며 시선을 여기저기 옮겼다. 불이 꺼져 있는 스크린 중 하나에 겨우 내 얼굴이 들어왔다. 희미한 불빛 때문에 이목구비가 또렷하진 않지만, 남자의 말대로다.

검은색 긴 머리칼이 산발로 우주를 유영한다. 나는 마젠타의 얼굴을 하고 있지 않다. 우주복 왼쪽 가슴 명찰에는 '류진'이란 이름이 적혀 있다. 뒤늦게 목소리에서 위화감을 느꼈다. 나는 뇌 교환을 떠올린다. 제국에서도 면허를 가진 외과의라면 어렵지 않게 시술이 가능했다. 미래라고 못할 이유는 없다.

"이 기계는 혹시… 사람의 뇌를 조작할 수 있습니까."

내 물음이 퍽이나 얼떨떨하게 보였던지 남자는 당황한 것 같았다.

"이런 젠장. 정말로 모르는 건가? 이건 편집기야. 물론 요튼 성계에 있는 최신 버전과는 차이가 있겠지만 가장 주요한 기술적인 발전은 10여 세기 전에 끝났다고 알려져 있고, 그동안 이 기계는 거의 바뀌지 않았어."

"저는 이 기계를 처음 봅니다."

나는 거짓말했다.

"좋아, 그래. 잠깐."

남자는 한 손으로 총을 겨누면서 다른 손으로 고민하는 듯 턱을 쓸어내렸다.

"류진이 이렇게 연기를 잘하는 유명자는 아니었어. 류진이 위기를 넘기기 위해 자신의 머리통에 다른 사람을 내려받았을 가능성도… 인정하겠어. 류진이 아니라면 넌 누구라고 주장할 셈이지."

나는 잠시 고민에 빠졌다. 거짓을 고할 수도, 진실을 말할 수도 있었다.

남자가 쓰는 언어와 편집기, 그리고 요튼 성계와 같은 고유어들을 모아 보자면 이곳은 내가 알던 성계 어느 곳과도 부합하지 않았다. 그럼에도 내 존재는 완전히 지워지지 않은 상태다. 어쩌면 승천자인 나는 이 우주에서 가치를 가지고 있을지도 몰랐다. 나는 진실을 말하기로 했다.

"마젠타 세레스라고 합니다."

"…마젠타? 마젠타 콩루시오 세레스."

"제 이름을 알고 있습니까."

"물론이지. 이거 다행이군. 류진은 아니란 말이지. …마젠타. 마젠타라고."

남자는 총구를 떨구며 내가 아닌 방 안을 슬쩍 바라본다. 눈가가 살짝 떨리고, 반사적으로 돌리던 시선이 순간 나를 향했다가 돌아간다. 내 주의를 돌리고 긴장을 느슨하게 풀기 위한 어설픈 연기다. 나는 속지 않는다. 이미 시야와 무관하게 내려가는가 싶던 총구가 들어올려지고 있다.

나는 바닥을 발끝으로 밀어차며 달려들었다. 남자는 전투요원이 아니다. 총구를 들어올려 가슴에 가장 치명적인 한 방으로 날 제압하겠다는 태도를 보면 알 수 있다. 나라면 발을 먼저 쐈을 것이다. 총구를 들어올리는 동안 적이 달려들면 곤란할 테니까.

근접한 순간 문간에 등을 기대며 남자의 무릎을 옆에서 걸어찬다. 뻑 소리와 함께 남자의 균형이 무너지며 총알이 귀 옆을 스치고 지났다. 안정되지 않은 상태에서의 사격 때문에 남자의 상체가 뒤로 넘어간다. 남자가 잇소리를 내며 다리를 허우적댄다. 무중력 상태임을 잊은 반사적 행동이다. 나는 총을 든 남자의 팔뚝을 내려치며 끌어안았다. 남자의 팔이 접히며 총구가 반사적으로 남자의 턱을 향한다. 기대했던 대로 남자는 박투술에 익숙하지 않다. 바로 그 이유 때문에 남자는 총을 버리지 않는다. 무의식중에 총을 가지고 있으면 이길 수 있다고 믿는 것이다. 그 총구가 당장 자신을 향하고 있는데도.

나는 남자가 팔을 펼 수 없도록 숨결이 닿을 거리까지 다가가 남자의 손을 양손으로 맞잡았다. 남자가 겁에 질려 머리를 뒤로 젖힌다. 바보다. 남자의 머리가 벽에 부닥친다. 나는 양쪽 검지 손가락을 총기의 방아쇠에 넣어 당겼다. 퍽 소리와 함께 총알이 남자의 턱과 입천장을 관통했다. 작은 구경이라 두개골에 구멍은 나지 않는다. 남자를 놓아주자 입과 코에서 피가 맺혔다. 표면 장력을 이겨내고 튀어나온 핏방울들이 허공에 떴다. 잠시 숨을 가다듬자 간단한 사실들을 알 수 있었다.

이 몸의 주인은 류진이란 사람이고, 어떠한 죄를 저질렀다. 남자는 류진이 저지른 죄 때문에 위험하다는 걸 알면서도 날 죽이려고 하지는 않았다. 하지만 마젠타라는 이름을 듣자마자 어떠한 설명도 없이 총을 겨눴다. 어쩌면 내 존재는 먼 미래에 존재해서는 안 될 이름으로 남아 있는 것일지도 몰랐다.

◇ ◇ ◇

내가 기억하던 시기와 25세기 이상, 제국으로부터 2000광년 이상 떨어진 성계라는 걸 알게 되었을 때는 현실감이 들지 않았지만, 내가 타게 된 함선 신성모독이 고리선이라는 이야기를 들으니 친밀감이 들었다. 인간은 여전히 진화압에 굴복하지 않았고 무중력이란 극한 환경을 가장 값싸고 단순한 인공중력으로 해결해 오고 있었던 것이다.

류진이 살인을 저지르기 전부터 파트너였던 앤서니는 나를 구명하기 위해 적극적으로 힘쓰는 듯했고, 그 덕분인지는 모르겠으나 나는 일곱 명이나 죽이고도 처벌다운 처벌은 받지 않았다. 임무 배제 후 방에 구금된 상태를 유지하고 조사관들과의 면담에 적극적으로 임하는 정도가 전부였다. 내 처벌의 가벼움에 대해 이야기하니 앤서니는 사망자 모두가 또 다른 유명자라는 것, 그리고 신성모독이 다음 폐함을 위해 아광속 이동에 돌입해야 하기 때문에 내 살인을 논하는 것이 상대적 가치가 떨어졌다고도 말했다.

신성모독은 탐사선으로, 소유권은 지브롤터 공업이라고하는 요툰 성계의 거대 기업이지만 행정적인 관리 주체는 연합이라 부르는 느슨한 성계 연합이라고 했다. 연합은 요툰을 비롯하여 여러 성계를 대표하는 강력한 권력을 가지고 성계 단독으로는 수행하지 않는 종류의 프로젝트들을 대신하기도 했다. 신성모독의 임무는 그러한 프로젝트 중 하나로, 과거 대단절 당시 요툰 성계를 향해 오고 있다가 끝내 도달하지 못한 세대선들을 탐사하고 수색해 자료를 수집하는 데 그 목표가 있었다. 레코드 때문이었다.

레코드는 특정한 공동체의 지식을 통합한 정보 체계를 말한다. 세대선 또는 원정선과 같은 거대 우주선에는 성계 단위 레코드를 보관하고 있어 대단절 당시 잃어버린 지식을 복구할 희망이기도 했다. 하나의 웜홀을 유지하는 관문이 파괴되면 단절, 여러 성계에서 복수의 웜홀이 파괴되면 대단절이라고 하는데 요툰 성계를 기준으로 9세기 이전 대단절은 가장 치명적인 종류의 것이었다. 대단절로 인해 요툰 성계 사람들에게 있어 지구와 태양 성계는 물론이고 제국 또한 전설에 불과한 것이 되었으니까.

연합의 지원을 받는 신성모독은 장거리 항행을 위해 크기가 그리 크지는 않았다. 총 승무원은 250여 명 남짓. 승무원 수가 많으면 함선의 질량도 커질 수밖에 없으며, 짧은 거리를 아광속 항행할 때 가속과 감속 및 정지에 이르는 에너지도 커진다. 때문에 신성모독은 승무원 수를 줄이되 그 질에 가치를 뒀다. 전체 승무원 중 유명자의 비율을 절반에 가깝게 배정한 것이다.

앤서니의 말에 따르면 요툰 성계에서 어지간한 전함이라고 하더라도 유명자는 통상 세 명에서 네 명 정도밖에 타지 않는다고 했다. 첫 번째 이유는 비용으로, 연합에선 유명자를 내려받는 데 막대한 비용을 청구하는데 이는 유명자들 또한 청사진을 작성할 때 값비싼 조건으로 계약하기 때문이다. 두 번째 이유는 연합과 각 성계나 행성 및 위성 거주구의 자치 정부까지 유명자를 내려받을 때 제시하는 까다로운 조건들 때문이다. 유명자를 사적으로 유용하는 경우 분란을 가져오기도 했고, 데몬이 아닌 유명자라고 하더라도 문화적, 사회적으로 공동체에 녹아들지 못하는 경우 문제가 생길 수 있다. 이런 면에서 아주 높은 밀도로 유명자 승무원을 두는 신성모독은 연합으로부터 무제한적인 지원을 받는 셈이었다. 다른 승무원 대부분도 유명자 개개인을 보조하는 인원들로 사실상 유명자들만이 탑승하는 함선이라고 볼 수도 있었다.

"약간 따끔할 거야."

검진을 위한 채혈은 내가 생각한 것보다 단순했다. 앤서니는 주사기로 내 피를 뽑은 뒤 혈액을 검사기에 넣었다. 앤서니는 간호학을 전공하고 의무함에 복무한 경력이 있었고 그 덕분에 신성모독에서 류진을 담당할 파트너로 배치되었다고 말했다. 류진은 유전적으로 몇 가지 질병에 취약한 듯했다.

앤서니가 검사기를 조작하는 동안 질문했다.

"과학선인데도 함선 내 의료 설비가 미비하군요. 편집기가 있으면 더 간단히 검사할 수 있지 않을까요."

"우리 함선에도 편집기는 있지만 의무실에 배치하진 않았어. 편집기에 함부로 접근하진 못하거든. 네가 살던 곳과는 달리 요툰에선 치료 기기가 아니기도 하고."

다행히 앤서니는 내 잘못된 상식을 류진의 것으로 착각한 것 같았다.

"폐함에 있던 편집기는 몇 세기 전에 만들어진 것이긴 해도 기술적으로는 지금 물건과 거의 같아. 편집기 기술은 대단절 이후 발전한 게 없거든. 거기서 문제가 발견되지 않았다면 여기서도 더는 알아볼 필요가 없지."

편집기 데이터를 조작하는 건 어렵지 않았다. 류진이 자신의 기억을 지워내고 거기에 내 기억을 덮어썼으므로, 내 기억을 내려받은 기록만 삭제하면 그만이다. 삭제된 데이터를 복구할 방법이 없진 않겠지만 폐함의 운영체제는 함선 내의 프로그래머들에게도 낯선 것이므로 구태여 그것을 복구할 필요를 느끼지 않을 것이다. 앤서니의 말이 맞다면 내 살인 자체는 신성모독의 전체 일정에 비교하면 사소한 것이기도 하니까.

"저는 편집기를 좀더 일상적으로 사용할 거라고 생각했는데요. 저에게… 이전의 류진에게 살해당한 유명자들도 편집기를 통해 다시 내려받을 거라고 들었어요."

"그건 계약 조건에 걸려 있어서 가능한 거야. 살해당한 경우, 임무의 연속성을 위해 다시 내려받는다는 특약이 있거든. 특수한 경우라는 말이지. 일반적으로는 편집기를 사용하는 일은 없어. 이 함선은 원정선이 아니니까. 몇 세대에 걸친다면 모를까. 우리 임무는 한 세대 이내로 끝나게 돼. 장생 요법과 냉동 수면을 병행해서 긴 시간을 보내긴 하겠지만, 우리가 살아 있는 동안 요툰 성계로 돌아갈 거야. 유명자 대부분은 소비재 조건으로 계약하지 않거든. 소비재 계약은 저임금 노동자들이나 하는 거야."

시대감을 따라잡기 힘들었다. 내가 살던 제국과는 달리 라이센스 비용을 제외하면 실상 편집기를 통해 사람을 올려넣고 내려받는 건 그야말로 재료값 말고는 거의 들지 않는 듯했다. 그럼에도 사람을 아껴 쓴다.

"돌아가게 되면 유명자는 어떻게 되죠."

"글쎄. 지브롤터 공업은 계약 이행에 따른 계약금을 지불할 테고 탐사선에 탑승하고 있던 기간 동안 밀려 있던 돈을 모두 받으면 요툰 안의 좋은 지역에서 보금자리를 마련할 수 있을 거야. 물론 류진은 인기가 많은 유명자라서, 요툰 성계 안에서만도 몇 명이 있다고 알고 있어. 도플갱어 법칙을 어기지 않으려면 발품을 좀 팔아야겠지."

"어떤 삶을 살게 될지 모르겠는데요."

"내가 아는 류진 중에 제일 유명한 사람은 프로게이머야. 정확히는 전직이 프로게이머고, 신성모독에 오를 때쯤엔 감독으로 이적한다는 계획이 있었으니 이제 그렇게 됐겠지. 요툰은 류진이 살았던 노프시아와 달리 평화로운 편이니까. 하지만 유명자 정도의 능력이 있다면 어디서든 필요로 할 거야."

앤서니는 마지막으로 내 팔에 재생 연고를 바르며 말했다.

"필요로 하기 때문에 유명자가 된 거니까. 필요하지 않은 사람들은 레코드에 기록만 된 상태로 모두 잊혔지."

편집기가 가까이 있지 않다는 건 다행이었다. 제국에서도 그랬지만 지금의 기술로 채혈만으로 의식 상태를 확인하는 건 불가능하니까.

"검사는 어떤가요? 별문제는 없나요."

자신을 향해 검사기를 돌려놓은 앤서니가 나를 가만히 바라보았다.

"괜찮아. 의무실 컴퓨터는 약을 좀 처방하라고 하지만, 굳이 먹고 싶진 않겠지."

"네."

앤서니가 말했다.

"류진에 대해서는 좀 찾아봤어?"

"네. 소리에 씨가 액세스 카드를 가져다 주시긴 했는데, 그것 말고도 본래 유명자 류진에게 흥미가 있으셨다고 하더라고요. 그래서 여러 가지 이야기를 들었어요."

"그래? 이를테면?"

지휘관 유명자들은 언제나 인기가 좋다. 통상적으로 장기 항행을 하는 세대선과 탐사선이 고리선 형태를 취하거나, 화물선들이 최대한 화물을 많이 싣기 위해 상자선 형태를 취하듯이, 전함의 경우 전방 피격 면적이 좁고 다채로운 웜홀 크기를 통과할 수 있기 위한 바늘선 형태를 취한다. 형태가 같다면 기능도 같다. 대단절로 인한 기술 지체 때문에 전술도 고착화된다. 결과적으로 전투의 승패는 지휘의 유무능에 결정되는 셈이었다. 덕분에 자치 정부 사이, 또는 연합에 대한 반란이나 외부의 적들 사이에서 지휘관 유명자들은 자주 호출되었고, 그러기를 수 세기, 급기야 지휘관 유명자들의 승패 통계가 공개되어 있을 정도였다.

류진의 경우엔 그런 방면에선 특별히 뛰어나진 않았다. 보수적인 전술을 선호하기 때문에 여러 지휘관들로부터 고르게 선방했지만, 그래서는 내려받을 필요성이 상대적으로 떨어진다. 류진의 진가는 최고 지휘관의 자리에서 여러 지휘관 유명자들을 부릴 때 발생했다. 용병술과 유명자 메타 전략에서 우위를 보이는 류진 덕에 요튠 성계의 경우 류진 대 류진이 각 공동체의 가용 자원을 어떻게 활용하는가로 갈리고 있었다. 시간의 흐름에 따라 어떤 유명자는 잊히고 어떤 유명자는 새롭게 떠오른다. 긴 시간이 흘러도 여전히 잊히지 않는 유명자는 고전이라고 불린다. 류진은 부정할 수 없는 고전이었다.

그런 면에서 마젠타, 그러니까 내가 어떻게 류진의 숙적으로 불리는지는 의문이었다. 나는 제국을 기준으로는 식민지

출신 병사였고, 출신지의 유리함을 들어 제국의 첩자로서 혁명군에 입대했었다. 대대 단위 전술까진 자신이 있지만 함내 전투라면 모를까 전함 지휘는 내 능력 밖의 일이었다. 레코드는 그 자체론 학습 장치가 아니기 때문에 이러한 질문에 답을 쉽게 찾아내긴 어려웠다. 소리에가 류진에 대해서라면 여러 가지 정보를 알고 있는 게 다행이었다. 나는 소리에에게 자연스럽게 마젠타가 왜 류진의 숙적으로 불릴 수 있는지를 유도해 냈다.

작은 얼굴에 비해 도톰한 입술을 가진 소리에는 평소대로 퉁명스럽게 말했다.

"마젠타가 데몬이기 때문에 그렇다."

"무슨 뜻이죠."

"마젠타는 함대전 지휘관으로 내려받아지는 게 아니다. 마젠타는 불법 화물에 실린 레코드나 허가받지 않은 실험실, 격리된 과학선 따위에서 누군가의 실수나 잘못된 믿음, 혹은 사고 때문에 내려받아진다. 그리고 거의 모든 경우 해당 시설을 파괴한다. 류진은 각 계에서 최고 지휘관인 경우가 많고 따라서 그런 문제적 사건을 맡는 책임자인 확률도 높기 때문에 그 둘이 만나는 경우는 우연한 사건들 치고는 잦다. 다만 계의 크기가 크지 않아 가용 자원이나 지원이 미비한 경우 지휘관인 류진까지도 현장에 돌입해야 하는데, 그런 상황에는 마젠타와

승률이 비등하다."

"하지만 류진이 처음으로 상대한 마젠타는 제국 원정군이었다면서요? 그때는 류진이 손쉽게 승리했던 건가요."

"아니다. 마젠타는 그때 충각 전술을 사용했다. 함내 전투가 되었고 류진과 마젠타가 직접 부닥치는 치열한 백병전으로 이어졌다. 최종적으로 류진이 승리하긴 했지만, 류진이 마젠타의 칼에 찔린 건 유명한 일화다."

제국군 지휘관이 검을 패용하니 가능한 일이긴 했지만, 내가 저지른 일이라고 해도 딱히 이해가 되진 않았다. 애초에 충각 전술이라니.

다행히 류진에게서 자연스럽게 내 이야기를 끌어내는 건 쉬웠다. 전체 승률로 보자면 류진과 내가 싸울 때 내가 승리하는 경우는 상대적으로 드물지만, 그와 별개로 사람들은 미지의 사고로 함선 내 사람들이 실종되거나 함선 자체가 사라지는 등의 일이 발생할 때 그 전설의 용의자로 나를 들먹이는 경우가 많은 듯싶었다. 그러니까 류진이 승리한 경우는 운 좋게도 마젠타가 일을 끝내기 전에 발견한 경우일 뿐, 우주 어딘가에선 연합에 허가받지 않은 레코드에서 불법으로 내려받아진 마젠타가 사람들을 몰살하고 함선을 폭발시키고 있다는 것이다.

당연하게도 나는 이 함선의 탑승자들을 모두 죽이고 싶다는 충동을 느끼거나, 그럴 필요성이 있다고 생각하지 않았다. 나는 사람들의 이야기처럼 전설 속의 미치광이 살인마가 아니었다.

"마젠타라는 사람이 왜 그러는지는 모르고요."

"모른다. 어딘가에는 연합 주도로 연구한 자료가 있을지도 모르지만 마젠타는 연구 목적으로도 보관 및 내려받기가 금지되어 있다."

"하지만 우주는 넓잖아요. 마젠타의 청사진만 구한다면 편집기가 있는 함선으로 멀리서 시험을 해 볼 수 있을 텐데요. 편집기 사용 정보가 연합에 전송된다고 해도, 연합에서 그걸 막기 힘들 만큼 멀리 있다면 어쩌지 못할 테고요. 그 정도 호기심 넘치는 사람은 우주에 많지 않을까요."

"글쎄. 그렇게 마젠타를 내려받더라도 자멸 기관이 있을 테니까."

자멸 기관에 대한 설명을 듣자 실마리가 풀리는 듯했다. 자멸 기관은 유명자들이 청사진을 레코드에 올려놓기 전 뇌에 넣는 시술이었다. 의지 도출식, 구강 압력식, 안구 조절식, 지연식, 자동 조건식 등 여러 가지 방법이 있지만 발동 후 자살한다는 결과는 같았다. 이러한 자멸 기관은 유명자 자신을 보호하기 위한 방법이다. 단순하게는 계약 조건이 이행될 수 없는 장소에서 내려받아지거나, 극단적인 경우 유명자를 내려받아 고문을 하는 경우 그 순간으로부터 탈출하기 위한 체내 버튼인 셈이다. 그리고 유명자라는 개념이 없던 제국에서 승천자라는 이름으로 올려넣어진 나의 경우, 자멸 기관이 존재하지 않았다.

그러니 다른 누군가에게 악독한 존재가 되어야만 하는 것이다. 연합에 의해 데몬으로 분류된다면 나는 자멸 기관이 존재하지 않는다는 사실을 들키지 않고 이후 내려받게 될 무수한 나들이 존재하지 않도록 할 수 있다. 그 말인즉, 지금 나를 사람들이 류진으로 알고 있는 이상 다른 사람에게 죽음의 위협을 느낄 필요도 없고 내가 다른 사람들을 죽이게 되는 숙명도 없다는 말이기도 했다.

하지만 이러한 풀이는 또 다른 의문을 만든다. 류진의 목적이 자살이라면 자신의 자아와 기억을 지우는 것으로 충분하다. 아니, 보안팀이었던 만큼 정비 명목으로 총을 챙겨 머리에 한 발 당기면 그만이다. 류진은 숙적이라는 내게 죗값을 치르게 하고 싶었던 것일까? 유명자에게 원한을 가지는 건 별 의미가 없다. 유명자는 자신을 올려넣으며 단독자로서의 삶을 포기한다. 일인칭의 원한은 이 우주의 크기에 비하면 티끌만도 못하다.

그래도 풀어갈 실타래는 남아 있었다.

나는 저녁을 먹은 뒤 검사를 하기 위해 다시 보자는 약속을 하고서 의무실에서 나왔다. 내 방은 두 다리를 간신히 뻗을 수 있는 크기로, 잠을 자거나 간단한 사무를 보고, 개인 물품을 보관할 수 있는 쓸모밖에 없다. 나는 시계를 봤다가 베개를 뒤집어 스펀지 안에서 약병 두 개를 꺼냈다. 하나는 사이클로스포린이고, 다른 하나는 스테로이드다. 각각의 겉면에는 거친 필체로 복용 시간과 양이 적혀 있다. 두 가지 약의 분자 구조는 상이하지만 쓸모는 한 가지 목적에서 같다. 면역억제제. 자가면역질환 또는 장기이식시 면역거부 반응을 줄이기 위해서다. 류진은 계획적으로 약을 가지고 있었다. 류진이 만약 원한을 가지고 고통스럽게 날 죽일 속셈이었거나, 마젠타의 존재를 주변에 숨기지 못하게 할 목적이었다면 뇌를 이식하고 가만히 있으면 된다. 나의 뇌와 척수 신경은 류진의 신체 면역 반응을 이기지 못하고 사멸하거나, 죽지 않기 위해 편집기를 통해 내 존재가 내려받아졌다는 걸 다른 사람에게 알렸을 테니까. 약을 가지고 있다는 건 류진은 내가 살아 있길 바란 것이다.

또 한 가지 진실이 있다. 사이클로스포린과 스테로이드 모두 혈액 검사를 통해 체내 혈중 농도가 드러난다. 그럼에도 불구하고 앤서니는 내 혈액 이상에 대해 모르거나, 모른 척했다. 모른 척했을 리는 없다. 내가 이 약을 먹고 있다는 사실은 분명 모니터에 드러난다. 앤서니는 어떠한 방식으로든 내게 약에 대해 떠보았을 것이다. 다른 문화권이라고는 하나 간호학을 전공했다는 앤서니가 사병만도 못한 생리학, 약학 지식을 가지고 있을 리는 없다. 레코드에 따르면 요툰 성계 사람들이 장기이식을 하지 않는다는 증거는 어디에도 없었으니까. 그렇다면 간결한 사실만이 남는다. 앤서니는 내게 간호학을 전공했다고 거짓말한 것이다. 앤서니는 믿을 수 없는 사람이다.

그리고 이러한 사실은 류진도 알아차렸을 것이다. 류진은 앤서니에게 약을 처방받지 않았다. 나는 레코드를 들여다보고 두 가지 면역억제제를 정기적으로 처방받을 수 있거나 처방받는 유명자를 찾아보았다. 레코드에서 유명자를 찾아보는 것은 기억을 잃고 할 일이 없는 나 같은 사람이 시간을 들여 할 만한 일이기 때문에 의심할 사람은 없을 것이다. 검색 기록 또한 외부에서 체크할 수 있어도 내 목적이 쉽게 드러나진 않는다. 시간이 지나자 이 함선에 타고 있는 유명자 하나가 검색되었다.

◇ ◇ ◇

하부 휴게실은 신성모독에서 가장 넓은 장소로, 필요하다면 가구를 접어 넣고 강당으로 사용하거나 골대나 네트를 가져다놓고 간소한 구기 스포츠를 할 수 있는 공간이었다. 일반적으로 비번이거나 일과가 끝난 승무원들이 테이블을 펼치고 의자에 앉아 쉬는 카페테리아로 사용되고 있었다. 음료 배식기는 류진을 알아보고 평소에 마시는 음료를 내렸다. 불행히도 커피였다. 나는 커피를 한 번도 좋아해 본 적이 없었다. 하지만 류진의 흉내를 내야 했기 때문에 들이켜야만 했는데, 첫 모금을 삼키자 코에 감겨드는 향취와 혀에 다소의 단맛과 신맛, 이어지는 쓸쓸함이 느껴졌다. 기억과 사고는 내 것이지만, 신체의 신경은 물론이고 신경수용체까지 류진의 것임이 느껴졌다. 뇌는 교환되었다기보다는 결합된 형태였다. 내가 느끼는 커피 맛은 류진이 느꼈던 맛과 감흥인 것이다. 나는 커피를 홀짝이면서 간단한 안부를 묻고 지나가는 이들에 대꾸하며 자리에 앉아 있었다. 기다리고 있던 사람이 도착했을 때는 커피를 거의 다 마신 뒤였다.

"여기서 뭘 하고 있는 거지."

내가 고개를 들자 로렌조 특유의 무심한 얼굴이 보였다.

"앤서니 씨는 슬슬 사람들을 만나 보는 게 좋겠다고 했어요. 사람들이 어느 날 깨어났는데 살인자가 돌아다니고 있는 걸 보면 깜짝 놀랄 테니까요. 일정이 없는 사람들은 벌써 가속 전 가수면에 들어갔다고도 하더라고요."

"정식 허가는 안 나왔을 텐데."

나는 소리에게 건네받은 액세스 카드를 내밀었다. 본래 변별되지 않은 신분을 지칭하던 회색 카드는 이제 정식 승무원을 의미하는 파란색 띠를 두르고 있었다. 로렌조는 카드를 한 번 뒤집어 보고는 내 맞은편에 앉으며 카드를 건넸다.

"미리 말했어야지. 승무원 몇 명이 나한테 류진이 외부에 모습을 보여도 괜찮냐고 하더라고. 설명하지 않았어."

"할 수 있는 사람들에겐 했지만, 내 얼굴만 보고 지나는 사람들에겐 그럴 수 없었죠."

"그건 이해해 주지."

나는 다소 쓸쓸해 보이기를 기대하며 시선을 멀리 던졌다.

"여기 앉아 있는 동안 말을 거는 사람이 그리 많지는 않더라고요. 레코드를 찾아보면 류진이 그렇게 친구가 없는 사람은 아니었을 거라고 생각하는데도요. 이건 한 가지 의미로 받아들여지더라고요."

나는 로렌조와 눈을 맞췄다.

"류진이 죽인 사람은 모두 자신의 친구였던 거죠."

로렌조는 담담히 내 말을 받았다.

"맞아. 각종 연구나 기술팀들에 비하면 보안팀은 적성이 다르고 군인 출신이 많다 보니 교류가 잘 안 되는 느낌이었지. 그래도 보안팀 사람들끼리는 사이가 퍽 좋아 보였어. 류진 너는 특히나 더 그랬고."

"그런 사람들을 제가 권력욕만으로 살해했다는 거고요."

"정황만 따지자면, 그렇다는 거지. 이 이야기는 끝났다고 생각했는데."

나는 연기를 포기하고 외투 주머니에 손을 넣었다. 그리고 다리를 꼬고 등받이에 몸을 한껏 기대었다. 의자가 삐걱 소리를 내며 살짝 뒤로 밀렸다. 로렌조는 다소 의아하다는듯 나를 바라보았다. 환기하고 주의를 빼앗기 위해서였으니 성공적이라고 할 수 있다. 로렌조는 내 말에 집중해야만 했다.

"로렌조 카르발류는 11세기 전 생텀 성계의 위성 거주지 뉴프로비던스에서 경호 임무를 맡던 중 수류탄을 막기 위해 몸을 내던졌습니다. 방호복을 입고 있었지만 내장이 극심하게 파열됐고, 장기 대부분을 기증 장기로 대체해야만 했습니다. 사보타주로 인해 편집기가 모두 부서진 고립된 위성 거주구에선 그게 최선이었죠. 자신의 임무를 성공적으로 마친 로렌조는 복제 장기로 내장을 대체하지 않고 꾸준히 면역억제제를 먹으면서 활동했고, 유명자로서 청사진을 올려넣을 때도 이식된 장기를 유지했습니다. 그 이유가 뭐죠."

로렌조는 쓴웃음을 지었다.

"뒤를 캐는 건 친해지기 위한 좋은 방법이 아닌데. 게다가 거기까지 찾아봤다면 이유도 알고 있을 거 아냐."

"당사자가 눈앞에 있으니 직접 듣는 게 더 좋지 않을까요."

로렌조는 고개를 절레절레 흔들었다.

"사고가 일어난 뉴프로비던스는 내 고향이었다. 생텀 연맹의 식민 지배를 받기 전까지는 살기 좋은 곳이기도 했지. 내게 장기를 기증한 사람은 모두 뉴프로비던스를 지키다 죽은 군인들이었다. 장기를 갈아치우는 건 함께 독립을 위해 싸우기로 했던 뉴프로비던스의 용맹을 갈아치우는 것과 같았지."

"하지만 그건 거짓말입니다. 당신은 면역억제제를 먹지 않으니까."

"무슨 말이야? 왜 그렇게 생각하지."

나는 주머니에서 면역억제제가 든 두 약병을 꺼냈다.

"당신은 애초에 약을 처방받을 필요가 없어요. 그건 유명자라는 앞으로의 삶을 생각하면 너무 큰 리스크죠."

"그럼 약을 왜 처방받겠어."

"첫 번째, 로렌조 카르발류라는 유명자에 대한 호감을 갖게 만들죠. 그저 좋은 사람처럼 보인다는 게 아니라, 왜곡된 인식을 가지게 만든다는 겁니다. 정보 비대칭은 관계에서 유리합니다. 두 번째, 누군가 당신이 먹어야 하는 면역억제제를 미끼로 교섭을 하려 들 수도 있습니다. 당신은 교섭을 받아들이는 척하면서 상황을 유리하게 이끌 수 있어요. 세 번째."

나는 시계를 본 다음 약을 정해진 용량만큼 입에 털어넣고 남은 커피를 마셨다.

"필요한 사람에게 줄 수도 있고요."

레코드의 정보가 조작될 수 있거나 부족한 상태로 있다는 건 이미 내 사례를 통해 확인할 수 있다. 레코드는 방대한 정보일 뿐, 완전한 정보가 아니다. 애초에 연합이 완전한 정보의 레코드를 가지고 싶어하는지도 의문이다. 레코드만이 우주에서 얻을 수 있는 최선의 지식이라면, 레코드를 조작할 수 있는 연합은 그 누구라도 속일 수 있을 것이다. 레코드의 정보는 너무나 방대해서, 자그만 성계에서도 모든 지식을 실증하고 그 반례를 찾아내긴 힘들다. 레코드에 그렇게 적혀 있다면 그것을 공인된 지식으로 인정할 수밖에 없다. 레코드는 지금까지 발견된 인간 지식의 총체라고 알려져 있으니까.

로렌조는 아무 말이 없다.

내가 말했다.

"약 처방 기록이 남을 테니 제가 편집기를 통해 류진의 몸으로 들어올 걸 숨기기 위해 류진과 당신이 사전에 모의를 했다는 건 발뺌할 수 없는 사실입니다. 중요한 건 당신은 내가 온 것을 알았으면서도 제게 별다른 접근을 하지 않고 묵인만 했다는 거죠. 제가 여기 왜 온 겁니까? 류진과 어떤 계획이 있었던 겁니까? 왜 제게 아무 말도 하지 않았죠."

로렌조가 말했다.

"나는 네가 누군지 몰라. 모든 계획은 류진이 세웠지."

로렌조가 날 모른다는 걸 다행으로 받아들여야 할지 고민되었다. 다만 중요한 부분이라고 할 수는 없었다.

"하지만 묵인했잖아요."

"유명자 살인? 죽었다면 다시 내려받으면 그만일 뿐이야. 큰일은 아니지. 단장이 결정하고 함장이 문제 삼지 않는다면 끝난 일이야."

"유명자를 내려받을 수 있다고 유명자의 목숨이 값싸다고 생각하긴 힘들어요. 레코드에서 당신 기록을 봤을 때 특별히 윤리관이 남다르다고 판단할 근거는 없는데도 당신은 큰일이 아닌 것처럼 말하는군요."

로렌조는 한숨을 쉬었다. 레코드에 의하면 로렌조는 정의로운 사람이다. 자신의 신념을 관철하고자 한다면 어떤 고문에도 입을 열지 않겠지만, 스스로도 불의라고 판단하는 것이라면 말로 긁어대는 것만으로도 정보를 받아낼 수 있었다.

"그래. 류진과 내가 반역을 계획했던 건 사실이다. 하지만 류진이 반란을 획책한 것, 그리고 동료들을 설득하는 데 실패한 것도 사실이지. 너의 존재는 부수적인 계획에 불과해. 이 과정에서 나는 회의감을 느꼈고, 너에게 접근하지 않았어. 그리고 계획을 파기하기로 결정했다. 네가 날 찾아와 이렇게 말하게 될줄은 몰랐지만, 그 생각이 바뀐 건 아니야."

"반역을 모의했다는 건 류진이 이 함선을 지배할 목적이었다는 거군요. 제가 그 대체제고요."

그 말에 로렌조가 웃었다.

"류진 자신도 해내지 못할 일을 남에게 넘길 리 있겠어? 할 수 있다면 남에게 떠넘기지 않고 혼자 했겠지."

"그럼 류진은 왜 저에게 몸을 넘긴 거죠."

"글쎄. 예측해 볼 수는 있겠지."

로렌조가 턱을 쓰다듬었다.

"혹시 너는 류진의 친구거나 가족인가? 아니면 연인인가."

"…거리만큼은 비슷할 것 같네요."

"이 함선은 지루할 수는 있어도 나쁘지 않은 삶을 보장하지. 요툰 성계로 돌아갈 때는 그 누구와도 비교할 수 없는 돈을 보장받을 테고. 괜한 힘 빼지 말고 조용히 지내는 건 어때."

"당신은 말을 돌리고 있어요. 내가 본론을 이야기할까 봐 겁이 나서."

"본론이 뭔데."

이상하게 자신만만한 태도에 위화감을 느꼈다. 전장에서 물컹하게 밟혀오는 전우처럼. 그럼에도 나는 로렌조를 몰아세울 목적으로 말했다.

"왜 반역을 모의한 거죠."

로렌조는 대답 없이 미소짓는다. 등 바로 뒤에서 발소리가 들려왔다. 소리에였다. 로렌조와 소리에의 시선이 교차하자 내가 실수했음을 알아차렸다. 로렌조라면 당연히 내게 누군가 접근했을 때 경고를 줄 것이라 생각했다. 하지만 그러지 않았다. 로렌조는 소리에를 보고도 조금도 내색하지 않았다. 일부러 알리지 않은 것이다.

소리에는 내 어깨에 손을 올리고 소근거렸다.

"류진, 앤서니가 의무실에서 기다리고 있다."

◇ ◇ ◇

의무실로 들어가자 앤서니가 주사기를 들고 있었다.

"액세스 카드의 알람이 울렸을 텐데."

"못 들었어요. 검사는 저녁 시간 때 하기로 하지 않았나요."

"팔 줄래?"

나는 채혈을 거절하지 않고 받아들였다.

"앤서니, 이건 뭘 검사하는 거죠."

"말했었잖아. 간단한 건강 검진이야. 류진은 편집기 조작 기술에 능숙하긴 했지만, 그래도 모르는 거니까. 특히 뇌처럼 민감한 부위라면 지속적으로 확인해야지. 피 검사뿐이라 해도 이렇게 연속적으로 검사를 하면⋯."

"뇌 문제라면, 편집기를 통해 내부를 촬영하는 게 좋지 않을까요?"

모니터를 보고 있던 앤서니가 고개를 살짝 꺾으며 날 바라보았다. 눈매에 다소 힘이 풀렸다. 내가 로렌조 앞에서 그랬던 것처럼 앤서니 또한 연기할 필요성을 느끼지 못한 것이다.

"로렌조의 말을 경청했다고 생각했는데. 아닌가."

나는 각오를 마치고 말했다.

"당신은 앤서니가 아니죠?"

앤서니가 내게 다가왔다.

"나는 이름 없는 데몬이야."

"…이름 없는 데몬."

"정확히 말하자면, 요툰 성계 레코드에서 이름 없는 데몬에 대한 항목 중 78번째에 있는 이름 없는 데몬이지."

"그럼 앤서니라는 건…."

"물론 나는 부분적으론 앤서니 그레고리 프뢰벨이야. 한 사람의 개인은 특별한 경우에는 몸과 신체가 일치하지. 그래서 유명자의 청사진은 뇌만이 아니라 몸의 형태도 기록되어 있고. 하지만 편집기를 통하면 뇌와 신체가 불일치하는…."

데몬은 나를 손가락으로 가리킨 뒤 자신을 가리켰다.

"너나, 나 같은 키메라를 만들 수 있지."

"…언제부터."

"언제부터."

데몬은 흥이 난듯 계속 말했다.

"네가 알고 있는 앤서니에 대한 정보는 크게 틀리지 않아. 프뢰벨 아카데미의 사원 육성 프로그램으로 태어나고 자란 앤서니는 지브롤터 공업의 다른 함선들을 전전하면서 일했지.

리운 광업소나, 영산 물류, 제타드라이브 같은 곳들. 그러다가 여기 신성모독에 타게 되었고. 신성모독의 목적 또한 네가 아는 것과 다르지 않아. 기록된 구난 신호를 쫓아 폐함을 발견하고 거기서 잊힌 레코드를 발굴하고 기록하는 거지. 그리고 나는 그 잊힌 레코드 중 하나에 청사진으로 올려넣어져 있었지. 탐사 중 발견한 카피 청사진은 내려받지 않는 게 규칙이지만, 함장은 탐험단과 별개로 내가 대단히 가치 있는 유명자일 거라고 착각했어. 요툰에선 청사진을 내려받는 것과 거래 모두 불법이지만, 다른 권역에선 그렇지 않아. 드넓은 우주에서 가치 있는 유명자 청사진을 거래하는 건 일반적인 일이지. 함장은 가속 때문에 다른 승무원들이 잠든 동안 나를 편집기로 내려받았어. 나를 맞이한 건 함장과 함장의 명령을 받는 소수의 승무원들이었지. 그들에게 신뢰를 충분히 얻은 뒤에는 편집기를 통해 한 사람씩 뇌를 덜어내고 내 청사진에서 뇌만 내려받도록 했지. 그다음 함선이 다음 목적지로 이동할 때 순차적으로 사람을 깨우면서 나는 '나'들과 함께 승무원들을 하나씩 같은 방법으로 처리했고, 유명자들은 죽였어."

나는 순수한 의문으로 질문했다.

"유명자들은 왜 키메라로 만들지 않고 죽인 거죠."

"문명의 평가는 인구나 크기, 곡물의 산출량이 아니라 그 문명이 배출한 위인으로 이루어지지. 유명자들은 한 사람 한 사람이 그 시대를 떨친 위인이잖아. 그런 그들의 몸을 내가 대신한다고 가치가 있을 리 없잖아. 그보다는 이용해 먹어야지."

"쉽게 이용할 수 있을 리는 없을 텐데요."

"그건 그래. 하나같이 쉽게 속아 주지 않으니까. 항행 중간에 복제되어 깨어난 것에 대해 설명할 수 없거나, 과거 데이터베이스에 접근할 수 없다거나, 편집기 사용 기록이 삭제되어 있다거나. 특히나 유명자들은 통제받는 환경에 대해 강박적인 집착이 있지. 유명자들은 문제를 발견하거나 의심을 하는 것만으로도 자멸 기관을 작동시키고 자살했어. 이게 문제야. 속일 수 없을 만큼 똑똑하고, 위협을 가하면 자살하는 이들을 어떻게 해야 날 따르도록 만들 수 있을까."

나는 답을 알 것 같았지만 대답하진 않았다.

나는 데몬을 바라보았다. 빛을 등지는 바람에 얼굴이 그늘져 있어서 이목구비가 제대로 보이지 않았다.

"정답은 사랑의 묘약이야. 아니면 큐피트의 화살이라고 해야 할까."

"설명해 주세요."

"유명자 A를 내려받아 방 안에 가둬. 그다음 편집기로 뇌만이 아니라 형태도 조작한 키메라를 대면시킨다. 단 여기서 조건은, 키메라 B의 모습을 유명자 A가 사랑했던 인물상에 가깝도록 만드는 거지. 유명자 A는 당대의 위인이었기 때문에 레코드에 그가 사랑했던 이들의 정보도 틀림없이 남아 있거든. 가끔은 레코드에 그 배우자나 자식의 청사진이 있을 때도 있지. 그럼 일이 더 수월해지고. 그들을 내려받고 관찰해서 유명자 A로부터 호감을 유도받을 수 있는 말투와 태도를 얻기도 했어. 하지만 유명자 A가 기대한 것처럼 사랑에 빠지지 않고, 의심하거나 자멸 기관을 작동시킨다면 그다음 키메라를 내보내. 이런 과정을 유명자 A의 뇌를 관측했을 때 충분한 양의 페닐에틸아민과 세르토닌, 옥시토신이 분비될 때까지 반복하는 거지. 사랑에 빠질 때까지 말이야. 개인 대 개인의 대면에서 끝내지 않고 대면하는 사람의 숫자, 공간, 임무 상황 등의 변수를 추가해 가고, 최종적으로 함선 내 생활에서도 그 분비가 안정적으로 인정되면 유명자 A에 대한 사랑의 묘약이 완성되는 거야."

마치 암호풀이에 쓰이는 무차별 대입법 같다. 하지만 시간과 자원이 충분하다면, 유명자 A가 사랑하는 누군가를 만드는 것은 가능한 일이었다.

"하지만 결국 당신이 데몬이란 사실을 숨기고 있는 이상, 진실이 드러났을 때 그 사랑은 의심이 될 텐데요."

"그 가정은 틀렸어, 키메라."

데몬이 말했다.

"진실을 드러냈을 때도 사랑이 유지되도록 만드는 것이 이 계획의 목표인 거야."

"…사랑의 묘약이 들통나더라도 여전히 유명자가 당신을 사랑하게 만든다는 겁니까? 유명자가 끝내 당신의 계획에 동조한다고요."

"까다롭긴 해. 하지만 불가능한 것은 아니야. 이미 네가 만난 함선 내의 유명자들은 나를 사랑하고 있어."

"…로렌조 카르발류도요."

데몬은 의심할 것도 없다는 듯 고개를 끄덕였다.

로렌조가 류진과의 계획을 왜 포기했는지 알 수 있었다.

"너도 이해할 수 있을걸. 레코드를 봐. 역사 속에서 유명자들은 자신의 뜻과는 다르게 이용되고 소모되어 왔어. 임무를 마치면 근사한 노후가 보장된다는 것처럼 말하지만, 그 성취에 비하면 미미한 것일 뿐이지. 하지만 이곳에서는 달라. 자신의 사랑하는 연인 또는 연인들과 함께야. 그리고 여기, 함선 안의 일인칭 유명자들로만 끝날 이야기가 아니기도 하고."

"무슨 말이에요."

앤서니가 미소를 지으며 말했다.

"나는 함선에서 각각의 유명자에 대입 가능한 사랑의 묘약을 찾아냈어. 이런 묘약 찾기는 성계나 권역의 영향력이 닿는 윤리적 부하가 강한 곳에서는 불가능한 종류의 실험이지. 하지만 신성모독이라는 연합의 강력한 지원과 폐선 탐사라는 특별한 임무, 게다가 나를 발견한 것까지. 우연한 사고의 연속 덕분에 모든 게 가능했어. 내가 요툰 성계로 돌아가게 되면 각각의 유명자에 대입하는 사랑의 묘약으로 모든 유명자들을 내 뜻대로 움직일 수 있는 거지. 상상해 봐. 민중의 마음을 휘어잡는 명사, 몇 세기 전 잊힌 고대 기술을 복원하는 천재 학자, 제 손과 발처럼 군대를 움직이는 불세출의 지휘관이 아무런 갈등 없이 한 가지 목표를 위해서 움직이는 거지. 우리는 고대에 존재했다는 제국이 될지도 몰라."

나는 잠깐의 침묵 후에 말했다.

"제가 그 말에 동의할 거라고 생각하나요."

"그렇게 도발할 것 없어."

앤서니는 자신에게 향해 있던 모니터를 나를 향해 돌렸다. 모니터로 검사기에 수치가 떠올랐다. 앤서니는 검사기를 등지고 걸터앉았다. 모니터를 들여다보지도 않았다.

"사실 이런 검사는 필요도 없지. 그 얼굴과 고동만으로도 알 수 있거든. 로렌조가 고발했을 때는 편집기를 통해 뇌를 바꿨다는 이야기에 걱정했지만, 류진은 뭔가 실수를 한 모양이지. 감각수용체가 남아 있는 이상, 류진의 몸은 여전히 나를 사랑하고, 따라서 키메라 당신도 나를 사랑하게 되는 거야. 류진의 기억과 의식이 사라져도 혹여나 류진이 다른 무엇이라 하더라도 류진의 몸이 사랑하는 것이 나라는 건 바뀌지 않는 거야. 자, 이제 알려 줄래? 네가 누군지."

그 말은 모두 사실이었다.

나는 데몬에게 명백하게 사랑을 느끼고 있다. 빈 잔이 차오르는 듯한 충족감으로, 나는 언젠가 그러했던 것처럼 이름 없는 데몬의 발아래 무릎을 꿇었다.

◇ ◇ ◇

혁명은 실패했다.

혁명군은 제국군에 의해 완전히 분쇄되었고, 이제 승천자들에 의해 다른 우주의 여남은 미래 또한 보장받을 수 없다. 선택을 해야만 했다. 최후의 항전을 이어가자는 이들은 과반을 넘지 못했다. 하지만 혁명군은 그들의 선택을 존중하고 주요 물자를 넘겨주었다. 남은 이들은 나와 함께 한자리에 남았다. 성공할지 장담할 수 없는 마지막 계획을 위해서였다.

비가 천막을 때리는 소리만이 들리고 천막 안을 밝히는 밝은 조명을 등지고 선 친구들이 제대로 보이진 않는다.

한 친구가 말한다.

"어차피 적임자는 너뿐이었으니까."

"정말 그렇게 생각해?"

"양쪽에게서 신임받는 이중첩자는 제국 역사상 너뿐일걸."

또 다른 친구가 말한다.

"난 이 계획 직전까지도 의심했지."

"이제는 아니고."

"그러니 이 자리에 있는 거지."

마지막 친구가 말한다.

"마젠타, 우리는 단 하나의 제국을 쓰러트리는 게 아니라, 무한한 제국을 쓰러트리기 위해서 희생하는 거다. 그러니까 그렇게 울 필요는 없다."

나는 총을 쥐고 눈물을 소매로 닦았다. 돌아보면 어린애나 다름없었다. 애서 농담을 해 본다.

"내가 황제한테 아양 떠는 모습을 상상해 보면 어때."

다들 웃었다.

"토할 것 같은데."

"나도 그래. 그러고 싶지 않아."

"그게 우리의 소원이라고 해도?"

나는 고개를 떨군다.

"우리가 틀렸을 리는 없어. 수많은 사람에게서 사랑을 얻는 건 페로몬을 감지하는 수술뿐이야. 야콥슨 기관에 손을 대면 과거부터 가지고 있는 신념도 무너지고, 불의에 항거하는 마음도 뿌리째 뽑혀 나가는 거지. 그러니 방법은 하나뿐이다. 사랑을 막을 수 없다면, 사랑하는 방법을 바꾸는 거지."

"페로몬에 자극 받아 세로토닌과 옥시토신, 우리가 사랑이라고 부르는 호르몬이 분비되기 시작하면 네 두개골 안쪽 전전두엽에 위치한 종양이 부풀기 시작할 거야. 세심하게 계산된 두개골 압력과 두뇌 압박은 쾌락살인마의 뇌와 동일한 기작을 일으키고, 사랑하는 대상에 대한 폭력적 망상을 부여하고 살인에 대한 페티시를 만들겠지."

"그렇지만 뇌 구조는 너무 복잡해. 해당 기작을 일으키는 형태로 종양이 부풀 거라는 근거는 없어. 뇌에 이식할 종양의 크기와 모양, 영향 받는 호르몬을 바꿔 가며 해당 기작이 일어날 수 있는 경우의 수들을 시험했어야 했지. 네가 빼돌린 승천문 기술과 무수한 너의 희생이 없었다면 불가능했을 거다."

정확히 기억은 나지 않는다. 단지 그런 이야기를 했었던 것 같다.

계획을 위해 희생된, 사랑하는 방법을 끝내 바꿀 수 없었던 무수한 나들은 제국이 발견할 수 없도록 모두 소각되어 땅에 묻히거나 생활 폐기물과 함께 버려졌다.

"계획은 성공했어, 마젠타. 황제는 자신의 사랑에 단 한 번도 도전받은 적이 없지. 방심하고 있을 테니 너라면 반드시 죽일 수 있다. 그리고 황제라는 구심점이 잠깐이라도 사라진 제국은 반드시 흔들릴 테니까. 그 작은 원정선 내부에서라면 말할 것도 없지. 완전히 지옥이 될걸."

나는 총을 장전하고, 마지막 눈물을 닦았다. 이제 하나의 감정 외에는 다른 감정을 내보여서는 안 된다. 다행히 더 흘릴 눈물도 없었다. 나는 고개를 들었다.

"그럼 이제 내게서 도망쳐. 정면에서 쏜 총알은 의심받을 테니까."

"작별인사도 성격처럼 고약하게 하는군."

누군가 웃는다.

"쟤는 정이 많아서 걱정이야."

"그래서 이 일을 맡은 거기도 하지."

"그래. 사랑을 멈추지 마, 마젠타."

친구들의 웃음소리가 천천히 잦아들고, 곧 내 말을 따른다.

◇ ◇ ◇

나는 앤서니의 다리를 그대로 당겼다. 탁상에 엉덩이를 걸치고 있었던 앤서니는 헛숨을 들이키며 뒷통수를 모서리에 찧었다. 나는 앤서니가 내다버린 폐기물함에서 주사를 꺼내 손에 쥐고 앤서니의 입을 막으며 우선 복부에 찔러넣었다. 앤서니가 내 손안에서 비명을 내지른다. 주삿바늘은 부러지기 쉽기 때문에 뼈에 닿거나 근육에 엉켜들지 않도록 주의하며 앤서니의 배 위로 올라타 갈비뼈 사이로 반복해 찔러넣었다. 입에서 손을 떼도 소리가 새어나오지 않는 걸 확인하고 몸을 끌어안으며 목 뒤에 공간을 냈다. 앤서니가 더듬거리며 허리춤으로 손을 가져간다. 권총을 휴대하고 있다. 하지만 내가 더 빠르다. 머리를 고정하고 주사기를 목뒤 신경절에 찔러넣자 곧장 움직임이 멎었다.

뇌에서 솟구치는 호르몬 때문에 나는 가볍게 떨었다. 몸을 일으키면서 현기증으로 쓰러지지 않기 위해 허리와 다리에 의식적으로 힘을 주고, 손등으로 입가를 가렸다. 침이 흘러나올 것만 같다. 나는 흥분을 가라앉히기 위해 류진에 대해 생각했다.

류진은 자신이 앤서니를 완전히 사랑하게 되자 앤서니를 죽일 수 없을 거라고 판단했다. 그래서 나를 내려받았다. 로렌조는 내가 두 번째 계획이었다고 말했지만, 어쩌면 류진에겐 이것이 하나의 계획이었을지도 모른다. 류진은 보안팀 팀원을 모두 처리했다. 나머지 승무원은 비무장인 데다 연구원에 불과하다. 거기다 다음 폐함으로의 가속 준비 때문에 꽤 많은 승무원이 이미 가수면에 든 상태였다. 마치 내게 무대를 만들어 준 것만 같다.

혁명군의 임무에 대해서도 생각해 본다. 제국은 이제 잊히고 있으니, 지금까지의 혁명은 성공한 듯하다. 무수한 황제가 쓰러졌으리라. 친구들에게 부끄럽지 않다. 하지만 황제가 죽었다고 내 이름이 잊히진 않은 듯했다.

첫 번째 류진에 대한 레코드 기록은 다소 모호하게 끝난다. 연합의 첨단에 선 지휘자들이 누구인지도 불분명하다. 확인해 볼 길은 없으나, 나는 류진이 내게 필멸의 숙명을 부여했을지도 모른다고 짐작했다. 다만 류진이 언제 나의 비밀을 알아차렸을지는 모를 일이다. 사랑하게 되면 연인을 죽이려고 든다는 사실은 예의 연인이 아니면 알기 쉽지 않을 텐데. 나는 고통으로 일그러진 앤서니의 얼굴을 잠깐 내려다보았다.

안타깝지만 진실을 알게 될 일은 없다. 사랑 중엔 한눈을 팔 수 없으니까. 나는 앤서니의 총과 액세스 카드를 빼들었다. 이와 같은 고리선에선 적합한 행동 요령과 전술 행동이 있다. 레코드를 통해 보았던 요툰 성계에서 일반적으로 받아들여지는 내부 전투 지침을 역이용하는 것도 좋아 보인다. 데몬의 행동 양식도 고민해 볼 수 있다. 데몬은 아직 앤서니가 실패했다고 생각하지 않을 가능성이 높았다. 적어도 잠깐의 행동을 지연시키기 위해서라도 편집기로 앤서니를 찍어낼지도 모른다. 그 생각에 나도 모르게 흥얼거렸다. 낯선 멜로디다.

나는 또 다른 연인을 찾아 의무실을 나섰다.

작가의 말

피터 와츠의 말에 따르면 하드 SF를 쓴다는 것은 "마치 한 손을 등 뒤에 묶은 채로 전쟁터를 헤매"는 것이다. 이것은 슈츠의 게임에 대한 정의인 "자발적으로 불필요한 장애물에 도전"하는 것과 상통한다. 즉, 하드 SF를 쓰는 것은 게임이며, 게임 플레이어는 어디까지나 작가이고, 독자는 게임 스트리밍을 지켜보는 셈이다. 이런 구도라면 게임 스트리밍에 대해 무수한 시청자들이 훈수를 두듯 어떤 작품이 하드 SF인지 아닌지 따지는 이들이 왜 그렇게 많은지도 알 수 있다. 그럼에도 불구하고 좋은 게임 플레이에는 환호와 감탄이 뒤따르는 법이다. 좋은 게임이 되었길 바란다.

남세오

평범한 연구원으로 살아가던 어느 날 문득 글을 쓰게 되었다. 온라인 플랫폼 브릿G와 환상문학웹진 거울에서 '노말시티'라는 필명으로 활동하고 있다. SF 소설집 『중력의 노래를 들어라』, 호러 소설집 『일란성』, 미스터리 소설 『꿈의 살인자』, 청소년 소설 『너와 내가 다른 점은』, 『너와 함께한 시간』, 『기억 삭제, 하시겠습니까?』를 출간했다.

크게 화제가 되지는 않았지만 2022년 12월 스톡홀름 시청사에서 열린 노벨상 시상식 도중 작은 소동이 있었다. 노벨물리학상 수상자들이 2층 난간을 통해 걸어 나오는 동안 잠시 객석을 비춘 카메라에 한 사람이 들고 있는 피켓이 잡혔다. GOTT WURFELT NICHT! "신은 주사위 놀이를 하지 않는다."는 뜻의 독일어로 아인슈타인이 한 유명한 말이다. 알다시피 그해 노벨물리학상은 양자역학을 실험적으로 증명한 연구자들에게 돌아갔다. "신은 주사위 놀이를 하지 않는다."는 문장은 양자역학의 확률적 측면을 인정하지 않았던 아인슈타인의 대표적인 말이었으니 그 사람은 수상자들을 정면으로 공격한 것이나 다름없었다. 카메라에 비춰졌을 때는 이미 이를 눈치채고 다가간 경비와 실랑이가 벌어지고 있었고 급기야 그 사람은 주먹을 내뻗으며 크게 소리를 질렀다. GOTT WURFELT NICHT! GOTT WURFELT NICHT! 사람들의 시선이 일제히 꽂히고 경비가 난동꾼의 입을 막으며 제압

하자 카메라는 황급히 다시 계단을 걸어 내려오는 수상자들에게 돌아갔다. 세 사람은 그런 해프닝이 그다지 불쾌하지 않다는 듯이 서로 가볍게 웃음을 교환했다. 그리고 아무 일도 없었던 것처럼 시상식이 진행되었다.

사회자가 따로 언급하지도 않았기 때문에 화면을 주의 깊게 보고 있지 않았다면 불과 몇 초 만에 지나간 그 해프닝을 미처 알아채지 못했을 수도 있다. 소리를 질렀다는 것도 난동꾼의 입 모양을 보고 하는 추측이지 실제 객석의 소리가 중계되지는 않았다. 하지만 그 장면은 유럽 입자 물리 연구소의 엔지니어링 부서에서 근무하는 길상우의 눈길을 잡아끌었다. 줄여서 CERN이라고 불리는 그곳에서 길상우는 입자 가속기의 상태를 확인하고 관리하는 일을 하고 있었다. 업무 대부분은 매뉴얼에 따라 모니터에 표시되는 숫자들을 체크하고 27킬로미터에 달하는 장치 중 일부인 IR4 구역을 돌며 물이 샌 곳은 없는지 쥐가 전선을 갉아 먹지는 않았는지 살피는 일이었으니 전 세계에서 가장 유명한 물리 연구 시설에서 일하고 있다고는 해도 노벨물리학상에 특별한 관심은 없었다. 생중계도 회의실 모니터에 누군가 띄워 놓은 화면을 지나가다 우연히 보게 된 것뿐이다. 힉스 입자를 발견한 공로로 노벨물리학상을 받았을 때의 무용담을 하도 들어서인지 노벨상이라고 하면 이제 지겨울 정도였다. 길상우가 그 해프닝에 주목한 이유는 물리와는 무관했다.

일단 상우는 'GOTT WURFELT NICHT'가 무슨 뜻인지도 몰랐다. 그게 아인슈타인이 한 말이라는 사실을 안 건 한참 후의 일이다. 상우는 그 문구 아래에 적혀 있던 42.9666m와 6.97749MHz 라는 맥락 없는 숫자까지도 정확하게 외우고 있었지만 그건 그냥 상우의 유별난 기억력 덕분이다. 심지어 상우가 그 순간에 진짜로 주목한 건 숫자가 아니라 그 피켓을 들고 있던 사람이었다. 눈에 띄지 않는 평범한 베이지색 정장을 입고 깔끔하게 빗어 내린 갈색 머리카락을 휘날리며 경비에게 입을 틀어 막힌 채로 끌려 나가던 그 여자의 얼굴은 IT 부서에서 일하는 포이페 켈리와 똑같았다.

3년 전 함께 입사한 동기라는 점을 빼면 길상우와 포이페 켈리의 공통점은 없다시피 했다. 부모님을 따라 7년간 프로방스 지역에서 살며 익힌 프랑스어 실력과 뛰어난 기억력 덕분에 로잔 공대에 입학하기는 했지만 물리학 공부에는 그 이상의 재능이 필요했다. 일찌감치 졸업을 포기한 길상우는 시급이 높다는 이유만으로 CERN에서 시간제로 아르바이트를 하다가 엔지니어링 부서장의 눈에 띄었다. 전날과 미묘하게 달라진 곳을 귀신같이 찾아내는 상우의 기억력과 눈썰미는 유지 보수 업무에 그만이었다. 길상우가 입자 물리 연구소에서 일하는 이유는 그게 다였다. 수업을 도저히 따라갈 수 없었던 상우가 물리 특히 양자역학을 싫어할 이유는 차고 넘쳤다. 그에 비해 포이페는 엘리트 코스를 밟으며 양자 컴퓨터를 연구한 박사였다. 나이도 상우에 비해 열 살 가량 많았다. 일하는 부서도 달라서 구내식당이 아니면 마주칠 일도 거의 없었다.

유지 보수는 지루한 업무다. 제네바 시내로부터 멀리 떨어진 생 제니에서 작은 독방을 빌려 살고 있는 길상우는 붙임성도 좋아서 연구소 직원들과 쉽게 친해졌다. 입사 동기라는 이유만으로 구내식당에서 마주친 포이페와 몇 번 같이 식사한 적도 있다. 그렇다고 해서 상우가 포이페를 특별히 마음에 담아 두고 있었던 건 아니다. 화면 구석을 스치듯 지나간 사람이 포이페 켈리와 똑같이 생겼다는 사실을 알아챈 건 순전히 상우의 눈썰미 때문이다. 홈페이지에 올라온 동영상에는 해당 부분이 삭제되어 있어서 다시 확인해 볼 수는 없었다. 마침 시설 점검 때문에 IT 연구동에 들를 일이 있었던 상우는 커피를 사 들고 포이페의 연구실을 찾아갔다. 밤을 새웠는지 갈색 머리카락을 질끈 묶은 채로 의자에 널브러져 있던 포이페는 상우가 건네주는 커피를 반갑게 받아 들었다. 포이페의 얼굴을 직접 보자 생방송에 등장했던 그 사람의 얼굴이 다시금 선명하게 떠올랐다. 뻔한 잡담을 이어가다 상우가 슬쩍 물었다.

"얼마 전에 스웨덴 다녀오지 않았어요?"

"갑자기 웬 스웨덴? 무슨 학회 있었어요?"

그런 짓을 실제로 벌였다면 연구소 내의 동료에게 숨기고 싶은 게 당연하다. 하지만 커피를 한 모금 마시며 천연덕스럽게 되묻는 포이페의 표정은 도저히 연기라고는 볼 수 없었다. 몇 가지를 더 둘러서 물어보았는데 포이페는 시상식 날 연구소에 있었던 게 확실했다. 해프닝에 대해서도 전혀 모르는 눈치였다. 한 사람이 동시에 두 장소에 있을 수는 없으니 영상 속의 난동꾼은 포이페가 아니었다. 그저 포이페와 똑같이 닮은 사람이었다. 당신과 똑같이 생긴 사람이 노벨물리학상 시상식에서 피켓을 들고 무언가를 외쳤다고 놀리는 것도 나름 재미있겠지만 일부러 그걸 물어보러 찾아왔다는 걸 들키고 싶지는 않아서 상우는 적당히 잡담을 마무리 짓고 돌아왔다. 그렇게 그냥 지나갈 일이었다. 상우가 피켓에 적혀 있던 이상한 숫자들을 정확히 기억하지 못했다면.

가속기에서 쏟아져 나오는 측정값 사이에서 미립자의 증거를 찾아내는 일은 장치 유지 보수만큼이나 지루한 작업이다. 대부분의 분석을 컴퓨터에 맡겨 놓는다고 해도 그 결과를 확인하며 분석 과정을 조정하는 건 역시 사람의 일이다. 그중에서도 측정값에서 노이즈를 제거하는 작업은 잘해 봐야 티도 안 나고 뭔가 문제가 생기면 일단 의심부터 받는다는 점에서 길상우의 업무와 일맥상통하는 면이 있다. 그런 스트레스를 풀기 위해 무작위로 고른 누군가에게 마구 쏟아내는 험담을 서로 받아준다는 점이 알렉 호프만과 길상우를 묶는 고리였다.

"며칠 전부터 이게 눈에 띄었는데. 도저히 원인을 못 찾겠네. 어떤 녀석이 구석에 사제 통신기기를 숨겨 놓은 건 아닌지 온 실험실을 뒤져 보기까지 했다니까."

"또 노이즈야? 이번에는 얼마짜린데?"

노이즈의 발생 원인을 찾는 일은 주파수에서 시작한다. 진짜 원인을 찾는 데 상우가 도움이 된 적은 없지만 어쨌거나 욕을 쏟아부을 희생양을 찍을 때 거든 적은 많다. 알렉은 측정 데이터를 주파수 스펙트럼으로 변환한 그래프를 화면에 띄웠다. 눈썰미가 좋은 상우의 눈에도 그냥 무작위로 솟아오른 울퉁불퉁한 봉우리들로 보였다. 역시 데이터는 데이터만 밤낮으로 보는 사람에게는 조금 다르게 보이는 법이다. 알렉이 그중 한 봉우리에 커서를 맞추고 확대하자 그제야 그 지점이 유난히 매끈한 모양으로 솟아 있다는 걸 알아볼 수 있었다.

"7메가헤르츠."

"뜬금없네. 정확히 7이야?"

"아니. 7보다 약간 작은데. 잠시만."

알렉이 스펙트럼에서 봉긋 솟아오른 봉우리를 클릭하고 무언가를 입력하자 커서가 봉우리의 중앙으로 조금씩 이동하기 시작했다. 그걸 지켜보던 상우의 머릿속에 언뜻 어떤 숫자가 스쳤다. 포이페를 닮은 사람이 들고 있던 피켓에 적힌 숫자 두 개 중 하나였다.

"6.97749?"

"넌 이런 것도 찍냐. 보자. 6.97… 7. 4. 9? 뭐야? 어떻게 알았어? 어디서 나온 주파수야?"

잔뜩 흥분해서 달려드는 알렉에게 상우는 시상식에서 본 장면을 설명해 줄 수밖에 없었다. 그 사람이 포이페와 똑같이 생겼다는 부분은 굳이 말하지 않았다.

"무슨 뚱딴지같은 소리야. 이 값이 피켓에 적혀 있었다고? 그것도 소수점 다섯째 자리까지 정확하게? 말도 안 돼. 나도 이걸 이렇게 자세하게 확인해 본 건 처음이라고. 이 데이터는 아직 외부에 공개되지 않은 데이터고. 장난치지 말고 솔직히 말해."

알렉은 상우가 어딘가 발진기를 숨겨 놓고 장난을 친다고 의심했다. 그렇지 않으면 노이즈의 주파수를 그렇게 정확하게 알고 있을 리 없으니까. 상우 역시 황당하기는 마찬가지였다. 정색하며 진짜 아니라고 몇 번이나 변명을 늘어놓자 알렉은 의자에 주저앉아서는 머리카락을 마구 헝클어뜨렸다. 고개를 숙인 채 한동안 알 수 없는 독일어를 중얼거리던 알렉은 대략 5분 정도의 고민 끝에 난동꾼은 뭔가 새로 만든 제품을 광고

하는 사람이며 연구소의 누군가가 6.97749MHz의 주파수를 내뿜는 그 기계를 사서 실험실 근처에 내버려두었다는 결론을 내렸다.

"하여튼 저 아인슈타인 신봉자가 뭘 만든 건지 알아내야겠어. 걸리기만 해 봐. 아주."

"아인슈타인은 또 왜 나와?"

"뭐? 거기 적혀 있었다며. GOTT WURFELT NICHT. 신은 주사위 놀이를 하지 않는다. 몰라?"

"그 말이야 알지. 아. 그게?"

어이없게도 상우는 그때까지 난동꾼의 피켓에 쓰인 문구를 알파벳 하나까지 외우면서도 아인슈타인이 했던 말이라는 건 물론이고 이번 노벨물리학상의 주제인 양자역학과 관련 있다는 것조차 상상하지 못했다. 그냥 수상자 중 누군가를 비난하는 문구일 거라고 막연하게 짐작했다. 예를 들면 학위를 못 받은 대학원생이라거나. 지금 알렉 역시 업체의 광고라는 쪽으로 상상력을 펼치고 있는 걸 보면 그다지 이상한 일은 아니다.

어쩔 수 없이 2022년의 노벨물리학상 주제였던 양자 얽힘 현상에 관해 설명하고 넘어가야겠다. 비록 F를 맞기는 했어도 로잔 공대에서 일반물리 수업을 직접 듣기까지 한 길상우 역시 이걸 이해하는 데 꽤 애를 먹었다는 사실이 위로가 되었으면 좋겠다. 정 싫다면 뒤에 이어질 일곱 개 문단을 건너뛰어도 괜찮다.

요약하자면 이렇다. 양자적 특성에는 우리가 정확히 알 수 없는 것들이 있다. 어떤 공이 빨간색인지 파란색인지를 상자를 열어 보기 전에는 알 수 없다고 하자. 양자역학에 따르면 공의 색은 상자를 여는 순간 결정된다. 그전에는 빨간색과 파란색이 중첩된 상태다. 절반은 살아 있고 절반은 죽어 있는 슈뢰딩거의 고양이처럼 말이다. 아인슈타인은 그게 너무 이상하다고 생각했다. 좋다. 직접 확인하기 전까지는 색을 알 수 없다고 치자. 그렇다고 해서 결정되지 않은 건 아니다. 우리가 모르는 어떤 원리에 의해 미리 결정되어 있지만 우리가 알 수 없을 뿐이다. 그게 아인슈타인의 숨은 변수 이론이다. 양자역학이 상자를 열 때마다 주사위를 굴려 색을 결정한다면 숨은 변수 이론은 우리가 볼 수 없는 어떤 문서에 적혀 있는 대로 색을 배당받는다. 여기서 아인슈타인의 유명한 말이 나온다. 신은 주사위 놀이를 하지 않는다!

그런데 사실 이건 어떻게 해석하느냐의 차이일 뿐이다. 양자역학은 빨간색과 파란색이 50대 50으로 나오는 주사위를 굴린다고 주장하고 숨은 변수 이론은 비밀 문서에 50대 50의 비율로 적혀 있다고 가정한다. 어느 쪽이든 관찰하는 입장에서는 구별할 방법이 없다. 다른 건 결정되는 시점이다. 숨은 변수 이론에서는 양자가 생길 때 이미 결정된다. 그런데 양자역학에서는 상자를 열 때 결정된다. 열기 전에는 양자에게 뚜렷한 성질을 지닌 실체가 없는 셈이다. 다시 말해 실재성이 없다. 아무도 달을 보지 않으면 달은 그곳에 존재하지 않는 걸까? 아인슈타인이 이상하게 생각할 만하다. 하지만 보어는 이를 철학적인 논의라고 국한한다. 실재가 있든 없든 우리 눈에 보이는 세상은 똑같으니까.

논쟁을 물리의 영역으로 끌고 오기 위해 고심하던 아인슈타인은 기발한 상황을 고안해 낸다. 얽힌 상태란 두 양자의 성질이 한 쌍을 이루는 현상이다. 한 양자가 빨간색이면 다른 양자는 파란색이다. 두 양자가 각각 어떤 색일지는 알 수 없어도 색이 서로 다르다는 건 확실하다. 역시 이번에도 결정되는 시점이 다르다. 양자역학에서는 어느 한 양자의 색이 결정될 때 다른 양자의 색도 결정된다고 주장한다. 숨은 변수 이론은 두 양자가 얽히는 순간 서로 다른 색을 배당받는다고 가정한다. 여전히 두 이론 모두 관찰자의 입장에서는 어느 한 상자를 여는 순간 두 양자의 색을 모두 알게 된다는 점에서 똑같다.

하지만 양자역학에서는 상식적으로 이해하기 힘든 현상이 벌어진다. 두 양자를 아주아주 멀리 떨어뜨려 놓는다. 이왕이면 수억 광년 정도가 좋겠다. 이 상황에서 양자 하나의 성질을 확인한다. 빨간색이다. 양자역학에 따르면 바로 그 순간 수억 광년 떨어진 양자는 파란색이 된다. 도대체 어떻게 그 양자는 수억 광년 떨어진 곳에서 누군가가 자신과 얽혀 있는 양자의 색을 확인한 것을 알고 파란색이 되어야겠다고 결정한 걸까? 상대성이론에 따르면 그 어떤 물질도 그 어떤 정보도 광속보다 빠르게 전달될 수 없다. 이를 국소성이라고 한다. 양자역학은 국소성을 위배하지 않고는 성립할 수 없다. 반면에 숨은 변수 이론은 깔끔하다. 두 양자의 색은 서로 떨어뜨려 놓기 전에 이미 결정되어 있었다. 우리가 알 방법은 없지만 어쨌든 결정은 미리 되어 있었다. 그러니 한 양자가 빨간색이라는 것을 안 순간 다른 하나의 양자가 파란색이라는 걸 알게 되는 게 전혀 이상하지 않다.

양자역학 역시 정보가 광속보다 빠르게 전달될 수 없다는 사실은 부정하지 않는다. 다만 얽혀 있는 두 양자가 자신의 색을 원격으로 알려 주는 과정을 절대적인 비밀이라고 가정한다. 그러니 바깥세상에서는 아무런 정보도 전달된 게 없다. 상자 하나를 열어 보는 것만으로는 두 양자가 어떤 비밀 이야기를 속삭였는지 알아낼 방법이 없다. 얽혀 있는 두 양자의 색이 다르다는 것을 확인하기 위해서는 수억 광년 떨어진 다른 상자에서 어떤 색이 나왔는지를 고전적인 통신 방법으로 전달해야 하는데 이 속도는 광속을 넘을 수 없다. 이 방법으로 양자역학은 국소성 역시 철학의 영역으로 끌어 내렸고 대결은 다시 무승부로 돌아갔다.

여기서 아인슈타인의 지원군으로 나선 사람이 벨이다. 벨은 머리를 싸매고 두 이론이 외나무다리에서 만날 수밖에 없는 실험을 고안해 낸다. 얽힌 양자들끼리 꼭꼭 숨기고 있던 비밀을 제삼자를 개입시켜 폭로하게 만드는 방법이다. 이것이 벨의 부등식이다. 양자역학에 따르면 양자들은 자신의 성질뿐 아니라 실험자가 어떻게 실험했는지까지도 원격으로 전달해야 한다. 이건 두 양자가 숨은 변수 이론을 통해 미리 나누어 가질 수 없는 정보다. 실험자가 실험하기 전까지는 어떤 방법을 쓸지 결정되지 않았을 테니까. 양자의 속삭임을 엿들을 수 없는 건 여전하지만 최종적인 결과가 달라진다. 양자가 원격으로 서로 속삭이는지 아닌지를 실험적으로 결정할 수 있는 길이 열린 것이다. 수억 광년 떨어진 양자가 원격으로 이야기를 주고받는 게 가능할까? 그것도 순간적으로? 벨은 국소성이 위배될 리 없으니 자신이 제안한 까다로운 실험이 수행되기만 하면 양자역학의 모순점이 만천하에 드러나리라고 믿었다.

그러나 수많은 난점을 해결한 실험을 거쳐 우주가 최종적으로 손을 들어 준 사람은 아인슈타인이 아닌 보어였다. 양자역학이 아니라 숨은 변수 이론과 국소성이 깨졌다. 양자는 아인슈타인을 비웃기라도 하듯 멀리 떨어진 짝에게 자신의 색은 물론 관찰당한 방법까지도 고스란히 알려 주었다. 실험자가 관찰을 한 바로 그 시점에. 벨이 부등식을 제안하고 반세기가 지난 후에야 의심의 여지 없이 이를 증명한 공로로 아스페, 클라우저, 차일링거 세 사람에게 노벨상이 주어졌다. 만일 벨이 살아 있었다면 자신의 예상이 틀렸다는 게 증명된 공로로 노벨상을 받았을 것이다.

양자역학의 승리에 깃발을 꽂는 시상식장에서 아인슈타인 신봉자가 반대 시위를 벌인다는 건 충분히 있을 법한 일이다. 그 사람이 같은 시간에 스위스의 연구소에서 졸린 눈을 비비며 모니터를 바라보고 있던 한 연구자와 유난히 닮았다는 건 우연의 일치로 넘어가자. 하지만 주파수는 우연일 수 없다. 어떤 원인을 공유하는 결과가 분명하다. 알렉 역시 그 점에 완전히 동의했으며 상우 못지않은 실행력도 있었고 무엇보다 상우보다 훨씬 발이 넓었다.

"상우! 상우! 알아냈어! 주파수!"

알렉이 호들갑을 떨며 달려온 건 길상우가 틈틈이 양자 얽힘과 관련된 글들을 찾아보며 아인슈타인 신봉자의 시위 동기에 대해 어렴풋이 이해하게 되었을 때쯤이었다.

알렉을 괴롭히던 노이즈는 CERN의 가속기에서만 발생하던 게 아니었다. 중력파를 측정한 미국의 LIGO, 아레시보의 전파망원경, 중성미자를 검출하기 위해 일본의 광산에 설치된

가미오칸데 등 극도로 정밀한 측정이 필요한 전 세계의 실험 장치들에서 공통으로 7MHz 근방의 노이즈가 측정되었다. 다만 실무자가 아니라면 확인하기 힘들 정도로 극히 미미한 수준이었다. 그들은 알렉이 정확한 주파수를 알려 주고 난 후에야 해당 위치에 무작위라고는 볼 수 없는 미약한 노이즈가 존재한다는 걸 알아낼 수 있었다. 심지어 알렉은 화성에서 전송된 탐사선 퍼서비어런스의 신호에서도 같은 주파수의 노이즈를 찾아냈다. 전 세계의 연구 시설에서 같은 노이즈가 관측된다는 사실만큼이나 그 모든 실무자와 연락이 가능한 알렉의 인맥이 대단했다.

"확인해 봤는데 연구소마다 쓰는 검출기는 다 달라. 앰프나 필터도 똑같은 게 없고. 디지타이징 과정에서 공통되는 알고리즘이 있는지 보고 있는데 아직은 소득이 없네."

우연의 중요성으로 따진다면 노이즈의 주파수가 스톡홀름의 시상식장에서 발견된 피켓에 적혀 있었다는 것보다는, 전 세계의 정밀 실험 장치에서 동일한 주파수의 노이즈가 검출된다는 게 훨씬 더 중요하다. 그 우연에서는 공통의 원인을 찾아낼 수 있기 때문이다. 알렉의 관심사는 완전히 그쪽으로 돌아간 모양이었다. 놀랍기는 하지만 솔직히 상우는 노이즈 자체에는 관심이 없었다. 알아듣기 힘든 기술 용어들을 한참 늘어놓던 알렉은 붕 떠있는 상우의 표정을 보더니 그제야 생각났다는 듯이 주머니를 뒤적거려 포스트잇 한 장을 꺼냈다.

"뭐야. 메일로 보내면 되지 뭘 직접 적어왔어?"

"서버에 기록 남기는 게 좀 그래서. 그 사람 정보. 해커 친구가 경찰청 내부망에 직접 들어가서 빼낸 거야. 알아낸 건 그게 전부지만."

"해커? 도대체 알렉 네가 모르는 사람은 누구야?"

상우는 혀를 내두르며 포스트잇에 휘갈겨진 글자들을 살펴보았다. 알렉 말대로 정보는 별것 없었다. 국적과 이름이 전부였다. 국적은 아일랜드. 아일랜드 사람이 스웨덴까지 가서 시위를 벌였던 건가. 그리고 밑에 이름이 적혀 있었다. 메르센 켈리.

"메르센 켈리. 켈리?"

"왜? 아는 사람이야?"

부서가 다르니 알렉은 연구소에 포이페 켈리라는 사람이 있는지 모를 수도 있다. 설령 알더라도 켈리라는 성은 듣자마자 누군가를 떠올릴 정도로 희귀한 성이 아니다. 하지만 그 사람의 얼굴이 포이페와 똑같다는 걸 알고 있는 상우에게는 과도한 우연이다. 우연 정도가 아니라 확실한 해답이나 다름없다. 포이페에게는 메르센이라는 아인슈타인 신봉자 쌍둥이 자매가 있다. 싱거울 정도로 간단한 해답이다.

상우는 기회가 될 때마다 어색하지 않을 정도로 포이페에게 접근해 이런저런 질문을 던져 보았다. 자매에 대해 빙 둘러 물어보자 포이페는 언니나 동생은 없다고 했다. 혹시 쌍둥이냐고 대놓고 묻더라도 아니라고 대답할 게 뻔해 보였다. 일부러 숨길 수도 있고 자신에게 쌍둥이 자매가 있다는 사실을 정말로 모르고 있을 수도 있다. 그게 아니라 메르센 켈리와 포이페 켈리는 그냥 닮은 사람일 수도 있다. 먼 친척일지도 모른다. 어느 쪽이든 포이페에게 캐물어서 해답을 얻기는 힘들어 보였다.

양자역학에 대한 의견이라면 포이페는 뭐든 상관없다는 쪽이었다. 어차피 결론이 나지 않는 논쟁에 괜히 끼어들고 싶지 않아 했다. 다만 명백히 결론이 난 문제를 부정확하게 해석하는 데는 민감했다. 포이페는 길상우가 벨의 부등식에 대해 잘못 이해하고 있던 부분도 짚어 주었다.

"그게 가장 많이 하는 오해인데요. 여전히 정보는 빛보다 빨리 전송될 수 없어요. 얽힌 양자를 가지고 무슨 짓을 하더라도 우리가 쓸 수 있는 정보를 보내려면 결국에는 고전적인 통신에 의존해야 해요. 양자끼리 무슨 정보를 주고받더라도 그것만으로 통신할 수는 없어요."

"빠른 것도 아니면 그럼 양자 통신은 왜 연구하는 거예요?"

"암호화를 할 수 있으니까."

"그게 다예요?"

"우습죠? 그렇게 심오한 우주의 원리를 고작 인간끼리의 비밀을 지키기 위해 써먹는다니요. 사실 양자 컴퓨터도 마찬가지예요. 양자 컴퓨터로 양자 자체를 계산하는 걸 제외하면, 그게 제가 연구하는 분야인데요, 그러고 나면 남는 건 역시 암호화 기술 정도예요. 소수 계산이 주특기니까요."

소수는 자신과 1 외에는 다른 약수가 없는 수다. 포이페는 물리적 현상인 양자의 불확정성이 순수한 수학적 개념인 소수의 계산에 쓰인다는 점이 얼마나 신기한 일인지, 그게 자연의 비밀을 얼마나 놀라운 방식으로 드러내 보이는지를 열띤 목소리로 떠들어 댔다. 이 연구소에서 일하는 연구자 대부분은 극히 일부의 인간만 알고 있는 지식을 지니고 있고 그런 지식을 남들 앞에서 정확한 논리로 떠드는 것 자체를 매우 좋아한다. 그걸 놀라운 표정으로 고개를 끄덕이며 들어 주는 게 상우가 많은 연구자와 좋은 관계를 유지하는 비결이다.

"상우. 우리가 사는 우주에 딱 두 가지가 없는데, 그게 뭔지 알아요?"

"글쎄요. 광속보다 빠른 입자? 아니면, 절대적인 기준?"

솔직히 포이페가 뭘 물어보는 건지 짐작도 가지 않았다. 그래도 지난 한 달간 양자 얽힘에 대해 이해해 보려고 필사적으로 고민했던 게 헛수고는 아니었는지 상우가 짜낸 대답을 포이페는 그럭저럭 마음에 들어 했다.

"와우. 정말 좋은 대답이네요. 어떻게 보면 비슷한 맥락이기도 해요. 하지만 전 그걸 이렇게 표현하는 걸 좋아해요. 우주에는 무한과 연속이 없어요."

"무한과 연속이요?"

"제논의 역설은 들어봤죠? 아니면 아킬레스와 거북이의 경주라든가."

아킬레스는 거북이보다 훨씬 빠르다. 하지만 거북이가 앞서 출발하면 아킬레스는 영원히 거북이를 따라잡을 수 없다. 아킬레스가 거북이가 있던 위치에 도착하는 동안 거북이는 조금이라도 앞으로 갈 테고, 아킬레스가 그만큼을 더 따라잡는 동안 거북이는 또 조금이라도 더 앞으로 갈 테니까. 아킬레스가 아무리 따라잡아 봐야 거북이는 아킬레스보다 조금 더 앞에 있게 된다. 이는 공간과 시간을 무한히 나눌 수 있다고 가정하는 데서 오는 오류라는 게 포이페의 설명이었다.

"공간은 무한히 쪼갤 수 없어요. 쪼개고 쪼개다 보면 더 이상 나눌 수 없는 최소 단위에 도달하죠. 그게 플랑크 길이예요. 시간도 마찬가지예요. 플랑크 시간보다 더 짧은 시간은 존재하지 않죠. 말하자면 우주는 플랑크 길이를 범위로 하는 픽셀들이 플랑크 시간이 지날 때마다 깜박이는 컴퓨터 시뮬레이션인 셈이에요. 다만 그 단위가 너무 작아서 인간에게는 연속인 것처럼 보이는 거죠."

포이페는 왼손잡이였다. 멍한 표정으로 고개를 끄덕이기만 하는 상우를 아랑곳하지 않은 채 포이페는 왼손에 든 칼로 접시 위에 놓인 감자튀김을 잘게 쪼개며 열변을 토했다.

"수학자들은 우주를 이해하기 위해 무한과 연속이라는 개념을 창조해 냈지만 알고 보니 우주는 조각조각 양자화되어 있었죠. 실제 우주의 모습과 가장 가까운 개념을 오히려 정수론에서 찾을 수 있다는 게 참 아이러니하죠? 양자 컴퓨터가 소수 계산을 잘하는 건 우연이 아닐지도 몰라요."

포이페의 설명 중 이해할 수 있는 부분은 거의 없었지만 양자와 소수가 깊은 연관이 있다는 사실만큼은 기억에 남았다. 그게 꽉 막힌 이 미스터리를 푸는 단서가 되리라고 상우는 전혀 예상하지 못했다.

알렉은 다른 방식으로 주파수의 비밀을 풀기 위해 노력하고 있었다. 노이즈의 원인을 장비나 알고리즘에서 찾으려는 노력은 전부 수포로 돌아갔다. 하지만 알렉은 포기하지 않았다. 온갖 테스트를 반복하던 알렉은 피켓에 쓰여 있던 두 숫자의 연관성을 찾아내고야 말았다.

"야. 진짜 내가 이 데이터 얻으려고 고생한 걸 생각하면. 근데 봐봐. 헛수고가 아니었다니까?"

주파수에서 답을 찾아내지 못하던 알렉은 상우가 말해 준 다른 숫자로 관심을 돌렸다. 42.9666m, 알렉은 실험 팀을 설득해서 가속기에 설치된 검출기 모듈 두 개의 거리를 40미터에서 50미터 사이로 조정할 수 있도록 개조하는 데 성공했다. 상상할 수 있는 모든 핑계를 동원해야 했던 그 과정이 얼마나 극적이었는지에 대해 길게 늘어놓으려는 알렉을 겨우 막고 나서야 상우는 다음 이야기를 들을 수 있었다.

"그랬더니 어떻게 됐게? 봐봐. 검출기 사이의 거리를 바꾸면서 6.97749MHz 노이즈의 상관관계를 계산한 거야. 여기 작은 봉우리가 하나 보이지? 이 지점에서의 거리가 얼마였을 거 같아? 짐작이 가지? 스테이지가 정밀하지 않아서 한계가 있지만 소수점 둘째 자리까지 똑같이 나왔어. 이건 물리 현상이야. 노이즈가 아니라 어떤 현상을 측정한 거라고. 최대한 빨리 정리해서 논문으로 낼 거야. 이 실험 결과로 누군가가 정말 엄청난 이론을 만들어 낸다면 나한테까지 노벨상이 돌아올지도 몰라. 아 참. 그런데 말야."

알렉은 갑자기 당황한 표정을 지으며 상우를 공동 저자로 넣을 수 없는 이유에 대해 변명을 늘어놓기 시작했다. 애초에 그건 상우의 관심사도 아니었다. 상우는 어색하게 이어가는 알렉의 말을 끊으며 물었다.

"그게 그렇게 엄청난 거면 피켓을 들고 있던 그 사람이 먼저 발견했다는 뜻이잖아. 메르센 켈리 말야. 혹시 학계에서 인정을 못 받으니까 그런 퍼포먼스를 벌인 거 아닐까?"

"그러니까 그걸 실험으로 검증한 내 결과가 중요한 거지. 혹시나 해서 찾아봤는데 메르센 켈리라는 이름은 논문 검색으로는 안 나와. 혹시 외계인 아닐까? 우주의 비밀을 인간에게 슬쩍 알려 주려고 나타난 걸지도."

피켓에 쓰여 있던 숫자에는 분명 어떤 의미가 있다. 전 세계의 모든 정밀 실험 장치에서 공통으로 측정되는 걸 보면 그 값은 지구에 혹은 우주에 깔린 근본적인 구조를 나타내는지도 모른다. 알렉에게 그런 얘기를 했더니 그럼 혹시 우주 배경 복사와 연관이 있는 거 아니냐며 시큰둥하게 되받았다. 눈치를 보아하니 이미 배경 복사에 대해서는 검토해 보고 아니라는 결론을 내린 듯했다. 왠지 이제 알렉은 진짜로 중요한 걸 발견하더라도 논문이 출판되기 전까지는 상우에게 알려 주지 않을 것 같았다.

메르센 켈리에 대해 알아내는 일에는 몇 달이나 진전이 없었다. 앞서 말했듯 수수께끼를 풀 열쇠는 소수였다. 이 글을 읽는 사람 중에서는 메르센 켈리라는 이름을 듣고 바로 메르센 소수를 떠올린 사람이 있을지도 모르겠다. 만일 길상우가 메르센 소수에 대해 미리 알고 있었다면 그렇게 몇 달을 허비하지도 않았을 것이고 포이페가 갑자기 연구소에서 사라지기 전에 좀 더 적극적으로 포이페와 메르센의 관계를 알아내려 노력했을 것이다.

그렇다. 포이페는 사라졌다. 상우에게 무한과 연속에 대해 열변을 토하고 나서 며칠 지나지 않아 포이페는 돌연 연구소를 그만두고 어디론가 떠났다고 한다. 상우가 그 사실을 알게 된 건 포이페가 사라지고 나서도 한 달이 더 지난 후였다.

메르센 켈리에 대해 인터넷에서 검색할 때 중간중간 메르센 소수에 대한 글이 끼어 있었는데도 상우는 그걸 클릭해 읽어 볼 생각을 하지 못했다. 아인슈타인과 양자역학에 관한 생각이 머릿속에 가득하다 보니 수학에 관한 내용은 눈에 들어오지 않았던 탓이다. 최대한 간단하게 설명하자면 메르센 소수는 2를 n번 곱한 뒤 1을 뺀 수이면서 동시에 소수인 수를 말한다. 3, 7, 31 등이 메르센 소수다. 처음에는 작지만 이 수는 급격히 커져서 아홉 번째 메르센 소수만 해도 자릿수가 19개를 넘어간다. 그냥 인간이 상상할 수 있는 수 중에서도 가장 큰 수에 속한다고 생각하면 된다. 지금까지 총 51개가 발견되었으며 가장 큰 51번째 메르센 소수는 자릿수가 2천5백만 개에 달한다.

포이페가 설명했던 플랑크 단위와 비교해 보면 메르센 소수가 얼마나 큰 수인지 느낄 수 있다. 플랑크 단위는 우주를 구성하는 가장 작은 단위지만 길이로 따지면 소수점 아래로 35자리, 시간으로 따져도 소수점 아래로 44자리밖에 되지 않는다. 우주 전체의 크기를 미터로 쓴다고 해도 자릿수가 26개다. 그러니 메르센 소수는 우리가 상상할 수 있는 어떤 물리적 개념과도 비교할 수 없을 정도로 큰 수다.

메르센 소수와 메르센 켈리는 단순히 메르센이라는 이름 하나만 같은 게 아니었다. 무심하게 메르센 소수에 관한 내용을 읽어 내려가던 상우의 눈에 메르센 소수는 완전수와 짝을 이룬다는 내용이 들어왔다. 완전수란 자기 자신을 제외한 약수를 모두 더했을 때 자기 자신이 되는 수다. 6, 28, 496 등이 완전수며 메르센 소수보다도 더 커서 아홉 번째 완전수는 자릿수가 37개고 가장 큰 51번째 완전수는 자릿수가 5천만 개에 달한다. 중요한 건 메르센 소수와 완전수는 항상 짝을 이루어서 나타난다는 사실이다. 메르센 소수를 찾으면 이를 이용해 완전수를 찾을 수 있다. 거꾸로 완전수를 찾아도 이에 대응하는 메르센 소수를 찾을 수 있다.

그리고 포이페는 아일랜드어로 완전하다는 뜻이다. 그 사실을 알고 나서야 길상우는 포이페 켈리와 메르센 켈리가 쌍둥이라고 확신하게 되었다. 그 둘은 분명 무언가를 알고 있다. 그리고 무언가를 숨기고 있다. 그것도 어쩌면 우주의 법칙과 관련이 있을지도 모르는 비밀을. 왜 진작에 포이페를 붙잡고 캐묻지 않았을까. 후회해 봐야 소용없었다. 포이페는 사라졌고 두 사람을 찾을 단서는 아일랜드라는 국적이 전부였다.

길상우의 발상이 빛이 난 부분은 그다음이다. 메르센 소수와 완전수를 따서 쌍둥이 딸의 이름을 지었다면 우주의 비밀을 알고 있는 쪽은 딸이 아니라 아버지인지도 모른다. 길상우는 켈리라는 이름으로 발표된 모든 논문을 뒤지기 시작했다. 시기는 최소 30년 전, 분야는 물리나 수학일 것이다. 상우의 예상은 적중했다. 다만 아버지가 아니라 어머니였다. 로레인 켈리. 더블린 트리니티 칼리지에서 1989년에 '무아레 현상을 이용한 플랑크 단위 미시구조의 탐색'이라는 주제로 물리학 박사 학위를 받았다. 게다가 로레인은 아직도 트리니티 칼리지에서 교수로 재직 중이다. 상우는 홀린 듯 휴가를 내고 더블린으로 향하는 비행기표를 예매했다.

다른 건 몰라도 무아레 현상만큼은 상우도 잘 알고 있었다. 모니터에 표시되는 영상을 카메라로 찍을 때 가끔 이상한 줄무늬가 두드러져 보일 때가 있다. 이것이 무아레 현상이다. 세밀한 패턴과 세밀한 패턴이 겹쳐질 때 두 패턴의 주기가 약간 다르면 이로 인해 긴 주기로 일렁이는 무늬가 나타난다. 1초에 1만 번 책상을 두드리는 사람이 있다고 하자. 이 속도는 너무 빨라서 귀에는 그냥 일정하게 이어지는 소리로 들린다. 패턴은 보이지 않는다. 그런데 옆에서 누군가가 1초에 9999번 책상을 두드린다고 하자. 이것 역시 그냥 이어지는 소리다. 그런데 갑자기 평소보다 조금 큰 쿵 소리가 들린다. 두 사람이 동시에 책상을 두드린 것이다. 이런 일은 1초에 딱 한 번만 일어난다. 이제 당신의 귀에는 1초에 한 번씩 둥둥 하는 소리가 들린다. 각각의 패턴은 너무 미세해 인식할 수 없지만 두 패턴을 겹치니 당신이 들을 수 있는 거대한 구조가 나타난 것이다.

포이페가 말했듯 플랑크 길이나 시간은 너무 작아 인간에게는 그냥 연속으로 느껴진다. 무아레 현상을 어떻게 이용하면 그런 미시구조를 탐색할 수 있는지까지는 상우의 지식 범위 밖이다. 서지 정보에 나와 있는 초록만으로는 논문의 내용을 짐작조차 할 수 없었다. 그래도 키워드에 양자역학이라는 단어가 들어 있는 걸 보면 로레인의 논문이 상우가 쫓고 있는 미스터리와 관계가 있다는 것만큼은 분명해 보였다.

더블린 공항에서 내리자 예상보다도 더 쌀쌀하고 눅눅한 바람이 상우를 맞았다. 공항버스를 타고 가는 내내 가슴 한구석이 덜덜 떨린 건 날씨 때문만은 아닌 듯했다. 낮게 깔린 구름과 건물 사이를 지나 육중한 회색 건물 앞에 도착했다. 학사과에서는 별 의심도 없이 켈리 교수의 방을 안내해 주었다. 몸이 안 좋은 것 아니냐며 걱정까지 해 주는 직원에게 감사를 표고 어둑한 계단과 복도를 지나 로레인 켈리라는 명판이 붙어 있는 낡은 문 앞에 도착했다. 노크하자 가벼우면서도 갈라지는 목소리가 들려왔다.

생각보다 나이 들어 보이기는 했지만 로레인의 얼굴에서는 어렵지 않게 포이페의 모습을 찾아낼 수 있었다. 미리 연락받았는지 창가에 놓인 커피포트가 달그락거리며 가느다란 김을 내뿜었다. 로레인은 구석에 있는 의자를 가리키며 책상 앞으로 끌고 와 앉으라고 했다. 그동안 커다란 머그잔에 홍차 티백을 넣고는 뜨거운 물과 우유를 부어 내주었다. 상우는 사양할 생각도 못 한 채 머그잔을 받아들고는 한 모금 들이켰다. 따뜻하고 부드러운 홍차의 향이 온몸에 퍼져나가자 걷잡을 수 없이 떨리던 가슴이 조금 진정되었다.

"내 수업을 듣는 학생은 아닌 거 같은데. 이름이 뭐죠?"

"길상우라고 합니다."

"한국인?"

"네. 맞습니다."

"그럼 확실히 내 학생은 아니네요. 올해는 한국인을 직접 본 기억이 없으니까."

"죄송합니다. 저, 꼭 여쭤보고 싶은 게 있어서 이렇게 찾아왔습니다."

"찾아왔다면 어디서?"

"스위스에서 왔습니다. CERN에서 일하고 있어요. 혹시 포이페 켈리의…."

"아. 잠시만."

로레인이 무서울 정도로 표정을 굳히며 손을 내밀어 상우의 말을 막았다. 표정은 금방 풀렸지만 목소리는 여전히 딱딱해진 채로 로레인은 상우에게 경고했다.

"전 가족 이야기를 하는 걸 좋아하지 않아요. 이 건물 안에서라면 더욱 그렇죠. 그리고 당신을 좋게 봐서 하는 말인데, 그 부분에 대해서는 더 이상 궁금해하지 않는 게 좋아요. 가장 빠른 비행기표를 구해서 스위스로 돌아가요. 아무도 만나지 말고."

이제 포이페가 로레인의 딸이라는 건 확실해졌다. 그것까지 확인한 이상 여기서 돌아갈 수는 없었다. 상우는 따뜻한 머그잔을 꼭 끌어안은 채로 로레인에게 애원했다.

"사적인 이야기가 싫으시면 안 하셔도 됩니다. 그보다 저는 교수님께서 쓰신 논문이 궁금합니다. 무아레 현상과 플랑크 단위에 대한 논문 말입니다."

"오. 세상에! 가족 문제에 이어 이번에는 30년 전에 쓴 학위 논문까지 들추겠다는 건가요? 대체 이 늙은이를 이렇게까지 괴롭히는 이유가 뭐죠?"

한탄하듯 내뱉은 말과는 달리 로레인은 학문적인 내용에

대해서는 굳이 감추려 하지 않았다. 감추기는커녕 일단 설명을 시작하자 열띤 목소리로 자신의 논리를 풀어 놓기에 여념이 없었다. 그 점은 포이페와 똑같았다. 무척 흥미로운 내용이지만 이해하기 힘들다는 것도 마찬가지였다.

길상우는 우주의 구조가 완전수와 관련이 있다는 부분만 겨우 알아들을 수 있었다. 우주의 다차원적 구조에는 반복되는 패턴이 있는데 위상학적 계산에 따르면 그 주기는 완전수의 모습으로 우리에게 드러난다. 무아레 현상을 이용하면 플랑크 단위와 완전수의 곱에 해당하는 주기로 그런 미시구조를 측정할 수 있다는 게 로레인의 주장이었다.

"아무도 제 주장을 믿지 않았어요. 모든 저널에서 논문 등록을 거절했죠. 지금 봐도 논리에 비약이 너무 많기는 해요. 지도교수였던 험프리 로이드 교수님만 절 믿어 줬어요. 그래요. 제 논문이 아니라 절 믿었다고 해야겠죠. 좌절해서 연구를 그만두는 것만큼은 막으려고 하셨던 거예요. 하지만 전, 보시다시피 그 이론을 조금도 발전시키지 못했죠."

"혹시 그 주기가, 42.9666m와 6.97749MHz인가요?"

"그래요. 플랑크 길이와 시간에 아홉 번째 완전수를 곱해서 나오는 수치죠. 여덟 번째는 너무 작고 열 번째는 너무 커요. 인간이 인식할 수 있는 주기는 아홉 번째가 유일해요. 오. 그런데 역시 당신은 너무 많이 알고 있어요. 큰일이군요."

"그 값들, 측정에 성공했어요. CERN에 있는 제 친구가 길이와 시간 모두 측정했다고요. 교수님 이론이 맞았던 거예요!"

"그런가요? 다행이군요. 아니, 다행이라기엔…. 그렇다면 그 친구도 위험하겠네요."

"기쁘지 않으신가요?"

평생 인정받지 못하던 이론이 실험으로 검증되었다는 말에도 로레인 교수에게는 그다지 기쁜 기색이 없었다. 의아해하는 상우에게 로레인이 미소를 지으며 말했다.

"글쎄요. 이론을 연구하는 사람은 생각보다 실험 결과에 무관심하기도 해요. 물론 과학자로서 그러면 안 되겠죠. 하지만 인간의 삶은 유한하니까요. 인간에게는 자신이 꾸민 우주에서 살아갈 권리가 있어요. 그건 과학자도 마찬가지죠. 개인적으로 간직하기만 한다면 상관없잖아요? 그리고 보통은 그렇게 꾸민 우주가 실제 우주보다 더 아름답기 마련이죠."

"아무리 그래도…."

"물론 과학자로서 반대 증거가 있는 이론을 믿을 수는 없겠죠. 하지만 어느 쪽도 말이 된다면 이왕이면 아름다운 쪽을 믿고 싶은 거예요. 전 이미 제 이론을 믿고 있었어요. 그러니 제가 그냥 이 우주에 머물 수 있도록 내버려두세요. 그거면 충분하니까. 하지만 어떤 사람은 자신의 우주에서 홀로 머무는 걸로는 만족하지 못하기도 하죠. 그 우주를 지키기 위해서는 무슨 짓이라도 하려고 해요. 끔찍한 일이죠. 그러니 어서 돌아가세요."

로레인은 다정한 표정으로 상우를 밖으로 몰아냈다. 로레인이 뭘 걱정했는지는 금방 드러났다. 건물을 빠져나오자마자 상우는 자신을 기다리고 있던 사람과 마주쳤다. 포이페였다. 어차피 상우는 바로 공항으로 갈 생각이 없었다. 로레인의 막연한 경고만으로는 위험하다는 생각이 들지 않았다. 포이페를 본 순간 상우는 무섭다기보다 오히려 반갑다는 마음이 먼저 들었다.
"결국 여기까지 왔네요. 식사했어요? 제가 잘 아는 레스토랑이 있는데."
어느새 날이 어둑해지고 하나둘 가로등이 켜졌다. 모퉁이를 돌 때마다 조금씩 좁아지는 골목을 지나 도착한 곳은 지하에 반쯤 걸쳐진 커다란 감청색 문으로 이어지는 계단이었다. 문 위에는 작은 종과 글씨가 지워져 읽을 수 없는 간판이 매달려 있었다. 포이페가 문을 열자 딸랑딸랑 종이 울렸다. 촛불 정도 밝기의 조명을 따라가 오래된 나무 냄새가 물씬 풍기는 구석자리에 앉자 공들여 콧수염을 다듬은 웨이터가 다가왔다. 이상하게 마음이 편안했다. 도망쳐야 한다는 생각은 전혀 들지 않았다. 앞에 놓인 선택지가 오직 이것 하나뿐인 기분이었다.

"스테이크 좋아하죠?"

상우가 고개를 끄덕이자 포이페는 웨이터에게 무언가 길게 속삭이며 음식을 주문했다. 아일랜드어인지 전혀 알아들을 수 없었다. 음식 전에 뭉툭한 잔에 담긴 흑맥주가 먼저 나왔다. 입술에 묻은 흰 거품을 혀로 핥으며 포이페가 물었다.

"엄마가 어디까지 말해 줬어요?"

로레인에게 들은 설명을 더듬더듬 늘어놓자 포이페가 웃으며 말했다.

"그럼 아직 하이라이트는 시작도 안 했군요. 완전수로 나타나는 우주의 구조가 무엇인지. 그게 핵심인데. 상우, 우리가 사는 우주에 딱 세 가지가 없는데, 그게 뭔지 알아요?"

"두 가지 아닌가요? 무한과 연속."

"세 가지예요. 마지막 하나는 무작위죠. 우주에는 무작위가 없어요. 신은 주사위 놀이를 하지 않으니까."

비행으로 쌓인 여독과 로레인에게 들은 강의로 이미 몸과 머리가 지칠 대로 지친 상태였다. 맥주가 들어가자 몽롱하기까지 했다. 포이페의 설명을 길상우가 얼마나 이해했는지는 의문이다. 그렇다고 하이라이트 부분을 설명하지 않고 넘어갈 수는 없겠다.

한마디로 말해서 우주의 구조는 난수가 적힌 난수표다. 그게 숨은 변수가 적힌 양자의 비밀문서다. 우리 우주에 진정한 난수란 존재하지 않는다. 컴퓨터로 난수를 생성해 본 사람은 시작 지점이 같으면 항상 같은 순서로 난수를 불러온다는 사실을 알고 있을 것이다. 컴퓨터에는 무작위로 숫자를 고르는 능력이 없다. 시작 지점과 불러오는 규칙을 알려 주면 커다란 난수표를 찾아가며 숫자를 고른다. 우주도 마찬가지다. 양자 현상의 불확실성은 무작위가 아니라 우주의 난수표에 의해 결정된다. 상자 속의 양자가 빨간색일지 파란색일지는 이미 난수표에 적혀 있다.

"하지만 그건 실험적으로 깨졌잖아요. 이번에 노벨상을 받은 실험으로."

"벨이 부등식을 만들 때 한 가정은 세 가지예요. 뭔지 알아요?"

"또 세 가지예요? 두 가지잖아요. 실재성과 국소성."

"하나가 더 있어요. 바로 자유의지죠."

웨이터가 김이 모락모락 나는 두툼한 스테이크 접시를 들고 왔다. 포이페는 고기를 얇게 썰어 입에 넣고는 우물거리며 설명을 계속했다.

양자역학에 따르면 양자는 자신의 성질뿐 아니라 실험자가 실험을 어떻게 했는지까지도 자신의 짝인 얽힌 양자에게 전달해야 한다. 그게 옳다는 게 실험적으로 증명되었다. 양자의 성질과 실험 방법은 즉시 멀리 떨어진 양자에게 전달된다. 국소성이 깨진 것이다. 하지만 포이페에 따르면 깨진 건 국소성이 아니었다.

"그 정보는 전달된 게 아니에요. 이미 정해져 있었으니까. 두 양자가 어떤 성질을 나누어 가질까는 물론이고 실험자가 어떻게 실험할지도."

그렇다. 깨진 건 자유의지였다. 실험자는 자신의 의지대로 혹은 무작위하게 실험 방법을 고른 게 아니었다. 실험자가 어떻게 실험할지는 이미 결정되어 있었다. 우주의 난수표에 쓰여 있었다. 그게 멀리 떨어진 얽힌 양자가 순간적으로 모든 걸 알게 된 비결이다. 양자는 원격으로 속삭이지 않는다. 속삭이는 건 우주다. 우주의 모든 입자가 어떻게 움직일지는 이미 결정되어 있다. 우주의 난수표를 이용해 계산하면 항상 같은 결과가 나온다.

"그게 무슨 소리예요? 자유의지가 없다니요? 내가 무슨 말을 하고 어떻게 행동할지도 이미 전부 결정되어 있다는 건가요? 무슨 그런 말도 안 되는 소리가 다 있어요!"

"좀 이해하기 힘들긴 하죠. 그래도 국소성이 깨지는 것보다는 낫지 않나요?"

"그게 어때서요? 양자라는 게 좀 원격으로 작용할 수도 있죠."

"그게 말이 된다고요?"

"자유의지가 없다는 것보단 말이 되죠."

"그럴 줄 알았어요."

그렇게 말하고 포이페는 고기를 크게 썰어 입안 가득 집어넣었다. 덜 익은 고기에서 발갛게 핏물이 배어 나왔다. 그러고 보니 스테이크를 써는 칼이 이상할 정도로 날이 서 있었다. 고기를 천천히 씹어 삼키고 나서 포이페가 물었다.

"제가 누구라고 생각해요?"

그 말을 듣자 갑자기 소름이 돋았다. 눈앞에 앉아 있는 사람은 분명 포이페였다. 하지만 상우는 포이페와 메르센이 얼마나 닮았는지 모른다. 대화에서 받은 느낌은 포이페와 같다. 적어도 위화감은 느껴지지 않았다. 어떻게 생각하면 조금 다른 것 같기도 하다. 저 사람이 포이페라고 확신할 방법은 없었다. 상우가 선뜻 대답하지 못하자 포이페는, 아니 그냥 켈리라고 해야겠다. 켈리는 역시 그럴 줄 알았다는 듯이 웃었다.

"대답을 못 하네요. 그럼 지금 저는 포이페와 메르센이 중첩된 상태라고 할 수 있겠죠."

"사람이 어떻게 중첩이 돼요? 포이페 아니면 메르센, 둘 중 하나여야죠."

"하지만 당신은 구별할 수 없잖아요."

"아무리 그래도요. 사람은 양자가 아니잖아요."

켈리는 고개를 끄덕였다. 그런데 지금 앞에 앉아 있는 사람을 포이페라고도 메르센이라고도 부를 수 없다는 건 분명했다. 켈리인 건 확실했다. 이런 걸 중첩이라고 부를 수 있는지 상우는 잠시 헷갈렸다.

"물리적으로는 당연히 중첩이라고 말할 수 없죠. 저도 그 정도는 알아요. 지금 저는, 그러니까 비유를 하는 거예요. 인간이 우주를 이해하는 방식은 어차피 비유니까."

이거 하나는 확실했다. 지금 켈리는 상우를 가지고 놀고 있다. 켈리가 말했다.

"하지만 내가 중첩이라고 말한 건 의미가 있어요. 왜냐하면, 포이페와 메르센, 그리고 포이페/메르센은 각각 서로 다른 사람이거든요. 포이페는 안전해요. 포이페/메르센도 큰 문제를 일으키지는 않고요. 하지만 메르센은 아주 위험해요."

켈리의 말을 이해할 수 있는 방식으로 바꾸면 이렇다. 누군가가 켈리를 알아보지 못하면 켈리는 포이페/메르센처럼 행동한다. 하지만 알아보는 순간, 그러니까 포이페와 메르센 중 누구인지 확신하는 순간, 켈리는 포이페 혹은 메르센이 된다. 포이페와 메르센은 비슷하지만 몇 가지가 다르다. 결정적으로 우주가 난수표에 따라 움직인다는 사실을 사람들에게 알려야 하는지에 대해 의견이 다르다.

포이페는 알리고 싶어 한다. 우주를 어떻게 이해하느냐는 각자가 받아들여야 하는 몫이다. 무엇보다 포이페는 사람들이 물리적 진실에 대해 오해하는 걸 싫어한다. 우주에 존재하지 않는 건 국소성이 아니라 자유의지다. 우주는 난수표에 따라 움직인다. 신은 주사위 놀이를 하지 않는다. GOTT WURFELT NICHT! 그러니까 스톡홀름에서 피켓을 들었던 건 메르센이 아니라 포이페였다. 포이페가 스톡홀름에 갔던 며칠 동안 메르센은 제네바에서 포이페의 역할을 하며 포이페의 일탈을 숨겨 주었다. 포이페가 부린 난동을 단순한 해프닝으로 만들기 위해서였다.

메르센은 알려선 안 된다고 생각한다. 인간은 우주에 자유의지가 없다는 사실을 알아서는 안 된다. 무엇보다 자유의지를 제대로 이해하지 못해서다. 인간은 자유의지가 없다는 걸 오히려 뭐든 마음껏 해도 된다는 걸로 오해한다. 자유의지가 없으니 무슨 짓을 해도 자신의 의지로 한 게 아니며 그러니 죄를 물을 수도 없다고 생각해 버린다. 그것보다는 차라리 신이 주사위 놀이를 한다고 믿는 게 낫다. 메르센은 그 비밀을 지키기 위해서 작은 희생 정도는 감수해야 한다고 생각한다.

"희생…이라고요?"

상우는 몰라서 되물은 게 아니다. 어쩌면 처음부터 켈리를 따라와서는 안 된다는 걸 알고 있었다. 로레인은 분명히 경고했다. 하지만 상우는 결국 켈리를 따라왔다. 이제 남은 문제는 하나다. 앞에 앉아 있는 사람은 과연 포이페인가 아니면 메르센인가.

"상우. 긴장하지 말아요. 제가 포이페/메르센으로 남아 있는 한 당신은 안전하니까. 제가 포이페인 걸 알아채도 괜찮아요. 문제는 제가 메르센이라는 걸 알아채는 경우죠. 그럼 그 순간 당신은 희생당하겠죠."

켈리가 고기를 한 덩어리 더 잘라 입에 넣고 씹었다. 상우는 눈을 감았다. 보지 않으면 된다. 앞에 앉아 있는 사람이 누구인지 모르기만 하면 메르센은 나타나지 않는다. 어쨌든 그게 켈리의 논리다. 칼을 쥐고 있는 건 켈리니까 여기서는 켈리의 논리를 따르는 게 안전하다. 상우가 눈을 감은 걸 본 켈리가 웃으며 말했다.

"좋은 생각이네요. 그런데 그거 알아요? 저의 쌍둥이인 다른 포이페/메르센은 어디 있는지. 제네바에 있어요. 지금 당신 친구인 알렉 호프만과 함께 저녁을 먹고 있죠. 메뉴는 아마 스테이크일 거예요. 자, 여기가 재미있는 부분인데요. 만일 당신이 제가 메르센이라는 걸 알아챈다고 쳐요. 그럼 당신은 그 순간 죽겠죠. 이건 이상하지 않죠? 그럼 제가 포이페라면 어떻게 될까요? 당신은 안전하겠죠. 그런데 제가 포이페라는 게 확실해지는 순간, 제네바에 있는 포이페/메르센은 메르센이라는 게 확실해지겠죠. 그리고 그 순간 알렉은 죽게 돼요. 그러니 당신은 그냥 그렇게 계속 눈을 감고 있는 게 좋아요."

"그건 말이 안 되죠! 여기서 제가 당신을 알아봤다는 걸 제네바에 있는 사람이 어떻게 압니까!"

상우가 번쩍 눈을 뜨고 반박했다. 왜 그랬을까. 평소의 상우는 물리적인 오류에 그렇게 발끈하는 사람이 아니었다. 너무 오래 이 문제를 추적해 와서일까. 그동안 했던 양자역학 공부가 아까웠던 걸까. 뎅. 켈리가 테이블 한쪽 구석에 있던 금속 벨을 울렸다.

"그렇죠! 말이 안 되죠. 그게 바로 국소성이에요. 유령 같은 원격 작용은 있을 수 없죠. 어떻게 그렇게 말도 안 되는 논리를 믿을 수 있을까요. 뭐 이해는 해요. 실험 결과가 그렇게 나왔으니까. 자유의지가 없을 가능성을 생각하지 못하니까. 자유의지가 없다는 게 진짜로 어떤 의미인지 이해하지 못하니까. 상우, 오늘 당신이 했던 선택은 모두 당신이 이전에 내렸던 선택의 결과예요. 그리고 그 선택은 알렉의 선택에 영향을 주고 결국 오늘 알렉이 어떤 선택을 내리게 만들겠죠. 오늘 상우와 알렉 중 하나가 죽는 건 그래서예요. 하나도 이상한 게 아니죠. 이걸 받아들이기가 그렇게 힘든가요?"

상우는 재빨리 다시 눈을 감으려 했다. 좀 더 빨리 그랬어야 했다. 상우는 그만 켈리가 스테이크를 써는 모습을 보고야 말았다. 켈리는 오른손으로 고기를 썰었다. 동시에 몇 달 전, 포이페였던 사람이 왼손으로 감자튀김을 썰었다는 걸 기억해 냈다.

　상우의 떨리는 눈빛을 메르센은 놓치지 않았다. 아직 절반 가까이 스테이크가 남아 있었지만, 메르센은 냅킨으로 입을 닦으며 뎅, 구석에 있던 금속 벨을 울렸다. 오른손에는 여전히 날카로운 칼을 쥔 채였다.

작가의 말

과학적으로 엄밀하면서도 재미있는 SF 소설이 있을까요. 저는 있다고 믿으며 그런 소설을 쓰는 게 꿈이기도 합니다. 그런데 소설 안에서 과학적으로 엄밀한 내용을 늘어놓는 부분이 재미있을 수 있을까요. 아마 그건 아닐 겁니다. SF 소설에서 과학이 중요하기는 하지만 그건 말하자면 보드게임의 설명서나 마찬가지니까요. 설명서를 읽는 것보다는 보드게임을 직접 플레이하는 순간이 훨씬 재밌죠. 룰을 읽을 때는 미처 생각지 못했던 허를 찌르며 승리를 거두는 게 제일 짜릿하기도 하고요.

이 소설의 상당 부분은 과학 그 자체를 설명하고 있습니다. 전공자의 성에는 차지 않겠지만 나름 엄밀하게 쓰기 위해 노력했습니다. 하드 SF라는 핑계로요. 인내심의 한계를 넘지 않았기만을 바랍니다. 어떤 분에게는 재미있었기를 바랍니다. 세상에는 롤플레잉을 직접 하지는 않으면서도 디테일이 가득한 룰북을 탐독하며 상상의 나래를 펼치는 게 무엇보다 즐거웠던 저 같은 사람도 있으니까요.

해도연

작가 겸 연구원. 대학에서 물리학을 공부했고 대학원에서 천문학으로 박사 학위를 받았다. 소설 『위그드라실의 여신들』, 『베르티아』, 『마지막 마법사』, 과학교양서 『외계 행성: EXOPLANET』 등을 출간했으며 다양한 앤솔러지와 잡지에 중단편을 게재했다. 잭 조던의 장편소설 『라스트 휴먼』을 번역했다.

1.

떠돌이 행성 토야에서 시간을 알려 주는 것은 두 가지다.

하나는 시간에 따라 서로 다른 빛깔로 찬란하게 빛나는 세뿔고래다. 이 경이로운 동물은 얼음 천장 아래의 하늘을 유유히 돌아다니며 하루의 흐름을 알려 준다. 다른 하나는 공기층으로 나와야만 볼 수 있는 하늘의 미약하지만 찬란한 별들이다. 60년 전, 로토뮤 탐험대가 100일 동안 얼음 천장을 뚫고 토야인 최초로 공기층과 닿아 있는 '표면'에 발을 딛은 역사적 순간, 누라 탐험대장이 신비로운 부유물질 별을 처음 발견했다. 그저 짙고 무거운 어둠만이 있을 것이라고 생각했던 광활한 심연 속에서 세상을 응시하듯 반짝이는 수많은 별빛을 목격한 탐험대장은 아득한 미지에 대한 공포에 짓눌려 한참이나 숨을 쉬지 못했다고 한다. 로토뮤 탐험대는 7일 동안 행성 토야의 표면에 머무르면서 별의 움직임을 기록했고, 토야인의 '하루'와 거의 같은 주기로 별이 하늘을 한 바퀴 가로지른다는 사실을 밝혀 냈다. 별이 하늘을 한 바퀴 도는 시간이 토야인의 '하루'와 거의 같다는 사실을 밝혀 냈다. 표면부터 시작되어 끝없이 이어지는 하늘에 누라 탐험대장은 '우주'라는 이름을 붙였다. '우주의 별'은 세뿔고래처럼 변덕스러운 기분을 고려할 필요가 없었기에, 별의 움직임을 보고 시간과 위치를 알아내는 방법은 토야인의 기본 교육과정에 들어갔다. 설령 토야인 대부분은 표면에 나와 별을 보게 될 일이 평생 없더라도.

물론 가장 손쉽게 시간을 확인하는 방법은 시계를 보는 것이다.

하랑은 일부러 우주복 시계를 가방 속에 집어넣었다. 하늘학자가 된 지는 꽤 되었지만 직접 표면으로 나온 건 처음이었다. 그동안 표면개척군 관측단의 자료만 받아서 일을 하다가, 표면개척군이 발견한 어떤 공간을 조사하기 위해 꾸려진 조사팀의 일원이 되는 기회를 얻었다. 일을 끝내고 바다 밑으로 돌아가면 언제 다시 나올 수 있을지 알 수 없었다.

하랑은 헬멧 속 호흡액이 흔들리지 않도록 천천히 몸을 움직이며 주변을 둘러봤다. 완벽한 어둠. 바다 세상도 어둡기는 마찬가지였지만 여기저기 크고 작은 조명이 있고 빛을 내는 동물들이 돌아다니기 때문에 어딘가에는 빛과 그림자가 있었다. 하지만 이곳에는 얼음굴 입구의 조명에서 나오는 것 말고는 아무런 빛도 없었다. 조명이 비추는 곳에서만 빛의 터널이 생기면서 숨어 있던 얼음 표면이 모습을 드러냈다. 하랑은 천천히 고개를 들었다. 조명의 빛마저 집어삼킬 만큼 높고 검은 심연 속에서 별이 반짝이고 있었다. 별을 직접 보는 건 처음이었다. 하랑은 별빛을 하나도 버릴 수 없다는 듯 시선으로 하나하나 훑으며 살폈다. 그리고 하늘과 얼음 표면이 만나는 곳 위에서 익숙한 별의 배치를 발견했다.

"포니아, 찾았어!"

"뭘?"

포니아는 수직 얼음굴에서 빠져나온 승강기에서 짐을 내리면서 돌아보지도 않고 대답했다.

"세뿔고래자리."

혼자서 두 사람의 짐을 모두 내리고 정리까지 하고 있으면서도 포니아는 잔뜩 흥분한 하랑의 모습이 그저 재미있다는 듯 미소지었다.

"그걸 다 기억하고 있어?"

"바다 세상에서 시간을 알려 주던 세뿔고래가 우주 세상에서도 시간을 알려 주고 있잖아. 세뿔고래가 다시 지표면 한계선으로 다가가고 있어. 저기 똑같이 시커멓지만 별이 더 이상 보이지 않는 곳. 세상에, 지평선까지 보이다니 믿기지 않아. 이렇게 멀리까지 보인다니."

"그래서, 지금 몇 시라는 거야?"

드디어 짐 정리를 마친 포니아가 허리를 펴면서 물었다. 하지만 돌아온 건 누미르 교수의 목소리였다. 누미르는 형광연두색 우주복에서 얼음 조각을 털어내며 말했다.

"빛을 아낄 시간이지. 하랑, 포니아, 조명을 꺼. 이젠 축광등만 써."

하랑은 이미 축광등만 쓰고 있었다. 별빛은 너무 미약해 주변이 밝아지면 잘 보이지 않는다는 얘기를 미리 듣고 왔기에 얼음굴을 빠져나오자마자 우주복 헬멧의 조명을 껐다. 사실 축광등도 쓰고 싶지 않았지만 이건 켜고 끌 수 있는 게 아니었다. 그저 흡수한 빛을 시차를 두고 천천히 뿜어내는 화학물질 용기일 뿐이니까. 한 줄기 빛이라도 허투루 써서는 안 된다고 믿는 광본주의자들의 애호품이기도 했다. 빛은 신성하므로 함부로 만들어 내서는 안 되며 오직 자연이 스스로 만들어 내는 미약한 빛으로 생활해야 한다고 주장하는 사람들. 그런 주제에 축광등이 보급되자마자 날름 받아먹고는 필수품처럼 쓰기 시작하는 모습을 보며 하랑은 그들을 모순덩어리 얼간이라고 생각했다. 어차피 축광등의 빛은 인공광을 모아 두고 뿜어내는 것뿐인데도. 동물이나 해저 열수화합물이 만들어 내는 자연광으로는 축광등에 빛을 누적할 수가 없었다.

누미르는 멀리서 다가오는 광원을 손가락으로 가리켰다.

"저기 표면차가 오고 있으니까 저기서 보일 만큼의 빛만 남기도록. 우린 광자 하나 낭비해서는 안 돼. 이건 모두 바다 세상에서 많은 사람들이 힘들게 만든 전기이고 빛이니까."

그런데 세상에, 광본주의자가 여기 있었네, 하랑은 생각했다. 반쯤은 농담이었다. 빛을 아끼는 것 자체는 당연했으니까. 배터리는 제한되어 있고 빛이 없으면 오직 별빛만 남게 된다. 별빛으로는 축광등에 빛을 채울 수 없다. 게다가 공기로 가득한 건조한 세상엔 바다처럼 스스로 빛을 내며 유영하는 동물도 없다. 빛 없이는 발밑에 있는 크레바스나 눈앞에 다가온 송곳 얼음을 발견할 수 없다. 빛은 아껴야 한다.

포니아는 가지런히 정리한 짐 더미를 손으로 가리키며 말했다.

"방금 정리 끝냈는데요. 조금 앉아서 쉴 시간은…."

"훌륭해. 바로 출발할 수 있겠어."

포니아가 등 뒤에 감춘 손가락으로 욕을 하고 하랑이 그걸 보며 웃음을 참고 있는 동안, 누미르는 다가오는 표면차를 향해 손을 흔들었다. 표면차가 얼음 먼지를 뿌리며 멈춰 서서는 방사형 조명을 밝히자 주변으로 동그란 빛의 우물이 만들어졌다. 뒷좌석 문이 열리면서 새카만 우주복에 새하얀 헬멧을 쓴 사람이 내렸다. 헬멧 안에 든 호흡액은 너무나 투명해서 마치 공기만 들어 있는 것처럼 보였다.

투명한 호흡액 속의 사람이 말했다.

"누미르 교수님, 어서 오십시오. 표면개척군 과학사제 뫼를프입니다. 급한 요청에 응해 주셔서 감사합니다. 도착하시면 바로 조사를 시작하실 수 있을 겁니다. 아, 뒤에 있는 두 분은 표면학자 포니아 선생님과 그리고…."

"하랑입니다. 하늘학자고요. 근데 '바퀴' 좀 봐도 될까요?"

하랑은 뫼를프의 대답을 듣기도 전에 표면차 앞에 가서는 바퀴 위에 손을 올리고 이곳저곳을 어루만졌다. 바퀴의 지름은 하랑의 키 절반 정도였는데 날카롭고 깊은 톱니가 촘촘히 박혀 있었다. 하랑은 톱니 사이에 박힌 얼음 조각을 털어 보기도 하고 바퀴 옆면을 손가락으로 통통 쳐 보기도 했다.

"물론이고 말고요. 아래 세상에서는 커다란 바퀴를 볼 일이 별로 없지요. 물 속에서는 썩 효과적인 도구가 아니니까요. 이제 출발하시죠. 짐은 뒤에 실으시면 됩니다."

뫼를프는 누미르와 함께 표면차의 중간 좌석에 앉으며 물었다.

"요즘 바다 세상은 어떤가요? 오랫동안 고향으로 돌아가지 않았네요."

누미르는 불만 가득한 표정을 지으며 대답했다.

"형편없습니다. 수질이 계속 나빠지면서 산소 농도는 줄어들고 있고, 열수산이 줄어들면서 사람이 살 수 없는 곳은 늘고 있어요. 자원은 한정되어 있는데 출생 제한 정책을 아무리 펼쳐도 해도 인구는 계속 늘고 있고. 심판의 날이 머지않은 것만 같습니다."

"그래서 얼음 위의 세상, 토야의 표면을 개발해야 하지 않겠습니까. 그게 저희 표면개척군의 일이고요. 언젠가 세워질 표면 도시의 모습을 상상해 보세요."

"그런 건 공상일 뿐이지요. 아무리 그래도 예나 지금이나, 그리고 앞으로도 토야인의 집은 저 얼음 아래의 깊고 평온하고 따뜻한 바다입니다."

뫼를프는 대답 대신 조용한 미소를 띠었다.

하랑과 포니아는 짐을 표면차 짐칸에 옮겨 싣기 시작했다. 하랑은 뒤늦게 짐이 생각보다 훨씬 무겁다는 걸 깨달았다. 공기의 부력은 형편없이 약했다. 호흡액으로 가득한 우주복도 무거운데 짐까지 들자니 한 걸음 내딛기도 어려웠다. 뒤뚱거리며 짐을 들고 움직이는 하랑의 뒷모습을 보며 포니아는 키득거리며 웃었다.

모든 준비가 끝나자 표면차가 어둠을 헤치며 행성 토야 위를 달리기 시작했다.

2.

"그걸 처음 발견한 건 표면개척군 하늘감시단입니다. 5년 전, 감시단이 토야와 달 사이의 거리를 측정하기 위해…."

표면차가 얼음 조각을 밟고 크게 덜컹거리자 뫼를프는 짧은 욕설을 뱉고는 다시 말을 이었다.

"거리를 측정하려고 언덕 위에 설치해 둔 전파 카메라를 회수하러 갔었죠. 그런데 현장에 카메라는 없고 거대한 구덩이 하나만 있더랍니다. 흔히 있는 일입니다. 요즘 토야의 온도가 올라가고 있으니까요. 얼음 일부가 녹거나 약해져서 무너졌고 그 밑에 숨어 있던 거대한 공기 동굴이 드러난 거죠. 무려 2만 년 전에 만들어진 동굴이었어요."

"지금 토야의 온도가 올라가고 있다고요?"

하랑이 뒷좌석에서 고개를 내밀며 물었다.

"로토뮤 탐험대가 얼음을 뚫고 표면으로 올라올 수 있었던 것도 지난 300년 동안 토야의 온도가 올라가고 있었기 때문이에요. 얼음이 많이 물러진 거죠. 지금 토야의 표면 온도는 마이너스 90도에 이릅니다. 300년 전에는 마이너스 200도 정도였다는 게 과학자들의 추정이고요."

"마이너스… 몇 도라고요?"

"누라 단위계입니다. 표면 환경에서 사용하기 위해 정해진 단위 중 하나지요. 표면 기압의 공기 중에서 물이 얼거나 끓는 온도를 기준으로 만든 기발한 단위입니다. 바다와는 달리 표면 환경에서는 공기의 압력이 쉽게 달라지지 않아요. 애초에 진공보다 조금 높은 정도라서 바다 세상에 비하면 압력이 없는 거나 마찬가지입니다. 여기 기압은 여러분 대학이 있는 도시 구역 수압의 100분의 1이에요."

"우주선이란 녀석에 대한 얘기나 계속하시죠."

누미르가 따분하다는 표정으로 말했다.

"아무튼 토야의 온도가 계속 올라가면 그건 그거대로 문제라서 감시단은 공기 동굴을 조사하기 위해 그 아래로 내려갔어요. 거기서 발견한 거죠. 적어도 2만 년 동안 얼음 속에 묻혀 있던 우주선을."

"우주선?"

하랑은 고개를 갸우뚱했다.

"그 물건은 우주 공간을 가로질러 온 게 분명했거든요. 우주 높은 곳에서 토야 전체를 내려다보며 찍은 사진을 발견했어요. 적외선으로 찍은 사진이었는데, 정말 놀라웠죠. 토야가 둥글다는 게 아무리 상식이라도 그걸 사진으로 직접 확인하게 되다니, 처음 봤을 때 얼마나 아찔했던지."

"그런 사진을 우리가 아닌 다른 존재가 찍었다는 게 문제겠지요."

"누미르 대장님, 우리는 그들을 우주인이라고 부른답니다. 우주에 토야가 존재한다면, 토야와 비슷한 다른 세상도 우주 어딘가에 있겠지요."

"다른 세상에서 온 침입자들이 수만 년 전부터 우리를 조용히 지켜보고 있었다는 사실이 썩 유쾌하진 않군요."

"그들은 지금 어디 있죠?"

하랑이 물었다.

"없습니다. 이미 오래전에 사라졌어요. 대신 다른 걸 발견했죠. 우주인은 토야 곳곳에 거대한 사면체 건축물을 만들어 뒀어요. 우주선보다 더 거대하답니다. 개척군이 직접 확인한 건 다섯 개이지만 우주선에서 발견한 사진에 따르면 토야 전체에 열두 개가 있어요. 각 건축물의 위치를 이으면 정이십면체가 만들어지죠. 그리고 최근에 놀라운 사실이 밝혀졌는데, 그 사면체 건축물들이 수백 년에 걸쳐 토야의 온도를 올리고 있었습니다. 우주인은 토야의 환경을 바꾸려고 했던 거 같아요."

"왜죠?"

하랑의 물음에 뫼를프는 만족스러운 표정을 지으며 말했다.

"200년 전에 토뮬레프 열염수 계곡 아래에서 거대한 망간 광산을 발견했을 때 우리가 무슨 짓을 했는지 아시나요?"

조용히 듣기만 하던 포니아가 차분한 목소리로 말했다.

"열염수 분출구를 모두 막아 버리고 계곡의 절반을 얼음으로 채워 버렸죠."

뫼를프는 포니아를 잠시 돌아보더니 고개를 끄덕였다.

"맞아요. 그랬죠. 계곡의 높은 염도와 온도에 의존해 살아가던 계곡 생물군은 모조리 죽어 버렸고요. 우주인이 원하는 게 토야 어딘가에 있고, 그걸 가져가기 위해 토야의 온도를 올리고 있었던 것 아닐까요? 토야의 얼음 표면을 녹이려고 한 것일 수도 있고요. 다행히 그들 계획대로 되진 않은 것 같지만요."

누미르는 욕을 뱉으려는 듯 입을 잠깐 열었다가 다시 닫고는 호흡액을 한 번 들이키고 내쉬더니 거친 목소리로 말했다.

"망할 우주인. 우주를 존중할 줄 몰랐던 거야. 전 솔직히 우리도 이렇게 표면 위로 나와서 우주를 건드려서는 안 된다고 생각합니다. 우리가 있을 곳이 아니에요. 여긴… 영혼들의 세상입니다. 옛이야기에서 말하는 하늘나라가 괜히 죽은 이들의 세상을 말하는 게 아닙니다. 저 별들이 어둠의 품에 안긴 조상들의 눈빛으로 느껴져서 지금도 썩 편하지가 않군요."

뢰를프는 이제야 누미르의 태도가 이해된다는 듯 그를 바라보며 소리 없이 미소를 지으며 말했다.

"누미르 교수님, 과학사제인 저보다 더 미신적이신 분이셨군요. 하지만 낭만적이어서 마음에 듭니다."

광본주의보다는 미신이 차라리 낫지, 하랑은 생각했다.

"말조심하시죠. 미신이 아닙니다. 낭만도 아니고요."

"죄송합니다. 교수님의 신앙을 제가 존중하지 못했군요. 표면개척군 과학사제로서 부끄럽고, 사과드립니다. 이번 임무에 하늘 조사도 포함되는데 불편하지는 않으실까요?"

"제 신앙은 제 업무에 어떤 영향도 미치지 않습니다. 어떤 업무도 제 신앙에 영향을 줄 수 없고요."

"그렇고 말고요."

잠시 불편한 침묵이 이어질 것 같았지만 포니아가 사뭇 진지한 얼굴로 뫼를프에게 물었다.

"그들은 도대체 어디로 간 거죠? 사라졌다면서요. 다시 돌아올까요?"

"아뇨, 그들은 2만 년 전에 자멸했어요. 우주선에 남겨진 그들의 기록을 해독했답니다. 우리 언어학자가 우주인 문자를 연구 중인데, 흥미롭게도 그들의 언어 체계는 우리 것과 비슷한 부분이 많았어요. 언어적 뇌의 진화 과정은 그리 다양하지 않은가 봅니다. 여전히 대부분 미해독 상태지만, 마지막 기록은 어느 정도 풀렸어요. 어떤 이유로 우주인 사이에서 내분이 일어났고 전쟁까지 이어졌습니다. 그러다 이윽고 어떤 무기를 쓴 거죠. 그런데 그 무기의 위력이 너무 강력했고, 결국 그들 모두를 파멸시킨 겁니다. 생존자가 남긴 마지막 문장은 도무지 해석할 수 없었는데, 아무래도 욕이었던 것 같습니다."

포니아가 어깨를 밀자 하랑은 깜짝 놀랐다. 포니아는 긴장한 목소리로 말했다.

"그 무기가 뭐죠?"

"무기의 정체는 아직 모릅니다. 하지만 그 무기를 사용하면 어떤 일이 일어나는지는 알고 있습니다. 하늘 높은 곳에 거대한, 아주 거대한 화구가 나타난다고 하더군요. 그러고는 그 아래와 주변에 있는 모든 것을 불태워 버린답니다. 하늘마저 태워 버릴 뻔했다고 하고요. 그 온도가 1억 도에 이른다고 합니다. 누라 단위계로."

말도 안 되는 숫자였기에 하랑은 헛웃음을 지었다. 누미르 역시 어이가 없다는 듯 고개를 저었다. 하지만 포니아는 여전히 진지한 얼굴이었다. 자신이 누미르와 공감했다는 생각에 조금 불쾌하진 하랑은 목을 다듬고 뫼를프에게 물었다.

"하지만 그런 무기로 전쟁 같은 걸 했다면 주변 얼음이 모조리 녹아 버렸을 건데요. 그런 흔적이 있나요?"

뫼를프는 지금까지 본 가장 만족스러운 얼굴로 하랑을 돌아보며 대답했다.

"전쟁이 여기서 벌어졌다고는 안 했어요. 아, 도착했군요."

표면차가 이윽고 멈추자 운전사를 제외한 모두가 표면차에서 내렸다.

3.

우주선은 거대한 원통형 모양이었다. 적어도 보이는 부분은 그랬다. 하랑이 평생 본 적 없는 강력한 조명 수십 개가, 광본주의자가 봤다면 아연실색할 만큼의 빛을 비추고 있었지만 우주선의 양 끝과 꼭대기는 멀고 깊은 어둠에 스며들어 보이지 않았다. 하늘의 별이 가려진 정도를 보고 어느 정도 크기를 짐작할 수 있을 뿐이었다.

"저건 뭐죠?"

포니아가 하늘을 절반 정도 덮은 우주선의 검은 그림자에서 조금 떨어진 곳을 가리키며 말했다. 우주선과는 따로 별빛을 가리는 넓고 둥근 무언가가 하늘에 있었다.

"달입니다. 23일에 한 번씩 토야 주변을 돌고 있지요. 하늘 감시단은 저 달까지의 거리를 측정하다가 이곳을 발견했어요. 잘 찾으셨네요. 표면에 처음 나온 사람들은 쉽게 못 찾거든요. 언젠가 우리도 우주선을 만들게 된다면 저기에 갈 수 있을지도 모르지요. 하늘학자들의 추정이 옳다면 달까지의 거리는 40토야반경 정도라고 합니다. 놀랍지 않나요? 행성 토야 반지름의 40배나 되는 거리에 있는 커다랗고 둥근 물체라니. 표면 위의 세상, 우주는 정말 신비로운 세상 아닌가요? 우리가 얼음 아래 바다 세상에서 살아갈 때는 상상조차 못했지요."

"우리가 상상해서는 안 되는 세상이었을 수도 있지요."

누미르가 손으로 빛을 가리며 불쾌한 목소리로 말하자 되틀프는 모두를 어떤 기계 장치의 그림자가 있는 곳으로 안내했다. 누미르가 빛을 가린 건 눈이 부셔서가 아니라 빛을 낭비하는 저 끔찍한 물건을 견딜 수가 없어서일 거라고 하랑은 생각했다.

"나도 못 찾은 걸 네가 먼저 찾다니."

하랑은 포니아의 옆구리를 찌르며 말했다. 하지만 포니아는 별다른 반응을 하지 않았다. 누미르처럼 무언가 불편해하고 있었다. 하랑은 어색함을 지우고자 그림자를 만들어 주고 있는 기계 장치를 둘러보며 물었다.

"이건 뭐 하는 물건이죠?"

"우주 거리 측정기입니다. 우주인의 기계 중 우리가 사용할 수 있는 몇 안 되는 물건이랍니다. 지금은 수리 중이지만요. 원리는 저도 잘 모릅니다만, 독특한 패턴의 전자기파를 쏘아 보내 돌아오는 시간을 측정한다고 했던 것 같군요. 최근엔 토야와 달의 거리가 주기적으로 변하면서 얼음과 바다의 흐름에도 영향을 미친다는 가설을 검증했지요."

"별까지의 거리도 잴 수 있나요?"

"시도는 하고 있지만 측정 전파를 보내도 돌아오질 않아서요. 너무 작아서 그렇다더군요. 하지만 어둠 속에 떠 있는 자연발광체 얼음덩어리까지의 거리를 알아서 뭐하겠습니까?"

뫼를프는 자기가 한 말을 한 번 곱씹더니 누미르의 눈치를 살폈다. 누미르가 아무런 반응도 하지 않자 뫼를프는 안도의 한숨을 쉬고는 우주선을 향해 걷기 시작했다.

"이제 들어갑시다."

하랑은 기대했다. 저 먼 우주 너머에서 온 우주인이 만든 우주선 내부를 조사하게 되다니. 우주선 아래에 있는 입구는 표면개척군이 따로 뚫은 게 아니라 원래부터 있던 장치로 보였다. 둥근 입구의 크기를 보니 우주인이 어떻게 생겼든 덩치는 토야인과 비슷했을 것이라고 하랑은 짐작했다. 별, 뫼를프의 말을 빌리자면 우주 공간에 떠 있는 자연발광체 얼음덩어리 너머에 있는 어둠 속 어딘가에 토야와 비슷한 행성, 우주인의 고향이 숨어 있을지도 모른다고 생각하니 하랑은 가슴이 뛰었다. 이제 그들이 만든 놀라운 인공물 내부로 들어간다. 그 안에는 무엇이 있을까?

뫼를프는 우주선의 어떤 곳도 보여 주지 않았다. 우주인과 우주선에 대한 표면개척군 학자들의 가설들을 설명하며 좁고 길고 미로 같은 통로를 지나고 또 지날 뿐이었다.

4.

"포니아, 괜찮아?"

하랑은 무선통신을 포니아에게만 제한하고 물었다. 조사 업무 중에는 안전을 위해 수신자 제한이 금지되어 있지만 어차피 뫼를프와 누미르는 다섯 걸음 정도 앞에서 걷고 있었기에 하랑이 헬멧 속에서 입을 움직이고 있는지 알 수 없었다.

"뭐가?"

"갑자기 기분이 안 좋아진 거 같아서."

"그냥 좀 무서워져서."

하랑은 걸음 속도를 늦춰 포니아 옆으로 다가갔다.

"무섭다니?"

"음, 글쎄. 뭐라고 해야 할까? 나도 머릿속에서 잘 정리가 되질 않아서."

포니아는 헬멧 속에서 고개를 몇 번 갸우뚱하고는 말을 이었다.

"불과 수십 년 전까지만 해도 우리는 바다 세상에 살았고 머리 위에 있는 얼음 천장이 세상의 끝이라고 생각했잖아. 물론 과학자들은 두꺼운 얼음층 위에 물이 없는 드넓은 세상이 있다는 증거를 갖고 있었고, 최초의 토야인이 사실은 얼음 천장 너머에서 왔다거나 하는 전설도 있기는 했지만, 그래도 우리가 사는 세상은 얼음 천장 아래였잖아. 아래 위로 시작과 끝이 있는 공간. 그러다가 어느 날 얼음 천장을 뚫고 나가 행성 토야의 표면을 눈으로 확인하고, 과학자들의 예상이나 전설 속 이야기와 비교도 안 되는, 생각이 멈춰 버릴 만큼 드넓은 세상을 발견했고. 우린 아직 이 세상이 어떻게 돌아가는지, 어떻게 만들어졌는지, 왜 존재하는지, 저 별들의 정체는 뭔지 아무것도 몰라."

"아무것도 모른다니. 그걸 알아내는 게 우리 일이잖아."

"표면학이나 하늘학이 생긴 지 60년이 지났지만 우리가 알아낸 건 책 몇 권 안에 다 담기는 양이 고작이야. 그것마저 초기 개척자들이 대부분 이뤄 낸 거고. 우린 아직 토야 반대편에도 가지 못했어."

"무인 탐사선은 갔지. 그래서 저 뫼를프가 말한 우주인이 만든 건축물도 발견했고."

포니아는 그런 얘기가 아니라며 고개를 흔들었다.

"우린 아직 모르는 게 너무 많고 눈앞에 펼쳐진 세상을 우리가 이해할 수 있는지조차 알 수 없는데… 지금 우린 그런 우주를 가로질러 온 우주인이 만든 물건 안에 있잖아. 우리의 모든 것을 아득하게 초월한 존재가 창조한 공간 속에."

포니아는 뒤로 흘러가는 복도의 벽에 손을 내밀었다. 하랑도 반사적으로 반대편 벽에 손을 내밀었다. 뭉툭한 우주복 손가락 끝이 벽에 닿자 낮고 거친 마찰음이 팔을 타고 우주복 안으로 전해졌다. 우주복 장갑이 촉감까지 전해주지는 못하기에 정확한 재질은 알 수 없지만, 용도를 알 수 없는 이음새나 돌기, 문자처럼 보이는 각인이 나타날 때마다 그 정교함에 감탄이 나왔다. 다시 포니아를 돌아보니 포니아의 손은 벽에 닿지 않았다. 그저 벽면에서 조금 떨어진 공간을 휘젓고 있을 뿐이었다. 마치 하랑에겐 없는 감각으로 우주선 전체를 느끼고 있기라도 한 것처럼. 하랑은 그야말로 표면만 손끝으로 핥으면서 감탄을 했던 게 조금 부끄러워져 결국 손을 거두었다. 포니아의 말이 틀리지는 않았다. 우주인은 벽면 세공술만으로도 토야인을 아득히 초월하고 있었다.

포니아는 복도를 둘러보며 말했다.

"우리가 과연 이해할 수 있을까? 우주인과 우주선, 그리고 우주까지? 표면부터 시작해 평생 차근차근 알아나가도 고작 행성 토야를 겨우 이해할 수 있을 건데, 하지만 사실은 이것조차 우주에선 협곡 바닥의 모래알 하나를 분석하는 정도의 수준일 건데, 그래서 하늘과 별을 올려다보는 것만으로도 긴장이 되는데."

확실히 그랬다. 포니아는 표면에 나와서도 머리 위를 거의 올려다보지 않았다. 함께 공부를 하던 시절에도 포니아는 교과서에 실린 얼음 표면 위의 하늘 사진, 그러니까 우주 사진을 좋아하지 않았다. 하랑은 그저 관심 분야가 다르기 때문이라고 생각했다.

"그런 와중에 우주를 가로질러 온 우주선이라니. 너무 갑작스럽잖아. 우리가 이 정도의 무지와 미지의 비약을 감당할 수 있을지 모르겠어."

"어차피 우리가 눈을 감는다고 사라지는 것도 아니잖아. 우리가 보든 안 보든 그 자리에 있을 건데. 우리가 그걸 본다고 달라질 것도 아니고."

"그들이 토야 곳곳에 설치해 뒀다는 건축물은? 뫼를프 말로는 우주선보다도 더 거대하다잖아. 우리가 만들 수 있는 가장 강력한 조명으로도 우주선조차 제대로 비추지 못하는데. 네 말대로 눈을 감는다고 그 건축물과 그걸 지은 우주인의 의도가 사라지지는 않아. 본다고 달라지지도 않고. 그래서 더 무서운 거야. 차라리 모르는 게 더 좋았다면? 알 수 없는 게 아니라 알아서는 안 되는 거였다면?"

포니아는 잠시 공백을 끼우고 말을 이었다.

"그리고 거대한 화구. 우리한텐 이 우주선이나 우주인이 벌인 일조차 아찔하게 큰데 그런 모든 것들을, 저 아득한 하늘마저 불태워 버릴 힘이라니. 우리가 가진 가장 밝은 불은 얼음 언덕 하나 제대로 녹이지 못하는데."

경사로가 나타나며 복도가 넓어지기 시작했다. 이제 곧 목적지에 도착할 것 같다는 생각에 하랑은 포니아의 등을 가볍게 앞으로 밀며 말했다.

"글쎄, 미지의 대상이 두려울 수는 있어. 근데 너무 과대평가하고 있는 것 같기도 해. 우리가 모르는 게 있을 수도 있지. 그중 대부분은 영원히 모를 수도 있고. 애초에 이해가 불가능할 수도 있을 거야. 하지만 그래서 어쩌라고. 손가락 사이에 지느러미가 있던 시절부터 널 알았지만 난 여전히 널 완전히 몰라. 매일 새로운 모습을 발견하지만 난 그것조차 너의 수많은 모습 중 하나일 뿐이라는 걸 알아. 네가 가진 모습 대부분은 내가 알고 싶어도 결코 알 수 없을 거라는 것도. 그렇다고 네가 두려워지지는 않아. 오히려 더 알아갈 모습이 있어서 기대가 되는걸."

"그런, 얘기가, 아니잖아!"

포니아의 가늘게 격양된 목소리에 하랑은 헬멧 속에 물결이 일 만큼 깔깔 웃었다.

"거봐. 난 아직도 네 말을 제대로 이해하지 못했잖아. 그래서 좋은 거야. 나중에 서로 들여다볼 게 여전히 남아 있다는 거니까."

"들여다보긴 뭘 들여다보겠다는 거야."

포니아가 손등으로 하랑의 가슴을 치자 우주복끼리 부딪히며 덜거덕거리는 둔탁한 소리가 복도에 울려 퍼졌다. 그 소리를 듣고 누미르가 걸음을 멈추고 뒤를 돌아봤다. 지금까지 모르는 척하고 있었을 뿐 뒤에서 뭐 하고 있었는지 알고 있다는 눈빛이었다. 하지만 하랑은 눈빛으로 말하는 사람은 믿지 않았다. 공기의 소리 전달력은 물보다 훨씬 낮다. 무선을 끄면 가까이에서 귀를 기울이지 않는 한 들리지 않는다. 하랑은 아무 일도 없었다는 듯 정면을 바라보며 걸었다.

누미르가 거짓 시선을 거두고 다시 앞을 보며 걷기 시작하자마자 하랑은 다시 포니아를 향해 고개를 돌렸다.

"모르는 게 있으면 알아내면 돼. 평생 알 수 없는 거라면 더 좋아. 죽을 때까지 파고들 게 있다는 거니까. 알아서는 안 되는 거라면… 알아도 되는 존재가 되면 되겠지. 그것도 재밌을 것 같은데."

포니아는 포기한 듯 고개를 저었다. 하지만 표정은 밝았다.

"여깁니다."

뫼를프는 막다른 벽 앞에 멈춰서서 벽에 붙어 있던 투박한 기계 장치의 버튼 몇 개를 연속해서 눌렀다. 그러자 뫼를프보다 조금 큰 직사각형 이음새가 나타나더니 문이 되어 아무런 소리도 없이 옆으로 열렸다.

"반년 전까지는 여기에 문이 있는지도 몰랐답니다. 여러분이 조사할 장소는 이 너머에 있습니다."

드디어. 하랑은 호흡을 가다듬었다.

5.

도착한 곳은 조금 넓은 회의실 정도의 공간이었다. 방 안에는 좀 더 얇고 가벼운 작업용 우주복을 입은 사람들 다섯 명이 있었다. 시설 관리자로 보이는 한 명을 빼고는 모두 큼직한 가방을 매고 있었는데 가방에는 고용량 액화산소캡슐, 고열량

푸드팩, 비상용 압축호흡액 주머니와 초경량 여압복, 고휘도 막대 조명 따위가 주렁주렁 달려 있었다. 바닥 위로는 다양한 광학 장비가 잔뜩 달린 로버들이 이리저리 돌아다니며 바퀴와 장비를 시험해 보고 있었다. 우주 거리 측정기와 비슷한 물건도 있었는데 크기가 작고 바퀴와 접이식 고정장치가 달린 것으로 보아 이동용으로 개조를 한 것처럼 보였다.

하랑은 이해가 가지 않았다. 표면개척군이 새롭게 발견한 공간을 조사하기 위해 여기까지 온 것이었다. 뫼를프는 분명 조사할 장소가 문 너머에 있다고 했다. 여기가 그곳이다. 하지만 이곳은 지금까지 지나온 복도보다 조금 넓은 공간일 뿐이었다. 굳이 팀까지 만들어 조사할 무언가는 결코 아니었다. 그리고 이 좁은 공간에 거리 측정기는 도대체 왜 있는 걸까? 지금 하랑이 서 있는 문에서 반대편 벽까지의 거리를 측정하는 데 거창한 측정기 따위는 필요하지 않았다. 눈대중으로도 대충 거리가 나오지만 하랑은 자기 보폭을 생각하며 방을 가로질러 걷기 시작했다. 혹시 저 벽에도 숨겨진 문 같은 게 있는 걸까? 가 보면 알겠지.

강렬한 굉음이 울려 퍼졌고 하랑의 시야가 거칠게 요동쳤다. 부산하게 움직이던 사람들의 동작이 일시에 멈췄다.

"누군가 부딪힌다면 하랑 선생님일 거라고 생각했습니다."

뫼를프가 껄껄 웃으며 다가와 헬멧을 감싸며 주저앉은 하랑에게 손을 내밀었다. 하랑은 아직 헬멧 속을 휘젓고 있는 호흡액의 물살을 느끼며 그 손을 잡고 몸을 일으켰다. 그러고는 방금 통과하려고 했던 허공으로 천천히 손을 내밀었다. 무언가가 손에 닿았다. 투명하고 단단하고… 둥근 무언가가 있었다.

"빛을 직접 비추기 전에는 잘 보이지 않는답니다."

뫼를프가 관리자에게 손짓하자 바닥과 천장에 설치되어 있던 조명이 켜졌다. 조명에서 나온 빛은 방 한가운데의 허공을 향해 직진하다가 갑자기 휘어졌다. 곡예를 하듯 휘고 꺾이고 얽히는 빛줄기들이 모여 커다란 구체를 그려내고 있었다.

누미르가 하랑을 옆으로 밀며 앞으로 나왔다. 목소리는 조금 격앙되어 있었다.

"이게 도대체 뭡니까? 우린 현장 조사를 하러 온 거지 우주인의 공예품을 감상하러 온 게 아닙니다. 표면학과 하늘학 전공자를 데리고 오라더니 표면도 하늘도 없는 곳에서 뭘 어쩌라는 겁니까?"

표면개척군의 광자 낭비가 어지간히 마음에 들지 않았나 봐, 하랑은 생각했다. 그때 포니아도 하랑의 옆으로 다가왔다. 그러고는 빛이 닿지 않아 여전히 비어 있는 공간에 손가락을 내밀었다. 손가락이 멈추고 장갑 끝부분이 평평해졌다. 빈 공간이 아니었다.

포니아는 손가락을 떼고 조심스럽게 뒤로 물러서며 물었다.

"유리 공처럼 빛을 굴절시키는 것 같은데 왜 뒤에 있는 배경은 조금도 왜곡되어 보이지 않는 거죠?"

"특정 파장의 빛만 정해진 위치에서 정해진 만큼 굴절시킵니다. 단순히 투명한 유리 공예품이 아니라는 거죠. 정교한 기계 장치입니다."

"뭐 하는 장치죠?"

"우주인의 행성으로 가는 문입니다. 우리 쪽 언어학자 말로는 우주인은 이걸 스피어라고 불렀다고 하더군요. '구(球)'라는 의미라고 합니다."

하랑과 포니아는 기묘한 이름이라며 스피어라고 조용히 따라해 보다가 동시에 뫼를프를 바라보며 물었다.

"어디로 가는 뭐라고요?"

6.

조사팀은 전부 여덟 명이었다. 외부조사단 누미르, 포니아, 하랑. 그리고 뫼를프를 포함한 표면개척군 소속 전문가 세 명과 만약을 위한 무장 경계병 두 명. 간단한 브리핑을 마친 뫼를프가 외부조사단에게 표면개척군이 제작한 작업우주복을 제공했지만 누미르는 거절했다. 뫼를프는 후회할 거라고 말했지만 누미르는 고집을 꺾지 않았다. 포니아는 덤덤하게 받아들였고 하랑은 흥분을 감추지 못했다. 하랑과 포니아는 구석에 마련된 여압실에 들어가 우주복을 갈아입었다. 작업우주복은 가벼웠다. 등에 수많은 장비가 달려 있다는 걸 믿기 어려울 정도였다. 하랑은 그 자리에서 높이 뛰어오르며 가벼워진 몸을 시험해 봤다. 공기 중에서만 즐길 수 있는 자유낙하는 언제나 짜릿했다.

포니아는 우주복을 점검하다가 폴짝거리는 하랑을 보며 말했다.

"너 그러다 우주복 찢어진다. 우주복 찢어지면 어떻게 되는지 알아?"

하랑은 제자리 뛰기를 멈추고 호흡액을 잔뜩 들이키며 숨을 골랐다.

"공기 중에 노출되더라도 침착하게 움직이면 10분 정도는 살 수 있어. 1분 노출 훈련도 했잖아."

"그건 바다 세상에 있을 때 얘기고. 표면 세상의 기압은 정상 수압의 100분의 1이야. 우주복 압력이랑 비교해도 80분의 1이고. 이런 곳에서 갑자기 우주복이 찢어지면 호흡액은 물론이고 네 몸속에 있는 고압의 체액이 폭발하듯 빠져나갈 거야. 고기인지 뼈인지 구분도 가지 않은 걸쭉한 액체만 넝마가 된 우주복 속에 남을 거고. 난 그런 광경 보고 싶지 않아."

포니아는 뫼를프가 준 사진 자료들을 다시 훑어봤다. 표면개척군의 로버가 '문'을 통과해 건너편 세상에서 찍은 사진들이었다. '우주인 행성'은 토야와 비슷했다. 온통 어둠에 뒤덮여 있고 조명이 닿는 곳에만 빛의 구멍이 뚫린다. 하늘에는 밝은 별 몇 개만 찍혀 있을 뿐이었지만 직접 보면 더 많이 보일 수도 있다. 표면은 얼음 대신 마른 땅으로 뒤덮여 있었다. 물도 없었다. 근처에 건축물도 어렴풋이 보였는데 유선형 건물이 대부분인 토야와 달리 우주인의 건축 양식은 대부분 직선과 평면으로 이루어진 듯했다.

"정말 갈 거야?"

포니아가 물었다.

"물론이지. 가고 싶지 않아?"

포니아는 대답하지 않았다.

잠시 침묵이 이어진 뒤, 감압 완료 표시등이 켜지고 스피커에서 뫼를프의 목소리가 흘러나왔다.

"다들 준비된 것 같군요."

7.

하랑과 포니아가 여압실 밖으로 나가자 모두 출발 준비를 마친 상태였다. 작업우주복으로 갈아입지 않은 누미르 옆에는 표면개척군 소속 전문가로 보이는 사람이 서 있었는데 그는 누미르의 몫까지 2인분의 짐을 들고 있었다. 표면개척군의 배낭 규격이 누미르의 전용 우주복과 맞지 않기 때문이었다.

뫼를프가 스피어와 조사팀 사이에 섰다.

"출발하기 전에 다시 한 번 간단히 말씀드리죠. 지금까지 로버를 통해 알아낸 바에 따르면 스피어 너머에 있는 행성에는 우주인 생존자가 없습니다. 적어도 저쪽 스피어 근처에는 말이죠. 그들은 '거대한 화구'에 의해 늦어도 200년 전에는 자멸한 것으로 보입니다. 사진에서 보신 것처럼 건너편에 남아 있는 건 폐허가 된 건물들뿐이고요. 중력은 토야의 1.5배 정도입니다. 지금 우주복 때문에 몸이 좀 무거우시겠지만, 우주인 행성으로 가면 더 무거워질 겁니다."

뫼를프는 누미르를 슬쩍 바라봤다. 누미르는 뫼를프의 시선을 의식하며 고개를 조금 들더니 가볍게 기침을 했다. 뫼를프는 이어 말했다.

"지평선의 곡률과 거리, 중력의 세기 등을 분석한 결과, 우주인 행성의 질량은 토야의 5배, 지름은 1.7배 정도입니다. 멀고 평평해진 지평선 때문에 공간적인 위화감을 많이 느끼실 수도 있습니다. 하지만 아마 금방 익숙해지겠죠. 우주인 행성은…."

"계속 우주인 행성이라고 부를 거요? 다른 이름 없어?"

하랑이 익숙한 목소리에 뒤를 돌아보자 표면개척군 소속 거리측량사 크리튼이 불만 가득한 표정으로 뫼를프를 바라보고 있었다. 크리튼은 브리핑 때도 굳은 표정으로 질문을 잔뜩 쏟아냈었다. 개척군 소속 전문가들도 방금 전까지 스피어와 우주인 행성에 대해서 제대로 몰랐던 게 분명하다고 하랑은 생각했다. 뜬금없이 기묘한 물체를 통과해 우주인 행성으로 가서 조사를 해야 한다니, 불만이 가득할 법도 했다.

"음, 사실 별칭도 있습니다. 우주인 행성은 주로 마른 땅으로 이루어져 있는 만큼 건조한 흙덩어리 행성이라는 뜻에서 '지구'라고 부르기도 하지요. 그럼 이번 조사에서는 우주인 행성의 명칭으로 지구를 쓰도록 하겠습니다. 토야의 표면에 비해 지구의 표면은 온도가 매우 높습니다. 토야의 표면 온도가 우주인의 건축물 때문에 점점 올라가고는 있습니다만 그래도 마이너스 90도 수준인 반면, 지구의 표면 온도는 약 15도 수준이죠."

포니아가 손을 들었다.

"누라 단위계가 익숙지 않아서요. 15도 수준이면 어느 정도를 말하는 거죠?"

"포니아 선생님, 어디 출신이시죠?"

"테레몬입니다."

"아하, 높고 아름다운 열수구 언덕으로 유명한 마을이죠. 거기의 평균 온도가 누라 단위계로 20도 정도 될 겁니다. 열수 온도는 300도 정도일 거고요."

"쾌적하겠구만, 아주."

크리튼이 팔짱을 끼며 비아냥거렸지만 뢰를프는 신경 쓰지 않았다.

"기압은 이곳의 두 배 정도입니다만, 여러분이 숨을 쉬고 있는 호흡액의 수압에 비하면 50분의 1에 불과합니다. 그러니 우주복 관리에 주의해 주세요. 여러분의 임무는 로버가 수행하지 못하는 우주인 도시의 조사와 샘플 채취입니다. 그걸 바탕으로 우주인이 토야를 방문한 목적이 무엇인지, 그들을 멸망으로 몰고 간 '거대한 화구'라는 게 도대체 무엇이었는지를 알아내는…."

"왜 굳이 지금 가야 하는 거요?"

크리튼이 끼어들었다. 뢰를프는 인내심 많은 표정으로 대답했다.

"브리핑 때 알려 드린 것처럼, 스피어를 작동할 수 있는 시간은 정해져 있습니다. 하루 중 여덟 시간 정도만 열 수 있죠. 이유는 모릅니다만 나머지 시간에는 무슨 짓을 해도 열리지 않아요. 때가 되면 닫혀 버립니다. 그럼 다음에 열 때까지는 못 돌아올 거고요. 그리고 열기 위한 준비에도 시간이 걸려요. 한 번 준비하면 몇 번 여닫을 수 있지만, 한도를 초과하면 다시 준비하는 데 15일이 걸립니다. 게다가 이번엔 오늘만 합류할 수 있는 손님이 있어 출발이 많이 늦어졌습니다. 그래서 지금 당장 출발해도 세 시간 정도밖에 머무를 수 없어요. 정해진 일을 모두 하기에는 조금 빠듯하죠."

"그럼 얼른 출발이나 하죠."

뫼를프는 알았다는 듯 고개를 끄덕이고는 벽에 붙은 기계장치 옆에 서 있던 관리자를 향해 돌아섰다

그때 누미르가 잠시 멈추라며 손을 들고는 물었다.

"안전한 겁니까?"

"스피어를 통과하는 것 자체는 안전합니다. 지구에서의 안전은 보장하지 못하지만요."

뫼를프는 농담이라는 듯 입이 찢어지게 웃다가 누미르의 무거운 표정을 보고는 잠시 헛기침을 하며 목소리를 가다듬고 말을 이었다.

"지금까지 세 팀을 보냈습니다. 첫 번째 팀은 한 시간 뒤에 무사히 돌아왔죠. 두 번째 팀은 더 오래 있어 보기로 했습니다. 현지에서 두 그룹으로 나눠서 주변 지역 지도를 만들 예정이었는데 그룹 하나가 스피어 작동 시간이 끝날 때까지 돌아오지 못했죠. 하지만 크게 걱정하진 않았습니다. 어차피 다시 열리니까요. 다음 날 스피어를 다시 열어서 세 번째 팀을 보냈습니다. 하지만 세 번째 팀이 주변 지역을 샅샅이 뒤졌지만 아무도 없었습니다. 적어도 왕복 여덟 시간 안에 확인할 수 있는 곳에는."

"그게 언제 일입니까?"

"15일 전입니다."

"그런데 그걸 왜 지금 말하는 겁니까?"

"사고 흔적은 보이지 않았거든요. 아마 길을 잃고 최대 통신 반경을 넘어 버렸을 겁니다. 실제로 다른 그룹도 지구 건물의 미로에서 헤매다가 예정보다 늦게 돌아왔었고요. 액화산소나 호흡액, 식량은 20일치를 갖고 있으니까 아직 어딘가에 살아 있을 겁니다."

"실종사 탐색은 우리 일이 아닐 건데."

크리튼이 뫼를프를 보지도 않고 말했다.

"물론입니다. 여러분은 각자 조사에만 충실하시면 됩니다. 실종자 탐색은 저와 경계병의 일이니까요. 저는 그곳에 통신 증폭기를 설치해 그들이 다시 돌아올 수 있도록 비콘 신호를 보낼 겁니다. 다른 질문 있으신 분? 지구로 가면 중력 때문에 몸이 무거워져 질문할 생각은 별로 들지 않을 수도 있어요."

아무도 반응하지 않았다. 하랑은 뭔가 묻고 싶어 머리를 굴려 봤지만 당장 질문이 떠오르지 않았다. 뫼를프는 팀원들을 두 번 정도 둘러보고는 만족스러운 표정을 짓더니 기계 장치 옆에서 대기 중인 관리자를 향해 다시 몸을 돌린 다음 말했다.

"열어 주세요."

관리자가 기계 장치를 조작하자 바닥과 천장, 벽에 있던 조명들이 일제히 스피어를 향해 빛을 쏟아냈다. 조명마다 빛의 세기와 색깔은 제각각이었다. 일부 조명은 아무런 빛도 뱉지 않는 것처럼 보였지만, 하랑은 적외선과 자외선이 나오고 있을 것이라고 짐작했다. 모든 각도에서 빛이 들어가자 스피어가 완전한 구체의 모습을 드러냈다.

"특정 파장과 세기의 광선 조합을 정해진 위치에 투사하면 작동하는 원리입니다. 알아내는 데 고생했죠."

뫼를프의 말이 끝나자마자 스피어는 조용히, 그리고 천천히 중심부터 바깥을 향해 검게 물들기 시작했다. 이윽고 스피어는 입체감을 전혀 느낄 수 없을 만큼 완벽한 검은색으로 변했다. 아무런 소리도 진동도 없이, 검은색 구체 모양의 구멍 하나가 방 한가운데에 생겼다

"뭔가 화려한 볼거리를 기대하셨다면 죄송합니다. 이게 다예요. 그냥 들어가시면 됩니다. 제가 먼저 시범을 보일 테니 따라 들어오시죠. 뭐, 딱히 시범이랄 것도 없지만요."

뫼를프가 스피어 속 어둠으로 걸어 들어가더니 사라졌다. 누미르는 잠시 고민하다가 무거운 표정을 지으며 뒤따라 들어갔다. 뒤이어 다른 팀원들도 하나둘씩 스피어로 뛰어들었다. 크리튼은 들리지 않는 불평을 뱉으며 바퀴 달린 거리 측정기와 함께 들어갔다.

"우리도 이제 가 볼까?"

하랑이 말했다. 포니아는 불안한 표정으로 고개를 끄덕였다. 하랑은 안심하라는 듯 포니아의 헬멧 위를 가볍게 두드렸다. 포니아는 그만하라며 하랑의 팔을 붙잡아 내렸고, 미처 손을 놓기 전에 함께 스피어로 들어갔다.

8.

스피어에 뛰어들자마자 하랑과 포니아가 보고 듣고 느낀 것은 우주의 진짜 모습이었다. 토야와 지구 사이에 존재하는 모든 시공간과 물질을 경험했다. 작은 것과 큰 것, 가까운 것과 먼 것, 차가운 것과 뜨거운 것, 가벼운 것과 무거운 것, 보이는 것과 보이지 않는 것, 있는 것과 없는 것, 모든 것의 경계가 허물어지며 하나의 특이점 속으로 섞여 버릴 것만 같은 감각이 몸을 휘감았다. 하랑과 포니아는 우주복 너머로 전해지는 서로의 감각에 의존해 어떻게든 의식을 붙잡았다. 입은 있었지만 소리는 지르지 못했다. 쏟아져 들어오는 모든 경이와 경외의 순간을 놓치지 않기 위해 노력했고 많은 걸 기억 속에 담았다. 하지만 먼저 통과했던 모든 이들과 마찬가지로, 스피어를 빠져나온 순간, 두 사람은 아무것도 기억하지 못했다.

9.

지구 쪽 스피어 역시 입체감을 전혀 느낄 수 없었다. 그리고 흰색이었다. 빛이 나는 것도 아니었고, 반사도 산란도 하지 않았다. 그저 주변 공간과 완전히 단절된 흰색 구체 구멍이었다.

하얀 구멍에서 언제 빠져나왔는지 하랑은 기억하지 못했다. 정신을 차리고 보니 하얀 구멍을 바라보며 서 있을 뿐이었다. 옆에 있는 포니아도 마찬가지였다. 헬멧 속 호흡액은 다른 행성으로 건너왔다고는 믿을 수 없을 만큼 잔잔했다. 그때야 하랑은 숨을 쉬지 않고 있다는 걸 깨닫고는 숨을 잔뜩 들이켰다. 호흡액이 요동쳤다.

그때 하얀 구멍이 아무런 소리도 진동도 없이 갑자기 사라졌다. 여기저기 조명을 비춰 봤지만 아무것도 보이지 않았다. 하랑이 조금 전까지 구멍이 있던 곳에 손을 내밀자 단단한 구체 표면이 느껴졌다. 스피어는 여전히 그곳에 있었다. 브리핑 때 뫼를프가 말했었다. 정해진 파장의 빛을 계속 비추는 데는 에너지가 너무 많이 들어서 스피어를 항상 열어 두지는 않을 거라고. 하지만 여기에는, 지구에는 그런 장치도 없었다. 결국 토야에서 열어 주지 않으면 돌아갈 수 없다. 말로 설명을 들을 때는 조금 걱정되는 정도였지만 다른 행성에 와 있으니 하랑은 문득 두려워졌다. 토야에서 정해진 시간에 스피어를 열어 줄까? 여기서 문제가 생기면? 뫼를프는 구조 요청을 할 수 있다고 말했는데 토야 쪽에서 문제가 생길지도 모를 일이다.

어쩌면 여기에도 스피어를 열기 위한 장비가 있을지도 모른다는 생각에 하랑은 주변을 둘러봤다. 스피어는 하랑의 키보다 두 배 정도 높은 검은색 벽에 둘러싸여 있었다. 천장은 없었다. 그저 검고 오래된 벽이 스피어를 중심으로 한 바퀴를 돌고 있을 뿐이었다. 벽은 균일하지 않은 모양으로 깎은 돌을 정교하게 이어 붙인 것이었다. 무거워 보였지만 손으로 밀면 무너질 것처럼 불안했다. 기계 장치 같은 건 보이지 않았다.

"하늘."

포니아가 말했다. 하랑은 고개를 들어 하늘을 봤다. 익숙하지만 낯설었다. 혹은 낯설지만 익숙했다. 깊은 검은색 하늘과 그 속에서 별이 반짝이고 있는 건 토야와 같았다. 하지만 달랐다. 위치가 전혀 달랐다. 밝기도 달랐다. 하랑은 토야의 표면으로 나와 하늘과 별을 처음 보기 훨씬 전부터 토야 하늘의 별들을 완벽하게 외우고 있었다. 별의 밝기와 색깔, 위치를 모두 알고 있었다. 그 모든 것이 지구의 하늘 아래에서는 아무런 쓸모도 없었다. 이곳은 완전히 다른 세상이었다.

"그래도 하늘은 토야와 비슷해서 다행이야."

포니아의 말에 하랑은 왠지 서글퍼졌다. 그런 하랑의 기분을 읽기라도 한 듯 출발할 때와는 반대로 이번엔 포니아가 하랑의 어깨를 두드리며 말했다.

"다들 어디에 있는 거지?"

아무도 없었다. 주변을 둘러보니 벽 한 곳에 계단이 있었다. 계단을 타고 벽을 넘자 가장 먼저 보인 건 바닥에 무릎을 꿇고 앉아 있는 뫼를프였다. 기도를 하고 있었다. 인기척을 느낀 뫼를프는 기도를 마무리하고는 천천히 일어섰다.

"무슨 기도를 한 건가요?"

포니아가 물었다.

"믿음에 도전할 기회를 주신 것에 감사했지요. 이래 봬도 저는 사제니까요."

"그냥 직위 형식만 남아 있는 건 줄 알았어요. 누구에게 기도한 거죠? 옛날엔 신이 많았다던데."

"글쎄요. 누군들, 무엇인들 어떻습니까. 세상에 대한 믿음을 주고 그것을 또 의심하게 만들어 주는 존재겠지요."

"의심이라고요?"

"의심의 여지가 없는 신앙은 영혼 없는 인형에 불과합니다. 그것이야말로 신성을 모독하는 일 아니겠습니까."

갑자기 주변이 밝아졌다. 경계병 한 명이 조명이 달린 높은 기둥을 설치하고 있었다. 여섯 개의 기둥 조명 전부에 불이 들어오자 주변을 둘러싸고 있던 도시의 모습이 어렴풋이 드러났다. 마른 땅 위에, 텅 빈 공기 속에 세워진 도시. 폐허가 된 도시. 어둠 속에 숨어 있던 도시. 하지만 도시의 대부분은 여전히 어둠에 묻혀 있다.

"하랑 선생님, 하늘 보셨습니까?"

뫼를프의 물음에 하랑은 잠시 당황하고는 고개를 끄덕였다.

"토야처럼 검은 하늘에서 별이 반짝이지만 토야와는 다르지요."

"묘하게 사람을 불안하게 만드는 차이네요."

하랑은 솔직하게 말했다.

"더 불안하게 해 드릴까요?"

뫼를프가 미소 지었다. 하랑은 뫼를프의 웃음이 썩 마음에 들지 않았다.

"첫 번째 팀은 별을 보지 못했다고 합니다."

"네?"

"하늘엔 아무것도 없었다고 보고했죠. 완벽한 칠흑으로만 가득 찬 하늘 아래에서 그들은 겪은 적 없는 불안함을 느꼈다고 합니다. 그들이 고작 한 시간 만에 돌아왔던 이유였죠. 하랑 선생님, 어떻게 저 하늘의 별들이 모조리, 사라졌다가 다시 나타날 수 건지 이번 조사 때 꼭 살펴봐 주시길 바랍니다."

뫼를프는 하랑과 포니아의 반응을 살피려는 듯 두 사람을 번갈아 바라봤다. 포니아는 하늘을 올려다봤고 하랑은 뫼를프의 시선을 피했다.

"하랑, 포니아. 이쪽으로."

누미르가 불렀다. 뫼를프는 몸을 옆으로 비켜 줬고 하랑과 포니아는 누미르에게 다가갔다. 누미르는 짐을 내려준 표면개척군에게 고맙다는 인사를 대충 하고는 손에 들고 있던 기계를 두 사람에게 보여 줬다. 방사선 감지기였다.

"주변에서 방사선이 나오고 있어. 이런 얘긴 없었는데, 망할 놈들. 건물에서 오는 것일 수도 있고 하늘에서 오는 것일 수도 있겠지. 빨리 마무리하고 돌아가야겠어. 포니아는 주변에서 샘플 채취해서 방사선이 어디에서, 무엇에서 오는지 확인하고, 하랑은 안테나 펼쳐서 시간별로 전천 공기 분포 스캔한 다음 정리해. 난 지도를 좀 살펴보지."

누미르는 방사선 감지기를 포니아에게 건네고는 자기 짐을 들어줬던 표면개척군에게 다가가 무언가 말을 걸었다. 표면개척군은 곱게 접은 비닐종이를 꺼내 누미르에게 건넸고 누미르는 그걸 받아서 들고는 어디론가 걸어가기 시작했다.

포니아는 누미르가 건네준 방사선 감지기를 유심히 살폈다. 배경값 설정이 잘못되어 있었다. 버튼을 누르며 조작하자 방사선 값이 뚝 떨어졌다. 여전히 토야의 표면보다는 높았지만 원한다면 며칠 머무르는 것 정도는 큰 문제가 없어 보였다. 포니아는 방사선 감지기를 벨트 옆구리에 걸고는 허벅지 주머니에서 샘플 채취용 용기를 여러 개 꺼내 손가락 사이에 하나씩 끼웠다.

포니아는 헬멧 옆에 붙은 다이얼을 돌려 음성 송신 범위를 하랑과의 거리 정도로 줄이고는 말했다.

"어떻게 저런 사람이 교수가 된 건지 모르겠어. 하랑, 하늘은 좀 어때?"

하랑은 잠시 넋을 놓고 있다가 포니아의 말에 정신을 차렸다. 그러고는 가방에서 전천 스캐너를 꺼내 바닥에 설치하기 시작했다.

"하늘은… 좀 어때?"

포니아가 다시 물었다.

"괜찮아. 좋아. 신기해."

"넌 괜찮아?"

"괜찮아. 전혀 다른 하늘을 보게 될 거라고 생각은 했고 기대도 했는데 이렇게 직접 보니 기분이 좀 이상해져서. 넌 어때? 출발하기 전엔 좀 무서워했잖아."

무서워했다는 말에 포니아는 약간 자존심이 상한 듯한 표정을 지었다. 하지만 사실이었으니 변명은 하지 못했다.

"출발하기 전에는 막연한 상상 때문에 무서웠던 것 같아. 하지만 이렇게 직접 보니 오히려 여기도 그냥 세상이구나 하는 생각이 들고. 토야의 하늘도 그냥 세상의 하나였을 뿐이구나 싶고. 그리고 이 두 세상이 이제 하나의 세상이 되어가는 것 같기도 하고."

포니아는 손가락 굵기의 끌로 가까이 있던 벽을 긁어 파편을 병에 담았다. 긁힌 자국 옆에 어떤 표시가 있었다. 조명을 집중시켜 자세히 보니 잔뜩 옅어진 우주인의 문자였다. 문자는 손바닥보다 조금 더 큰 사각형 표시 안에 모여 있었다. 주의사항 같은 게 적혀 있다면 딱 읽기 좋은 크기와 위치였다. 포니아는 수백 년 전 자신이 서 있는 바로 이곳에서 이 문자를 읽었을 우주인을 떠올렸다. 키가 자신 혹은 토야인과 비슷했던 걸까? 적어도 시각을 담당하는 기관의 높이는 비슷했을 것 같았다.

문자 위로 손가락을 스치며 포니아는 말을 이었다.

"그래도 우주인을 파멸시켰다는 그 '거대한 화구'라는 건 여전히 좀 걱정돼. 그것마저 우리 세상의 일부가 되면 어쩌지, 하는."

"망할, 배터리 케이블 하나가 끊어졌어. 가서 좀 빌려 올게."

포니아는 하랑이 소심하게 도망치고 있다는 걸 알았다. 자기가 포니아를 지켜 줄 것처럼 이야기하다가 입장이 반전되어 버렸으니 뒤늦게 자존심이 상한 것이었다. 포니아는 샘플 용기 뚜껑을 닫았다.

10.

하랑은 크리튼에게 갔다. 거리 측정기 같은 기계를 다루고 있으니 여분의 케이블 정도는 있을 것 같았다. 정신 없이 버튼과 레버를 조작하며 준비를 하는 크리튼에게 배터리 케이블 하나 빌릴 수 있냐고 묻자 크리튼은 아무 말 없이 주머니에서 케이블을 잔뜩 꺼내 하랑에게 내밀었다. 온갖 종류의 케이블이 뒤섞여 있었다. 하랑은 군말 없이 케이블 뭉치를 받고 그중에서 필요한 걸 찾아 꺼냈다.

"여기서 소풍이라도 하려고? 누가 보면 스피어를 포장해 가려는 줄 알겠구만."

크리튼은 하랑이 설치하고 있던 전천 스캐너에 조명을 비추며 말했다. 전천 스캐너는 바닥에 설치하는 직물 형태의 평면 안테나였고 모두 펼치면 열 명 정도가 드러누워도 남을 정도의 크기였다.

"돌아갈 때 기념품으로 가져가려고."

처음 나누는 대화였지만 크리튼의 거리낌 없는 말투에 하랑도 편하게 말을 놓았다. 케이블을 보관하는 방법을 보니 크리튼도 그리 깐깐한 성격은 아닐 거라고, 돌아가면 포니아와 같이 셋이서 놀아도 될 것 같다고 하랑은 생각했다.

"무슨 거리를 측정하려는 거야?"

"내 말이. 측정할 것도 없어. 별은 너무 작아서 측정 못 하고. 달 비슷한 것도 안 보이고. 그래서 그냥 멀리 있는 건물 거리만 좀 알아봐서 우주인 도시 규모나 짐작해 보려고. 그런데…."

크리튼은 무언가를 발견하고는 거리 측정기 옆으로 빠져나와 커다란 건물 하나를 손끝으로 가리키며 말을 이었다.

"건물 뒤편에 조명이 있는 것 같아. 건물 위로 천천히 이동하면서 조금씩 밝아지고 있어. 완전히 죽은 도시가 아닐지도 몰라. 스피어 주인을 만날 수 있을지도 모르겠는걸. 포장해 가기는 어렵겠어."

그때 스피어가 있는 곳에서 굉음이 울렸다. 하랑과 크리튼 모두 설마 하는 생각에 스피어를 향해 달려갔다. 1.5배 무거워진 몸 때문에 쉽지는 않았지만 스피어가 있던 곳에서 피어오르는 연기를 보고 있으니 근육이 찢어질 것 같은 통증은 아무런 문제도 아니었다.

연기 속에서 텅 빈 공간이 조금씩 모습을 드러냈다. 스피어였다. 스피어는 여전히 그 자리에 있었다. 없어진 건 스피어를 감싸고 있던 벽이었다.

"허허, 그냥 좀 밀어 보라고 했을 뿐인데 너무 세게 밀어 버린 것 같군."

연기를 뚫고 나타난 누미르가 말했다. 누미르의 시선 끝에는 언제부터인가 그의 수행원 취급을 받고 있는 표면개척군이 있었다. 헬멧 속 그의 얼굴에는 당혹감이 잔뜩 묻어났다.

뒤늦게 뫼를프가 나타나 누미르에게 물었다.

"어떻게 된 일이죠?"

"스피어를 열기 위해서는 빛을 쏘아야 한다고 하지 않았습니까? 하지만 여기엔 그런 장치가 보이지 않아서요. 벽 속에 숨어 있을 것 같기도 해서 찾아봐 달라고 개척군에게 부탁을 했습니다. 그랬더니… 벽을 이렇게 무너뜨릴 거라고는 생각을 못했네요."

"브리핑 때 말씀드렸지만, 스피어는 정해진 시간에 토야 쪽에서 열어 줄 겁니다. 여기서 열 수는 없어요."

"그럼 여기서 무슨 일이 생기면 어쩝니까?"

"30분에 한 번씩, 토야 쪽에서 스피어를 부분 개방합니다. 특정 전파만 통과시키는 모드죠. 무슨 일이 생기면 그때 토야에 스피어를 열어 달라고 요청할 수 있습니다. 브리핑 때 설명해 드렸을 텐데요."

"그렇죠, 그렇죠."

하랑이 뫼를프를 만난 이후 처음으로, 뫼를프가 못마땅한 표정을 지었다. 누미르도 그 표정을 인지했는지 불편한 기색을 억지로 감추고 널브러진 검은색 돌무더기 속에서 기계 장치를 찾는 시늉을 하며 뫼를프에게서 멀어졌다. 연기가 완전히 걷히자 포니아도 나타났다. 대충 상황을 인지한 포니아는 하랑과 시선을 주고받으며 익숙하다는 듯 조용히 고개를 저었다.

11.

크리튼은 거리 측정기가 자동 측정 모드로 되어 있는 걸 발견하고는 투덜거리며 수동 모드로 바꿨다. 자동 모드는 토야 하늘에서 새로운 물체, 그러니까 달이 뜨면 알아서 거리를 측정하도록 만든 것이었지만 이곳에서는 필요가 없었다. 기존의 고장 난 측정기를 대체할 예정이던 물건을 여기 가져온 덕분에 토야-달 거리 자료에 공백이 생겼다는 게 크리튼은 지금도 마음에 들지 않았다.

크리튼은 눈을 감고 호흡액에 섞여 있는 미약한 약초향을 음미하며 기분을 달랬다. 들키면 뫼를프에게 구박을 좀 받겠지만, 아까 보니 교수라는 양반도 지도를 보는 척하면서 호흡액에 약초액을 잔뜩 섞고 있었다. 우주복에 따로 만든 주입구까지 있었다. 그래서 우주복을 바꾸지 않으려고 했겠지. 크리튼은 소리 없이 웃었다.

가장 멀리 있는 건물을 찾기 위해 다시 눈을 뜬 크리튼은 무언가를 발견하고는 커다란 목소리로 말했다.

"망할, 저게 뭐야."

주변에 있던 모두가 크리튼이 바라보던 곳을 향해 고개를 돌렸다. 그러고는 긴 침묵이 이어졌다. 크리튼이 말했던 조명을 가리고 있던 건물 위 하늘이었다. 조명이 건물 위로 떠올랐다. 조명이 아니었다. 하늘 속에서 굵은 갈고리 모양의 샛노란 물체가 눈부시게 빛나고 있었다. 어찌나 밝은지 주변의 별빛마저 묻어 버리고 있었다.

크리튼은 자기 헬멧을 몇 번 거칠게 두드려 정신을 차리고 거리 측정기를 향해 뛰어갔다. 빛나는 갈고리를 향해 전파 송신구를 맞추고 제어판을 조작하더니 주먹으로 버튼 하나를 내리쳤다. 공기를 통해서도 전해질 만큼 강력한 진동이 주변을 훑고 지나갔다. 천천히 숨을 한 번 마시고 다시 내쉴 만큼의 시간이 지난 후, 거리 측정기에 자그만 불빛 몇 개가 들어왔다. 크리튼은 제어판 화면에 나타난 숫자를 확인하더니 믿기지 않는다는 표정으로 다시 한 번 버튼을 눌렀다. 진동이 지나가고 잠시 뒤 다시 불빛이 켜졌다. 크리튼은 한 번 더 반복했다. 진동과 불빛.

"저… 물체까지의 거리는 75토야반경입니다. 오차는 ±4토야반경이고요. 토야와 달까지 거리의 두 배 정도입니다."

"그림자."

하랑이 말했다. 기둥 조명의 빛이 잘 닿지 않는 곳에 있던 크리튼과 거리 측정기 뒤에 커다란 음영이 보였다. 조금 전까지는 없었다.

"조명을 꺼 주십시오. 모두 우주복 조명도 끄고, 축광등도 가려 주십시오."

뫼를프의 말에 경계병이 조명 기둥에 다가가 전원을 내렸다. 우주복 조명도 하나둘씩 꺼지기 시작했고 이윽고 축광등도 모두 가려졌다.

평소였다면 완벽한 어둠, 오직 먼 별빛만이 미약한 숨을 불어넣는 심연이 그들을 감싸야 했다. 하지만 아니었다. 그들은 볼 수 있었다. 자신의 발끝을 볼 수 있었다. 주변에 있는 사람들을 볼 수 있었다. 건물과 장비들을 볼 수 있었다. 뒤에 길쭉이 늘어선 자신의 그림자를 볼 수 있었다. 색깔을 구분할 수 있는 수준은 아니었지만 분명히 볼 수 있었다. 갈고리 물체의 빛이 만들어 내는 음영이 어둠에 묻혀야 할 세상을 파헤치고 있었다.

누미르가 자신의 손바닥 위에 묻어나는 손가락의 그림자를 바라보다가 고개를 저으며 말했다.

"불가능해. 달보다 더 멀리 떨어진 곳에서, 저렇게 거대하면서… 이렇게 밝을 수는 없어. 저 기계가 고장 난 게 분명해. 저 망할 기계가 고장 난 거야. 그냥 커다란 조명이야. 우주인이 저 먼 곳 어딘가에 설치한 거겠지. 대단한 기술이야. 암, 대단하고 말고. 저렇게 큰 조명을 저렇게 높은 곳에 매달아 두다니. 이렇게 오랜 세월을 견디는 조명을 만들다니, 역시 위대한 존재들이야. 썩어 문드러질 우주인 놈들."

모두가 믿기지 않는 표정으로 빛나는 갈고리 물체의 빛과 주변 사물을 감싸는 음영을 번갈아 바라봤다. 경계병은 잔뜩 긴장한 듯 옆구리에 찬 무기에 손을 올리고 있었다. 표면개척군은 과학사제 뫼를프 뒤에 서더니 짧은 기도문을 읊었다. 뫼를프는 굳은 표정으로 갈고리를 응시했다.

포니아는 넋을 놓고 있는 하랑을 한 번 바라보고는 주변 사람들을 둘러보며 말했다.

"가능해요. 토야의 달도 빛나지는 않지만 거대하잖아요. 75 토야반경이라면 토야에서 달까지 거리의 두 배 정도일 뿐이고. 하늘에는, 우주에는 저런 거대한 물체가 흔히 존재하는 거예요. 저런 크기가 어쩌면 평범한 걸지도 모르고요. 우주에서 스스로 빛나는 물체는 우리가 이미 알고 있잖아요."

모두의 시선이 포니아에게 몰렸다. 포니아는 부담을 느낀 듯 잠시 말을 멈추고는 자세를 가다듬고 말을 이었다.

"제 생각에 저건 아마 별이에요. 우리는 지금까지 별이 화학적으로 자연 발광하는 얼음 조각이라고 생각했잖아요. 하지만 그게 아니었던 거예요. 별도 달과 비슷한 물체였던 거죠. 어떤 원리로든 저렇게 스스로 눈부시게 빛난다는 점이 다를 뿐이고. 그동안 별까지의 거리를 측정하지 못했던 건 너무 작아서가 아니라 너무 멀어서 아니었을까요? 저 갈고리 빛이 우리가 아는 별빛만큼 미약해지려면 얼마나 멀리 있어야 할까요?"

"그런데 왜 갈고리 모양이죠? 토야의 달은 둥근데 말이죠."

뫼를프가 물었다. 포니아는 대답하지 못했다. 대신 하랑이 입을 열었다.

"갈고리 모양이 아니에요. 저쪽 하늘의 별 밀집도를 생각하면 지금 저 갈고리 모양 안쪽에 있는 검은 영역 안에 별이 있어야 해요. 하지만 보이지 않죠. 가려진 겁니다. 저 물체는 갈고리 모양이 아니라 원래 둥글지만 갈고리 영역만 빛나고 있는 거예요. 포니아 말처럼 스스로 빛나지만 달과 비슷한… 우주의 물체. 아무래도 우리가 최초로 별의 진짜 모습을…."

하랑이 미처 말을 끝내기 전에 누미르가 잔뜩 흥분한 목소리로 끼어들었다.

"저게 별이라고? 우리가 별의 진짜 모습을 발견해? 멍청한 소릴. 별은 저런 하늘의 돌덩어리가 아니야! 자체 발광하는 얼음 조각도 아니고!"

"누미르 교수님, 좀 진정하시죠."

뫼를프가 손을 내밀자 누미르는 그 손을 밀쳐내고는 크리튼과 거리 측정기가 있는 곳으로 향했다.

"기계가 고장 난 게 분명해."

"함부로 만지지 마쇼, 교수 양반!"

크리튼이 막아서자 누미르는 그를 거칠게 옆으로 밀어내고는 마구잡이로 제어판을 조작했다. 당연하게도 거리 측정기는 누미르가 원하는 대로 움직이지 않았다. 크리튼은 무거워진 몸무게 때문에 바로 일어서지 못하고 조금 기어가다가 천천히 상체를 일으켰다. 그러고는 다시 한 번 놀라운 표정을 지었다. 크리튼의 시선을 따라 모두가 반대편 하늘을 바라봤다.

별이 보이지 않았다. 하늘보다 검은 무언가가 하늘을 조금씩 뒤덮고 있었다. 거대했다. 지구의 별은 물론이고 토야의 달보다 수십 배, 어쩌면 수백 배는 더 컸다. 별이 하나둘씩 사라져 가는 모습에 모두가 당황하기 시작했다. 하늘의 일부를 덮고 우주를 가려 버릴 만큼의 거대한 무언가가 그들을 향해 다가오고 있었다.

바람이 불었다. 공기의 물결. 토야의 표면에도 바람은 있었지만 지구의 바람은 그보다 강력했다. 흐르는 바다의 수압보다는 약했지만 속도는 더 빨랐고 우주복 안으로 울리는 소리는 더 기괴했다. 마른 땅의 먼지 입자들이 연기처럼 떠올라 날아가기 시작했다. 바람은 점점 더 강해졌다. 하랑이 설치한 전천 스캐너가 세뿔고래 지느러미처럼 펄럭였다.

"온도가 올라가고 있습니다. 도착했을 땐 13도였지만… 지금은 20도를 넘었습니다."

뫼를프 뒤에서 표면개척군이 말했다. 다른 한 명은 여전히 기도문을 읊고 있었다. 뫼를프는 잠시 고민하고는 물었다.

"통신 반경 증폭기 설치는 끝났나요? 위치정보 송신은 시작했나요? 제2팀의 메아리 신호는?"

표면개척군이 고개를 두 번 끄덕인 다음 마지막에는 좌우로 저었다. 뫼를프는 손등에 붙은 시계를 보고는 외쳤다.

"여러분! 일단 돌아가야 할 것 같습니다! 저장 장치를 제외한 모든 장비는 그 자리에 두고 스피어 앞으로 모이십시오!"

모두가 챙길 물건과 버릴 물건을 정리하고 스피어를 향해 달려왔다. 누미르도 거리 측정기를 몇 번 만지작거리더니 결국 포기하고 돌아왔다. 바람은 점점 강해졌다. 먼지바람이 스피어를 둘러쌌다. 하랑은 무너진 벽의 역할이 스피어를 바람이나 먼지로부터 지키려는 게 아닐까 생각을 했다. 먼지바람이 스피어를 타고 다른 행성으로 넘어가면 곤란하니까.

"5분 뒤면 스피어가 전파 통과 모드로 바뀔 겁니다. 그때 개방 요청 신호를 보낼 거고 잠시 기다리면 스피어가 개방될 겁니다."

"왜 10분마다 전파 통과 모드가 되도록 해 두지 않은 겁니까?"

누미르가 따졌지만 뫼를프는 대답하지 않았다. 뫼를프는 손등 시계가 모두에게 보이도록 손을 스피어 위에 올렸다. 모든 이의 시선이 뫼를프의 손등으로 모였다. 시곗바늘이 움직일 때마다 누군가는 조금씩 움찔거렸다. 바람이 더욱 거세지면서 주변이 먼지로 뒤덮였다. 스피어에 모여 있지 않았다면 길을 잃었을 게 틀림없을 정도였다. 하랑은 실종되었다는 두 번째 팀도 먼지바람 때문에 길을 잃은 게 아닐까 생각했다.

잠시 뒤, 바람이 잦아들면서 먼지가 가라앉았다. 하지만 별을 집어삼키는 검은 무언가는 이제 그들 머리 바로 위의 하늘까지 점령하고 있었다. 갈고리 물체는 여전히 소름끼치는 빛을 쏟아내고 있었다.

마침 시간이 되자 스피어가 투명하고 옅은 회색으로 변했다. 여전히 입체감이라고는 없는 모습에 하랑은 반가움마저 느꼈다. 미약한 먼지바람이 스피어 주변을 둥글게 감싸면서 거칠게 쓰다듬듯 지나가는 모습을 보니 뢰틀프의 말처럼 전파만 통과할 수 있는 듯했다. 지금 스피어로 달려갔다가는 처음 스피어와 충돌했을 때처럼 웃음거리가 되겠지. 지금 상황에선 아무도 웃지 않겠지만.

뢰틀프가 손목에 있던 빨간색 버튼을 눌렀다. 버튼 옆에 있던 자그만 표시등이 깜빡거리다가 멈췄다.

아무 일도 일어나지 않았다.

"어떻게 된 겁니까?"

누미르가 물었다.

"모르겠습니다. 토야 쪽에 개방 요청 신호가 간 것 같은데 열지를 못하고 있네요."

"아니, 왜?"

"모르겠습니다."

"못 연다니 그게 무슨 말입니까?"

"저도 모르겠습니다."

누미르는 짜증이 가득 섞인 억양으로 알아들을 수 없는 말을 잔뜩 중얼거렸다. 그때 포니아가 뭔가 이상한 점을 발견했다. 조명을 모두 껐지만 주변 모습이 조금 전보다 더 잘 보였다. 갈고리 물체의 빛 속에서도 꼭꼭 숨어 있던 것들이 이윽고 길고 선명한 그림자와 모습을 드러내고 있었다. 우주인 도시의 화려한 색깔과 눈앞에 두고도 찾지 못했던 우주인의 흔적들, 마른 땅에 새겨진 사라진 도시의 멈춰 버린 순간들이 꿈틀거리며 조용히 빛의 비명을 뱉었다. 함께 밝아지고 있었다. 빛이 차오르고 있었다.

"하늘."

누군가 말했다. 다시 한 번 모두의 시선이 하늘을 향했다. 하늘이 갈라지고 있었다. 별이 사라진 절반의 하늘에는 기괴하고 청회색 얼룩이 나타나 점점 선명해지고 있었고 빛나는 갈고리가 있는 반대편 하늘은… 더 이상 하늘이 아니었다. 검은 하늘은 완전히 사라지고 없었다. 대신 얼어붙을 만큼 차가운, 들여다보기 두려울 만큼 시퍼렇고 깊은 공허가 가득 덮고 있었다. 그리고 시선을 좀 더 내린 곳, 우주인 건물들의 윤곽이 공허와 만나는 곳은 더 놀라웠다. 빛나는 갈고리 물체를 삼켜 버릴 만큼 밝은 주황빛으로 하늘이 물들고 있었다. 주황빛은 점점 더 짙어지며 동시에 밝아졌고 점차 핏빛으로 변하기 시작했다.

별과 하늘과 우주가 사라졌다. 세상을 포근하게 감싸던 짙은 어둠이 사라졌다. 공간의 모든 살을 발라내고 뼈만 남은 것 같은 밝은 풍경이 발끝과 머리 위에서 지평선까지 이어졌다.

"우주인, 우주인이야! 우린 함정에 걸린 거야! 그 두 번째 팀들처럼!"

경계병이 총으로 타오르는 공허를 겨냥하며 말했다. 다른 경계병은 그와 등을 맞대고 반대편에 보이는 거대한 얼룩을 겨냥했다. 이젠 얼룩이 아니었다. 형언할 수 없는 기괴한 표면을 가진 새하얗고 거대한 부유 물체가 그들 위를 천천히 지나가고 있었다. 물체의 표면과 경계는 변하고 있었다. 불쾌할 만큼 느리고 뚜렷하게.

길고 굵은 광선 하나가 우주인 건물의 틈을 가르며 뻗어 나와 누미르에게 닿았다. 누미르는 광선 너머를 보고는 비명을 질렀다. 누미르의 얼굴에 지금껏 존재한 적 없는 강렬한 빛과 깊은 그림자가 생겨났다. 광선은 점차 넓어지더니 스피어 주변을 완전히 덮어 버렸다.

이제는 모두가 건물 너머에서 떠오르는 빛의 근원을 발견했다.

시뻘겋게 타오르는 거대한 화구. 하늘과 우주에서 별을 집어삼키며 어둠의 살을 발라낸 존재, 공허를 일렁이게 만들 만큼 뜨거운 불덩어리가 지평선 위로 서서히 솟아오르고 있었다. 바라보는 이들의 시선이 흔들릴 때마다 시야 이곳저곳에서 기묘한 반점이 떠올랐다가 옅어지며 사라졌다. 겪은 적 없는 증상이었다. 당혹감이 퍼져나갔다.

"방사선 값이… 올라가고 있어."

포니아가 방사선 감지기를 보며 말했다. 지금까지 본 적 없는 숫자가 감지기 화면에 나타나고 있었다.

"우주인이 우릴 공격한 거야! 역시 함정이었다고!"

경계병이 외치며 방아쇠를 당겼다. 총성은 공기 속에서 더 크게 울렸고 그곳에 있는 사람들의 두려움도 그만큼 더 크게 키웠다. 표면개척군 한 명이 뒷걸음질 치다가 화구 반대편을 향해 무작정 달리더니 어디론가 사라졌다. 다른 한 명은 스피어를 두드리며 제발 열어 달라고 외쳤다. 그의 허리에 달린 온도계가 경고등을 켰다. 온도가 계속 올라가고 있었다. 이윽고 30도를 넘자 지속적인 경고음을 냈다. 그는 온도계를 뜯어서 스피어를 내리쳤고 온도계는 산산조각 나며 침묵했다.

화구는 계속 떠올랐다. 그리고 더 밝아졌다. 화구 주변은 여전히 열기 가득한 주황빛이었지만, 그 위는 시퍼런 냉기로 가득한 텅 빈 파란색으로 변해가기 시작했다.

크리튼이 거리 측정기로 다시 달려갔다. 그러고는 버튼을 눌렀다. 진동. 하지만 불빛은 깜빡이지 않았다. 작거나 너무 멀기 때문이었다. 갈고리 물체보다 멀 수는 없었다. 그보다 더 멀면서 이런 불가능한 빛과 열을 뿜어내는 건 더욱 불가능하니까. 하지만 이렇게 눈앞에 보이는데 작을 리는 없다. 해결할 수 없는 모순이 크리튼을 괴롭혔다. 크리튼이 욕설을 뱉으며 거리 측정기를 걷어찬 순간, 불빛이 깜빡였다. 몇 초나 지나서 깜빡였다는 건 갈고리 물체보다 훨씬 더 멀다는 뜻이었다. 그럴 리가, 불가능해, 누미르 말처럼 고장 난 거야. 애초에 갈고리 물체 거리도 틀렸을지도 모르고. 크리튼은 제어판 화면을 확인했다. 역시 그가 조금 전에 보낸 측정 신호가 돌아온 게 아니었다. 돌아온 건 자동 측정 신호였다. 누미르가 제멋대로 제어판을 조작하면서 다시 자동 측정 모드가 켜진 것이었다. 그래서 거리 측정기는 저 거대한 화구를 발견하자마자 측정 신호를 보냈고, 그 신호가 이제야 돌아온 것이었다. 도대체 얼마나 긴 시간에 걸쳐 돌아온 걸까? 크리튼은 떨리는 손가락으로 계산 버튼을 눌렀다.

16분. 전파가 출발했다가 화구를 만나고 다시 돌아오는 데 걸린 시간.

"크리튼! 저게 도대체 뭐야?"

하랑이 외쳤지만 크리튼은 아무런 대답도 하지 않았다. 대신 터벅거리며 스피어 앞으로 돌아왔다. 그리고 담담하게 말했다.

"저 화구까지의 거리는 약…."

"약?"

하랑은 걱정스런 얼굴로 크리튼을 바라봤다.

"약 3만 토야반경입니다."

당황스러운 숫자에 하랑은 크리튼의 말투가 달라진 것도 느끼지 못했다.

"3, 뭐라고? 그럼 크기가 도대체…."

간단한 산수조차 머릿속에서 돌아가지 않았다. 화구는 더 높이 솟아올랐고 이젠 직접 바라볼 수 없을 만큼 밝아졌다. 지금까지 겪었던 눈부심은 모조리 가짜였다. 이건 초월적인 빛이었고 공포스러운 빛이었다. 모두 화구의 밝기에 압도되어 미처 발을 움직이지도 못하고 손으로 화구를 가리거나 고개를 돌려 빛을 피할 뿐이었다. 하지만 누미르는 끝까지 화구를 바라봤다. 누미르의 얼굴에서 어느새 두려움은 사라지고 황홀경이 차올랐다. 누미르는 음성 송신 범위와 음량을 최대로 올렸다.

"세상의 시작이다. 모든 빛의 근원이다. 세상의 모든 광자를 만드신 분이 나를 맞으러 오셨다. 이곳은 신이 계신 곳이다."

 기괴할 만큼 차분한 목소리가 굉음이 되어 모두의 헬멧 속 호흡액을 울렸다. 드디어 미친 건가, 하랑은 음량을 강제로 줄이며 생각했다. 하지만 모두가 그렇게 생각하고 있지는 않은 듯했다. 표면개척군 두 명에겐 누미르의 목소리가 신의 음성으로 들리기라도 한 듯, 그들은 누미르 뒤로 뻗어나가는 그림자 뒤에 숨어 머리를 조아렸다.

 누미르의 헬멧에 붉은 경고등이 켜졌다. 호흡액의 온도가 너무 높다는 뜻이었다. 하지만 붉은 빛은 오히려 누미르를 더 깊은 몰입에 빠뜨렸다. 호흡액에 섞여 있던 약초액은 높은 온도 덕분에 더 빠르게 신경계로 스며들며 누미르의 의식과 감각을 뒤섞기 시작했다. 누미르의 얼굴이 조금씩 일그러졌다. 호흡액이 뜨거워지면서 그 안에 녹아 있던 산소들이 빠져나와 우주복의 압력을 키우고 있었다. 높은 팽창 압력에 견딜 수 있게 설계된 우주복이었지만 호흡액과 가압액이 끓어오를 만큼의 온도와 압력은 대비하고 있지 않았다. 누미르는 견뎠다. 자신의 얼굴 주변으로 기포가 생기고 있다는 사실도 몰랐다. 표정을 관리하기 힘들 만큼 얼굴이 뜨거워졌지만 누미르는 신의 손길이란 고통스럽기 마련이라고 생각할 뿐이었다.

 하지만 하랑에게 누미르의 고통은 신의 손길이 아니라 둥근 헬멧 유리와 호흡액이 만들어 내는 렌즈 효과로 보였다. 돋

보기로 빛을 모으는 실험이야 어릴 때 많이 해 봤지만 어디까지나 조명이나 동물 발광기관의 미약한 가시광을 모았을 뿐이었다. 지금 저 거대한 화구에서 뿜어져 나오는 어마어마한 양의 빛이 헬멧과 호흡액이 만드는 렌즈를 타고 한 곳에 집중된다면 얘기가 달랐다. 게다가 저 빛이 어떤 파장으로 되어 있는지도 알 수 없었다.

하랑은 지켜보고 있을 때가 아니라고 판단하고 누미르에게 달려갔다.

"교수님, 얼굴을 돌…."

누미르의 헬멧 유리에 금이 갔다. 하지만 누미르 본인이 그 균열을 미처 인지하기도 전에 누미르의 얼굴을 감싸고 있던 고압 액체가 헬멧을 부수며 폭탄처럼 터져 나왔고, 누미르의 얼굴과 몸속 곳곳을 돌아다니던 혈액은 순간적으로 끓어올라 기름과 질소와 산소를 뱉으며 굳어 버렸다. 누미르는 그대로 앞으로 고꾸라졌다. 뒤에서 그 모습을 지켜보던 표면개척군 한 명은 혼이 빠진 듯 멍하니 있다가 나지막하게 말했다.

"3만이라고?"

그러고는 헬멧 잠금장치를 풀어 버렸다. 우주복 위로 거센 물기둥이 솟구쳤고 헬멧은 그의 머리를 품은 채 높이, 아주 높이 솟아올랐다가 우주인 건물의 벽에 부딪히고는 어디론가 떨어졌다. 옆에 있던 다른 한 명은 그 모습을 보고 질겁을 하더니 스피어로 달려갔다. 그는 스피어 옆에 있던 뫼를프를 밀어내고는 스피어를 두드리며 외쳤다.

"열어! 열라고! 안으로 들어가야겠어!"

하지만 스피어는 미동도 하지 않았다. 그는 허벅지 주머니에서 손바닥 크기의 총을 꺼냈다.

"잠깐, 그건 위험합니다."

뫼를프가 그를 말렸지만, 소용없었다. 공기를 가르는 총성이 울려 퍼졌다. 가늘고 긴 총알은 스피어의 표면에 홈집조차 내지 못했다. 대신 반대 방향으로 튕겨 나가 뫼를프의 우주복을 찢었다. 뫼를프는 당황하며 거세게 뿜어져 나오는 가압액을 어떻게든 손으로 막고 주머니 어딘가에 있는 밀봉 테이프를 꺼내기 위해 바닥을 뒹굴며 발버둥 쳤다. 개척군은 이번엔 뫼를프를 향해 총구를 겨눴다.

"너 때문이었어. 망할 스피어로 이 망할 우주인 세상에 가자고 한 게 너였어. 너 때문에 제2팀도 모두 실종되었고! 저게 도대체 뭐냔 말이야!"

개척군이 방아쇠를 당기려고 하는 순간, 굉음과 함께 개척군의 헬멧을 무언가가 관통했다. 자그만 구멍으로 호흡액이 솟구쳐 나왔다. 잠시 뒤 헬멧 속 액체가 완전히 붉게 변했고, 개척군은 옆으로 쓰러졌다. 붉게 변한 호흡액은 한참이나 헬멧 양쪽으로 흘러나왔다.

"고맙습니다."

뫼를프는 몇 걸음 떨어진 곳에서 총을 들고 있는 경계병 딴에게 말했다. 하지만 딴은 뫼를프에게서도 총구를 거두지 않았다.

"저게 도대체 뭡니까? 우리 머리도 저 교수처럼 터지나요? 우린 우주인의 공격을 받고 있는 겁니까? 이 빛이 지금 우리에게 무슨 짓을 하고 있는 거죠?"

"모르겠습니다."

"당신은 알아야 합니다! 당신이 우리를 이곳에 끌고 왔으니까요!"

"모르는 건 모르는 겁니다. 모르는 걸 알기 위해 이곳에 온 것이고, 우리는 모르는 걸 새로 발견했을 뿐입니다."

사고가 둔해져 있던 하랑은 뒤늦게 정신을 차리고 외쳤다.

"우리 머리는 터지지 않아요! 저 화구만 바라보지 않는다면! 헬멧과 호흡액이 돋보기처럼 작용해서 교수의 헬멧 호흡액이 끓어오른 겁니다. 그 압력을 견디지 못해 폭발한 거고요. 화구를 바라보지 마세요!"

옆에 있던 포니아가 뫼를프에게 다가가 우주복을 살폈다. 뫼를프는 어느새 찢어진 부위에 밀봉 테이프를 붙인 뒤였다. 하지만 가압액은 계속해서 새어 나왔다. 포니아가 걱정스러운 얼굴을 하자 뫼를프가 평소와 다름 없는 웃음을 지었다.

"괜찮습니다. 비상용 압축호흡액을 조금씩 보충하면 압력이 주는 걸 좀 더 늦출 수 있어요."

"우리가 보낸 개방 신호가 없다면, 스피어는 언제 열리죠? 토야에서 정해진 시간에 연다고 했잖아요."

뫼를프는 손등 시계를 한 번 보고는 말했다.

"30분 뒤면 열릴 겁니다."

"다행이네요."

"저 화구 때문에 온도가 계속 올라가고 있어요. 일단 여기서 피해야 해요. 빛이 닿지 않는 곳으로, 어둠 속으로."

침착해진 딴이 총을 거둔 다음 뫼를프를 부축했고 포니아가 옆에서 도와 건물 뒤에 있는 그림자로 이동했다. 하지만 하랑과 크리튼은 여전히 발걸음이 무거웠다.

12.

"3만 토야반경에서 저게 가능해?"

하랑은 자기 그림자를 바라보며 말없이 서 있던 크리튼에게 물었고, 크리튼은 자조적인 목소리로 대답했다.

"지름이 행성 토야의 200배쯤 되는 거대한 불덩어리가 3만 토야반경 거리에서 하늘을 새파랗게 태워 버리는 게 가능하냐고? 가능하고 말고. 눈앞에서 보고 있잖아. 아니, 보면 안 되지. 저 미친 불덩어리가 내 머리를 터뜨려 버릴 거니까. 넌 하늘학자라고 하지 않았어? 이게 가능하다고 생각해?"

생각하지 않았다. 하랑은 하늘 세상, 그러니까 우주는 지름이 토야의 1만 배 정도 되는, 공기로 들어찬 검고 차가운 공간이고 생각했다. 그 속에 자체 발광하는 얼음 덩어리, 그러니까 별이 흩뿌려져 있고, 그 사이사이에 토야와 같은 행성이 숨어 있을 것이라고 생각했다. 그중에 일부는 토야의 달과 같은 작은 가족을 갖고 있을 수도 있고. 하지만 아무래도 모조리 틀린 것 같았다.

하랑은 화구를 등지고 새파랗게 변한 하늘을 올려다봤다. 조금 전까지 별을 집어삼키며 그곳을 덮칠 것처럼 다가오던 거대한 물체는 더 이상 공격적으로 보이지 않았다. 시시각각 윤곽을 바꾸는 새하얀 덩어리가 깊은 푸른 빛 공허를 유유히 떠다니고 있었다. 아름다운 빛을 뿜으며 바다를 헤엄치는 세뿔고래처럼. 살아 있는 걸까? 그런 것 같지는 않았지만 모를 일이다. 토야의 바다에도 눈에 보이지 않을 만큼 작은 동물들이 저 하얀 물체처럼 뭉게뭉게 몰려다니고는 하니까. 물론 규모는 저 녀석들이 훨씬 더 크지만.

이번엔 시선을 내려 마른 땅과 텅 빈 도시를 바라봤다. 이렇게 넓은 세상을 본 적이 없었다. 모든 곳이 밝았다. 발밑부터 거리를 짐작하기조차 어려운 먼 건물, 그리고… 어둠이 쫓겨

난 공허와 땅이 만나는 곳까지. 화구의 빛은 마치 어둠이 질병이라도 되는 것처럼 모든 곳에서 어둠을 쫓아내고 있었다. 곳곳에 숨어 있는 크고 작은 그림자들은 마치 전쟁터의 군인처럼 잔뜩 날이 서 있었다. 저 화구를 두려워하고 있어, 하랑은 생각했다. 그림자들은 언제까지나 저 빛을 두려워하겠지. 조금 전까지 우리가 그랬던 것처럼.

하랑은 고개를 저었다. 그리고 말했다.

"우린 그림자가 아니야."

"뭐?"

크리튼이 물었지만 하랑은 대답하지 않았다. 대신 화구의 빛이 닿는 모든 곳을 살폈다. 모든 물체의 표면이 지금까지 본 그 어떤 것보다 선명하게 살아 있었다. 색은 그 어느 때보다 깊고 선명했다. 사물의 표면이 이렇게 다채로울 거라고는 평생 생각하지 못했다. 만지지 않고도 질감을 느낄 수 있었다. 그 공간과 그 표면을 지나온 모든 역사를 느낄 수 있을 것 같았다. 얕고 깊은 굴곡과 부드럽고 거친 돌기, 그림자마저 미끄러질 것 같은 매끄러움과 괴물의 혓바닥 같은 거침이 그들이 겪어온 이야기를 끊임없이 늘어놓고 있었다. 하랑은 손바닥을 바라봤다. 우주복 장갑의 주름에는 마른 먼지가 잔뜩 묻어 있었다. 손을 움직일 때마다 먼지 한 알 한 알이 화구의 빛을 받으며 반짝였다. 우주복 표면에 있는 보이지 않는 돌기들, 하지만 보일 것만 같은 돌기들이 그 먼지들을 단단히 붙잡고 있었다. 손가락을 따라 부착된 축광 직물은 더 이상 빛을 내지 않았다. 화구의 빛 아래에서는 감히 빛을 낼 수 없었다. 그저 옅고 어두운 녹색의 천 조각일 뿐이었다.

"하랑! 뭐 하는 거야?"

포니아가 다가왔다. 화구가 아직 무서운지 빛을 등지고 옆으로 걸어왔다. 그럼에도 포니아의 얼굴 곳곳에 화구의 빛이 닿았다. 지금까지 이렇게 선명하고 생생한 포니아의 얼굴을 하랑은 본 적이 없었다. 조명의 빛으로는 결코 드러내지 못하는 포니아의 투명한 표정이, 어쩌면 투명한 영혼이 보였다. 영혼이라니, 하랑은 자기도 모르게 웃음이 흘러나왔다. 포니아는 영문을 모르겠다는 얼굴로 바라볼 뿐이었다.

"일단 저기로 가야겠어."

크리튼이 말을 하고 나서야 하랑은 건물 뒤의 그림자를 향해 발걸음을 옮기기 시작했다. 한참을 화구의 빛 아래에 있다가 그림자 속으로 들어가니 잠시 아무것도 보이지 않았다. 이렇게 강렬한 광적응은 처음이었다. 하지만 신기함은 잠시뿐이었다. 곧 시야가 돌아왔고 사람들의 표정이 썩 좋지 않았다. 뫼를프가 바닥에 누워 움직이지 않았다. 주변 땅은 흥건히 젖어 있었다.

딴이 말했다.

"총알이 스친 게 아니라 관통한 거였어요. 그래서 구멍이 두 개였는데 하나만 막고 있었습니다. 가압액이 계속 새고 있었어요. 발견하자마자 제가 갖고 있던 압축호흡액도 주입했지만 부족했고요. 지금으로선 감압 속도를 최대한 늦추고 안정제를 섞어 넣어서 어떻게든 고통을 줄일 수밖에 없네요."

포니아가 다시 뢰를프를 부축해 세우며 말했다.

"이제 곧 스피어가 다시 열릴 시간이에요."

딴도 반대편에서 뢰를프의 어깨를 자기 목뒤로 올렸다. 하랑과 포니아는 주변에 널브러져 있던 뢰를프의 물건들을 주섬주섬 챙겼다. 시간이 되자 모두 스피어 앞에 모였다. 하랑은 다시 한 번 주변을 둘러봤다. 마른 땅의 세상. 파란 공허의 세상. 빛의 세상. 샛노란 갈고리와 거대한 화구의 세상. 경이롭기 그지없었다. 우주인은 어떤 존재였던 걸까?

시간이 되었다.

하지만 스피어는 이번에도 열리지 않았다. 한참이 지나도 열리지 않았다. 그저 완벽하게 투명한 구체가 그 자리를 단단하게 차지하고 있을 뿐이었다. 조용한 절망이 스피어 주변을 휘감았다. 그러는 동안 뢰를프의 우주복에서는 액체가 거의 모두 빠져나갔다. 헬멧에는 어느새 공기가 들어차 호흡액이 뢰를프의 목 언저리에서 찰랑거리고 있었다. 딴이 그나마 압력이 내려가는 속도를 늦춰 준 덕분에 누미르처럼 되지는 않았다. 하지만 눈과 코, 귀, 입에서 붉은 피가 섞인 체액과 호흡액이 흘러나오는 모습 역시 끔찍하기는 마찬가지였다.

"제발 좀!"

크리튼이 외쳤다. 그런다고 스피어가 반응하지는 않았다.

하랑은 무너진 돌무더기를 어루만졌다. 두꺼운 장갑 때문에 전달되지 않는 촉감이 화구의 빛을 타고 눈으로 들어왔다. 돌의 표면에 박혀 있는 자그만 결정 알갱이들이 반짝이면서 여러 가지 색깔을 만들어 냈다. 빛깔 하나하나가 서로 다른 파장을….

"빛. 빛이 열쇠였어."

하랑은 갑자기 뛰쳐나가서는 자신이 설치했던 전천 안테나를 해체하기 시작했다. 포니아와 크리튼도 잠시 눈치를 보다가 하랑을 뒤따라갔다.

차곡차곡 접은 전천 안테나를 함께 스피어로 옮기면서 포니아가 물었다.

"이걸로 뭘 하려고?"

"토야에서 스피어를 열 때 특정 파장의 빛을 쏴야 한다고 했잖아. 빛이 스피어를 여는 열쇠야. 그런데 지금 여긴…."

크리튼이 깨달았다는 듯 전천 안테나를 다시 펼치며 말했다.

"화구에서 온갖 파장의 빛이 다 쏟아지고 있지."

"그거야. 마치 문 반대편에서 문고리를 붙잡고 있는 거랑 마찬가지인 거지. 뢰를프는 스피어를 열 수 있는 시간이 여덟 시간 정도라고 했잖아. 저 화구 때문이었을 거야. 저 화구도 달처럼 일정한 주기로 하늘을 가로지르고 있다면, 저 화구가 있는 동안에는 저기서 쏟아지는 빛 때문에 스피어를 열 수 없었을 거야. 화구가 사라지고 다시 어두워지면 그땐 열 수 있는 거고. 여덟 시간 뒤에 화구가 다시 떠오르기 전까지는."

상황을 파악한 딴도 뛰어들어 전천 안테나를 붙잡았다. 네 사람은 하나, 둘, 셋을 외치고는 전천 안테나로 스피어를 덮었다. 빛이 스며들 틈이 없도록 안테나의 가장자리 곳곳에 무거운 돌을 하나씩 올리는 동안 크리튼이 말했다.

"하지만 지금은 원래 열릴 수 있는 시간이었잖아? 저 화구가 항상 정해진 시간에 나타난다면 예전에는 어떻게 이 시간에 열 수 있었던 거지?"

크리튼의 지적에 하랑은 바로 대답을 하지 못했다. 뢰를프가 알려 준 스피어 개방 시간은 이미 화구가 나타나 주변이 빛으로 뒤덮인 뒤였다. 가설이 잘못된 걸까?

그때 포니아가 자신이 들고 있던 검은 돌을 물끄러미 바라봤다. 그들이 도착했을 때 본 검은 벽의 일부였던 돌이었다. 불현듯 포니아의 눈빛이 반짝였다.

"벽! 벽이 있었으니까. 검은 벽이 스피어를 둘러싸고 있었어. 그 벽이 무너지지 않았다면 스피어는 아직 그림자 속에 있었을 거야. 벽이 검은색이었던 것도 반사광을 줄이기 위해서였고. 지금은 벽이 없어지면서 화구의 빛이 닿아서 열 수 없는 거고."

포니아의 말에 모두가 더 빨리 움직이며 안테나 가장자리를 고정했다. 모두 일부러 한때 벽이었던 검은 돌을 가져와 사용했다. 마침내 최첨단 관측 장비가 커다란 천막으로 변신하자 네 사람은 천막 안으로 들어갔다. 어둠 속에서 너무나 반가운, 입체감 하나 없는 새하얀 구체가 그들을 맞이했다. 하랑과 포니아, 크리튼, 그리고 딴은 차례로 돌아가며 손바닥을 마주쳤다.

포니아와 딴이 함께 뫼틀프를 들어올리며 스피어로 향했다.

"먼저 갈게."

포니아가 하랑을 돌아보며 말하자 하랑은 느긋한 미소를 지으며 대답했다.

"문 하나 건너는 거 가지고 그런 말 하는 거 아니야."

포니아는 웃으며 다시 스피어를 향해 고개를 돌리고 딴, 뫼틀프와 함께 스피어 너머로 사라졌다. 다음 차례는 크리튼이었다.

크리튼은 스피어에 들어가기 직전에 뒷걸음질을 치고는 말했다.

"아, 잠깐. 거리 측정기에서 저장 장치를 가져와야 해. 여기서 있었던 난장판의 중요한 증거니까."

"얼른 돌아와."

크리튼은 고개를 끄덕이고는 천막 바깥으로 나갔다. 그리고 나가자마자 욕설을 뱉었다. 하랑이 무슨 일이냐며 따라서 바깥으로 나갔다.

천막 주변에 누군가 있었다. 그들은 우주복을 입고 있지 않았다.

13.

"다시 들어가실 수 없습니다. 이제 곧 스피어가 닫힙니다."

관리자가 포니아의 앞을 막으며 말했다.

"하지만 아직 하랑이 돌아오지 않고 있어요. 크리튼도요! 그리고 이젠 언제라도 스피어를 열 수 있어요."

"아뇨. 그렇지 않습니다. 스피어를 여는 데 필요한 빛을 만들어 내는 데도 준비가 필요해요. 그리고 저 너머에서 사고가 있었던 상황에서 다시 사람을 보낼 수는 없습니다."

"언제까지 열어 둘 수 있죠?"

딴이 물었다.

"5분 뒤에는 닫아야 합니다. 아니, 닫힙니다. 지금 스피어를 열어 두고 있는 조명이 더 이상 견딜 수가 없어요. 조금 전까지 스피어가 열리지 않아 계속 시도를 하면서 조명의 수명을 많이 소모해야 했습니다. 지금 조명이 죽고 나면 다시 만드는 데 15일은 걸려요."

포니아는 관리자의 팔을 밀어내며 스피어 앞으로 다가갔다.

"5분, 아니 4분 뒤에 아무도 돌아오지 않으면 제가 들어갈게요. 건너편에서 15일 동안 견딜 수 있다고 뫼를프가 말했잖아요. 15일 뒤에 다시 열어 주면 그때 다시 돌아올게요."

"이미 말했지만, 더 이상 위험을 감수할 수는 없습니다. 포니아 선생님이 15일 동안 그곳에서 견디실 수 있다면 아직 돌아오지 않으신 분들도 마찬가지일 겁니다."

"하지만 바로 뒤따라와야 하는데 못 오고 있잖아요! 무슨 일이 생긴 게 분명하다고요!"

"그러니까 보낼 수 없는 겁니다."

그때 스피어에서 무언가 빠져나왔다. 사람이었다.

하지만 사람이 아니었다. 겉모습은 사람과 거의 똑같았다. 그는 우주복 대신 허술하게 이어 붙인 천 조각을 입고 있었다. 공기 중에서도 아무렇지도 않게 서 있었다. 심지어 공기로 숨까지 쉬고 있었다. 포니아는 그의 콧구멍이 벌렁거리고 가슴이 천천히 올라갔다 내려가는 모습을 똑똑히 볼 수 있었다. 그리고 그의 피부는 물기 하나 없이 건조했다.

"우주…인?"

포니아의 말에 그는 잠시 포니아를 바라보더니 다시 주변을 둘러봤다. 그러고는 의료진에게 둘러싸인 뫼를프를 발견하고는 소리쳤다.

"뫼를프 사제님!"

그는 뫼를프에게 뛰어가서는 뫼를프의 우주복에 가압액을 넣으려는 의료진들을 거칠게 밀어내더니 지금까지 들어간 가압액을 도리어 빼내기 시작했다. 심지어는 뫼를프의 헬멧을 벗기기까지 했다.

"후흐데이 대장? 제2팀 후흐데이 대장님이신가요?"

뒤늦게 관리자가 그를 알아봤다. 관리자는 우주복도 없이 공기 속에서 아무렇지도 않게 돌아다니는 모습이 믿기지 않는다는 듯 눈을 커다랗게 뜨고 후흐데이를 머리끝부터 발끝까지 살폈다. 후흐데이는 뫼를프를 감싸고 있던 모든 가압액을 빼낸 다음 우주복도 마저 벗겨 버렸다. 그런 후 허리에 차고 있던 텅 빈 호흡액 용기와 거기에 호스로 연결된 마스크를 뫼를프의 코와 입에 단단히 고정했다. 그다음엔 손글씨로 자외선이라고 휘갈겨진 막대 조명을 꺼내 뫼를프의 몸을 비췄다. 잠시 뒤, 뫼를프의 호흡이 점점 선명해지기 시작했고, 지켜보던 의료팀이 감탄을 흘렸다.

후흐데이는 다시 일어서며 말했다.

"그들은 우리였어요. 우리의… 아주 먼 선조였습니다."

후흐데이가 다음 말을 하기 전에 스피어에서 더 많은 사람들이 건너왔다.

여전히 우주복을 입고 있는 하랑과 크리튼, 그리고 후흐데이처럼 천 조각만 걸치고 있는 세 명의 사람들. 실종되었다던 제2팀 2그룹이었다.

14.

회의실에 이번 탐사에 관여한 이들이 모였다. 하랑과 포니아, 크리튼, 딴과 관리자, 그리고 뫼를프가 있었다. 뫼를프는 우주복을 입고는 있었지만 헬멧은 쓰지 않았다. 우주복 안에도 가압액은 없었다.

후흐데이는 벽에 등을 기대고 서서 말했다.

"많은 일이 있었습니다. 자세한 보고서는 지금 저와 함께 했던 대원 두 명이 옆 방에서 작성하고 있습니다. 뫼를프 사제님이 말씀하신 것처럼, 우리는 길을 잃었습니다. 강한 먼지바람 때문에 조명이 무용지물이 되었고 아무것도 보이지 않는 상태에서 지하로 피신했다가 미로 같은 구조에 빠져 버렸죠. 거기서 빠져나오는 데 3일이 걸렸는데 마지막 날에 대원 한 명의 우주복이 손상되었습니다. 우리가 갖고 있던 모든 보급품을 동원해 압력이 빠지는 걸 최대한 늦춰 봤지만 소용없었죠."

"그리고 다시 살아나 지금 옆 방에서 보고서를 쓰고 있고."

뫼를프가 말했다.

"맞습니다. 그리고 그다음에 있었던 일은 여러분이 조금 전에 겪으신 것과 비슷합니다. 빛나는 반원 물체와 거대한 화구, 그리고 시퍼런 공허를 목격했지요. 반쯤 패닉 상태로 우리는 스스로 우주복의 액체를 천천히 버렸습니다. 죽으려고 그랬던 건지, 아니면 살아남은 사례가 있으니 실험을 해 보려고 한 건지는 지금도 잘 생각이 나지 않네요. 하지만 예상하시다시피, 저희는 몇 시간 동안 의식을 잃었을 뿐, 다시 깨어났고요. 그래서 저희는 도대체 어떻게 된 건지 알아보려고 고민하기 시작했습니다. 도시 곳곳에 남아 있던 기록을 뒤지며 해석했지요. 그래서 결론을 내렸습니다."

"우리는 우주인의 후손이다?"

포니아가 말했다. 후흐데이는 나지막하게 고개를 끄덕이고는 말을 이었다.

"우리가 지구라고 부르는 그곳에 살던… 지구인들은 어떤 이유로 더 이상 그곳에 살 수 없게 된 것 같습니다. 그들은 우주선을 만들어 새로운 행성을 찾아 나섰고 토야를 발견했지요. 하지만 그들이 생각하기에 토야는 살아가기 좋은 행성이 아니었나 봅니다."

"토야의 기후를 바꾸고 이주를 하려고 했던 건가요? 그래서 토야 곳곳에 이상한 건축물을 세웠고."

포니아가 물었다. 후흐데이는 고개를 저었다.

"비슷하지만, 아닙니다. 스피어의 설계도 일부를 찾았는데, 정이십면체 구조는 스피어 제작과 관련된 것으로 보입니다. 그들은 행성 규모의 스피어를 만들어 토야를 통째로 그들이 있는 곳으로 가져가려고 했던 것 같아요."

크리튼이 헛웃음을 지으며 물었다.

"행성을 통째로 이동시킨다고? 왜 굳이?"

"아마 거대한 화구 때문인 것 같습니다. 그 거대한 화구가 지구인에겐 생존의 필수 조건이었던 것이지요. 하지만 이미 알려진 것처럼 전쟁이 발생했고 결국 모든 게 중단되었지요. 돌아가지 못하고 토야에 남겨진 지구인들은 추위를 피해 얼음과 바다로 숨어들었고요. 그들이 아마… 우리의 선조들일 겁니다. 우주선의 복도와 문의 크기가 우리가 사용하기 적당했던 것도, 그들의 문자가 우리의 언어 체계와 비슷했던 것도, 그리고 우리 몸이 공기에서 숨을 쉬는 방법을 기억하고 있는 것도 그 때문일 겁니다."

하랑과 포니아는 각자 우주인의 덩치나 키가 자신들과 비슷할 것이라고 생각했던 순간을 떠올렸다. 하랑은 문득 자신이 너무 가까운 곳만 보고 있다는 생각이 들었다. 지구와 지구인, 토야와 토야인만 보고 있을 때가 아니었다.

"우주는 얼마나 큰 거죠? 지구의 저 거대한 화구는 우주의 어디에 있길래 우리에겐 보이지 않는 거죠?"

하랑의 물음에 뫼를프가 손을 들어 올리며 말했다.

"제 가설을 들려드려도 되겠습니까? 가설이라고 할 정도도 아니지만 말이죠."

모두가 뫼를프의 말에 귀를 기울였다. 뫼를프는 공기에 노출된 피부가 아직 익숙하지 않은 듯 손으로 마른 얼굴을 잠시 어루만지고는 말을 이었다.

"별이에요. 우리가 본 거대한 화구는 별입니다. 우리가 하늘에서 보고 있는 별이 거대한 화구입니다. 하나하나 모두가요. 우리는 수천만 개의 거대한 화구 아래에서 살고 있는 거죠. 그리고 우주는 거대한 화구가 미약한 하나의 점으로 보일 만큼 거대하고요. 지구에서 거대한 화구까지의 거리가 얼마라고 하셨죠, 크리튼?"

"3만 토야반경입니다."

"다시 들어도 놀랍군요. 자, 그럼 거대한 화구가 우리가 알고 있는 별이 되기 위해서는 얼마나 멀어야 할까요?"

긴 침묵이 이어지다가 하랑이 대답했다. 엄밀하게는 대답이 아니었다.

"아무래도 새로운 단위가 필요할 것 같네요."

"우리가 알고 있던 우주관이 완전히 무너져 내렸는데 단위

새로 만드는 것 정도야 별것 아니죠."

뫼를프의 말을 듣고 후흐데이가 뭔가 생각난 듯 잠시 망설이고는 말했다.

"단위를 새로 만드는 것보다 더 중요한 일이 있습니다."

"무엇인가요, 후흐데이 대장."

"2만 년 동안 그저 얼음에 묻혀 있던 우주선과 지구인의 건축물이 300년 전부터 움직이고 있다는 건 잘 알고 계시지요."

"그렇지요. 덕분에 토야의 표면 온도가 점점 올라가고 있고요. 그 덕분에 누라 탐험대가 얼음을 뚫고 나올 수 있었고 지금에 이르렀지요. 마치 그들이 우리를 초대하는 것만 같군요."

"어느 정도 사실입니다. 문제는, 아까 말씀드린 것처럼, 우리를 초대한다기보다는 행성 토야를 초대하고 있다는 거죠. 300년 전부터 준비가 시작된 겁니다. 행성급 스피어가 언제 어떻게 작동할지는 알 수 없지만, 그리 먼 시기는 아닐 것 같고요. 만약 토야의 온도를 올리고 있는 이유가 갑작스러운 온도 변화를 피하기 위해서라면, 토야의 표면 온도가 지구와 비슷해진 이후에 작동할 수도 있겠지요."

"그게 작동하면… 우리는 토야와 함께 거대한 화구가 있는 세상으로 가게 되는 건가요?"

포니아가 물었고 후흐데이는 고개를 끄덕였다.

"아마도요."

"어쩌면 좋은 일일지도 모르겠네요. 이미 토야의 바다는 점차 살기 어려운 곳이 되어가고 있으니까요. 우리가 공기 중에서도 살 수 있고, 화구의 열기 덕분에 토야의 표면이 따뜻해진다면, 얼음 바닷속에 갇혀 있을 필요가 없으니까요."

포니아가 미소 짓자 뫼를프가 고개를 조금 기울이며 말했다.

"그리 쉽게 이야기할 수 있는 건 아니지요. 토야는 우리만의 행성이 아닙니다. 얼음 아래의 바다에는 수많은 동물들이 살고 있어요. 두꺼운 얼음 아래의 깊고 차가운 바다에 적응한 동물들이지요. 하지만 갑자기 바다가 따뜻해지고 얼음이 녹으면서 바닷물 조성이 변하면 그들에겐 난처한 일입니다."

후흐데이가 말했다.

"어쩌면 그래서 수백 년에 걸쳐 천천히 온도를 올리고 있는 걸지도 모르고요. 그들의 기술이라면 순식간에 온도를 올리는 것도 가능하지 않았을까요? 토야의 동물들이 적응할 시간을 준 거죠."

"글쎄요, 수백 년이 충분한 시간인지는 잘 모르겠군요."

뫼를프는 자리에서 일어나 천천히 공기를 들이마셨다가 뱉고는 말을 이었다.

"모두 그럴듯한 이야기지만, 아직은 논리의 비약이 너무 많은 것도 사실입니다. 더 많은 조사가 필요해요. 할 일이 산더미처럼 생겨나겠군요. 그런 의미에서 하랑 선생님과 포니아

선생님, 저희 표면개척군과 장기 계약을 해 주셨으면 합니다. 한 명이라도 더 많은 전문가가 필요해요. 아, 그리고 누미르 교수님 일은 다시 한 번 사과와 위로를 전합니다. 스피어 개방이 다시 준비되는 15일 뒤에 다시 함께 지구로 가 주실 수 있을까요? 희생자 분들을 다시 모시고 올 필요도 있고요. 수락해 주신다면 지구탐사팀을 새로 조직해 상부에 승인을 받아 두겠습니다."

포니아가 뫼를프의 말에 동의하며 악수를 하는 동안, 하랑은 눈을 감았다. 새파란 빛의 공허 속에서 거대한 화구가 타오르고 있고 조금 떨어진 곳에서 갈고리 물체가 빛나고 있는 모습을 떠올린다. 고개를 돌리니 공허를 떠도는 크고 새하얀 연기 같은 존재도 보인다. 시선을 내리자 완전히 녹아내린 바다의 표면이 보인다. 바다의 표면이라니, 도대체 어떻게 생겼을까? 어떤 색일까? 어떻게 움직일까? 하랑은 머릿속에서 논리를 지우고 낮추고 직감과 즉흥에 상상의 광경을 맡겼다. 그러자 검푸른 액체로 된 산과 언덕, 계곡이 나타나서는 끊임없이 모습을 바꾸기 시작했다. 얼음이 사라진 바다였다. 새파란 산이 언덕 위로 무너지고 계곡이 갈라질 때마다 새하얀 무언가가 생겨났다가 사라졌다. 먼지일까? 얼음? 자그만 공기 방울? 말도 안 되는 엉터리 광경이라는 걸 알고 있으면서도 하랑은 상상을 멈추지 못했다. 그때 상상 속 바다의 표면이 부풀어 오르기 시작했다. 표면을 찢고 나와 공기 중으로 솟아 오른 것은 거대한 세뿔고래였다. 세뿔고래는 무사히 적응을 한 것이다! 하랑은 기뻐하며 세뿔고래가 몸의 빛깔을 화려하게 바꾸는 모습을 감상했다. 세뿔고래는 공기를 잠시 맛보고는 중력을 따라 다시 바다의 표면을 웅장하게 찢으며 사라졌다. 그러고는 고개를 내밀어 멀리 떨어진 마른 땅을 바라봤다. 바다 아래만 해도 놀라울 만큼 다양한 풍경이 있었다. 마른 땅의 세상에서는 얼마나 놀랍고 다양한 광경이 펼쳐질까? 그곳에서도 동물과 식물이 살 수 있을까?

잠자코 듣고만 있다가 마침내 입을 연 딴의 목소리에 하랑은 상상에서 빠져나왔다.

"그런데 말이죠, 우주… 그 지구인들을 멸망시킨 게 거대한 화구라고 하지 않았나요? 전쟁 때 무기로 썼다면서요? 그런데 우리가 그게 코앞에 있는 세상으로 갈지도 모른다고요?"

후흐데이가 잠시 웃음을 터뜨리고는 대답했다.

"아, 그건 말이죠. 거대한 화구가 지구인들을 멸망시킨 건 맞을 겁니다. 하지만 우리가 지구에서 본 건 그 '거대한 화구'가 아닐 거예요. 물론 우리가 본 것도 거대한, 아주 거대한 화구인 건 사실이지만요. 그래서 우리가 오해를 했던 거고요. 지구인들을 멸망시킨 그 '거대한 화구'가 무엇인지는 지구를 본격적으로 탐사하면서 알아봐야겠지요."

포니아가 말했다.

"용어 정리가 필요하겠는데요. 당분간은 새로운 개념이 쏟아질 테니까요. 일단 지금은 우리가 '거대한 화구'라고 불렀던 것부터 이름을 정해야겠어요."

"그거라면 지구에서 발견한 기록 속에서 이름을 발견했습니다. 제가 제대로 읽은 건지는 모르겠습니다만, 그들은 이렇게 부른 것 같더군요."

후흐데이는 목을 잠깐 가다듬고 그곳에 있는 모두와 시선을 한 번씩 교환하고는 거대한 화구의 이름을 말했다.

짧고 간결한 이름이었다.

하랑은 다시 눈을 감고 상상 속에서 거대한 화구를 바라보며 그 이름을 불렀다. 그러자 그 존재는 미지의 세상에서 하랑의 세상으로 넘어왔다.

작 가 의 말

하드 SF를 의식하며 이야기를 쓴 적은 없습니다. 그냥 과학적 헛소리가 가득한 상상을 하는 걸 좋아할 뿐입니다. 그럴듯한 헛소리를 만들 때도 있고 허무맹랑한 헛소리를 만들기도 합니다. 하지만 어떻게 꾸미고 치장하든 결국은 허구의 이야기에 불과한 소설은 모두 헛소리 아니겠어요. 이 이야기가 하드 SF인지는 모르겠습니다. 누구에겐 그렇고 또 누구에겐 그렇지 않겠지요. 하지만 아무래도 좋지요. 소설은 대개 헛소리니까요. 심지어 지금 쓰고 있는 이 글도요. 인간이 만들어 내는 것들이란 게 대부분 그렇듯이요. 그래서 더 재밌는 거고요. 하드 SF고 뭐고 간에 이 이야기가 부디 재미있는 헛소리였기를 바랍니다.

지오의 이지

이하진

대학에서 물리학과 화학을 전공하고 있으며 현재 입자물리실험연구실에 학부연구생으로 소속되어 있다. 2021년 제1회 포스텍 SF 어워드에서 단편소설 부문 대상을, 2022년 한국물리학회 SF 어워드에서 가작을 수상했다. 장편소설 『모든 사람에 대한 이론』, 경장편소설 『마지막 증명』, 단편소설 「어떤 사람의 연속성」, 「마지막 선물」, 「이토록 아름다운 세상에」, 「확률의 무덤」 등을 발표했다.

◇ ◇ ◇

"어떻게 생각하나?"

승화는 여태까지 본 적 없는 개형을 그리는 기묘한 그래프를 어떻게 해석해야 할지 몰라 그저 노려볼 뿐이었다. 화면에 그려진 색색의 선 중에서도 반물질을 뜻하는 인덱스를 달고 높은 피크를 군데군데 보이는 선은 어떻게 봐도 기묘한 것이었다.

"어떻게 생각하느냐 물으셔도…."

"자네 물리학과 아닌가? 입자물리학 박사. 전쟁 중에 박사급 과학장교 모집할 때 선발됐다고 들었는데."

자신의 어물쩍대는 대답을 자르고 말을 잇는 원진형 대장 앞에서 승화는 침묵했다. 자신과 달리 전자식 초커를 목에 단단히 채운 그를 바라보면서.

"차승화 중령."

"네."

"군의 사명이 뭔가?"

"조국의 수호…입니다."

"그래. 외세의 위협으로부터 조국을 보호하는 거야. 이제 전쟁은 끝났어. 그렇다고 위협이 끝난 건 아니지."

"맞습니다."

원진형 대장은 내리깐 목소리로 근엄하게 명령했다.

"그러니까 지금 사태를 해석해 보게."

"학자로서의 견해를 원하시는 겁니까?"

"그래."

승화는 한숨을 들이킨 뒤 깊게 내쉬었다.

"지구는 지오에 의해 소멸합니다. 흔적조차 남기지 않고 말입니다."

◇ ◇ ◇

Giant Interface and Operation system of Higgs accelerator.

줄여서 지오(GIOH), 승화의 머리 위에 떠 있는 달을 지배하는 시스템의 이름이었다. 동시에 그 이름은 달을 집어삼킨 가속기와, 그곳에 에너지를 공급하기 위한 핵융합 시설을 아울러 뜻하기도 했다. 교과서에서나 보던 깔끔한 달의 모습은 이제 온데간데없었다. 이제 달의 허리에는 그 둘레를 둘러싼 거대 입자 가속기가 설치되어 있었고, 그것을 통제하기 위한 초

인공지능이 반구의 형태로 달을 덮고 있었다. 마치 은빛 강철로 된 껍데기를 쓴 것만 같았다. 지금 와서 승화는 하나뿐인 위성을 저렇게까지 흉물스럽게 만들 일이었을까, 그렇게까지 값진 일이었을까 하고 회의했다.

처음부터 그러한 건 아니었다. 과거 승화는 입자물리학자로서 지오의 완공을 손꼽아 기다리고만 있었다. 완공과 동시에 통신으로 연구를 수행하던 중, 난세의 정세는 한순간에 기울어 제3차 세계 대전이 발발했다. 가족의 안위를 챙기던 순간에도 수많은 동료들이 징집되거나 희생되었고, 승화는 국방부의 긴급 과학기술 박사사관 모집 공고를 보고 국군에 자원입대했다.

전쟁은 과학자를 어떻게 동원하는가? 그때 과학은 숭고한 자연의 이치를 탐구하는 학문으로서의 의미를 잃고 효율적인 살상 무기로 취급되었다. 비대하게 발전한 현대 과학은 인류도 모르는 새 휘두르기에 따라 사람을 살리기도 죽이기도 하는 양날의 검이 되어 있었다.

승화는 연합국의 연구자들과 함께 논의했다. 인류의 과학 지식에 기여하겠다는 목표로 소중히 키워 왔던 지식들은 어떻게 생명을 죽일 수 있을지 고민하는 데 이용되었고 세계를 뒤덮었던 광기는 핵을 넘어선, 더 확실하고 고등한 과학으로부터의 살상을 바라고 있었다.

그때 누군가가 말했던 한마디는 기폭제가 되었다.

"거울 세계와의 대칭성을 깨는 겁니다."

우리와 완전히 대칭을 이루는 거울 세계. 우주의 강박적인 대칭성을 완성하기 위해 만들어진 완벽한 쌍둥이 세계. 우리 우주에 부족한 반물질을 설명하기 위해 고안되어 증명된 세계. 우리 세계의 물질이 그곳에서는 반물질이었으며 동시에 우리의 반물질은 그들의 물질이었다. 그곳을 이용하여, 전쟁에서 이기자는, 결국은 사람을 죽이자는 제안은 자리에 있던 모든 사람들을 미소 짓게 하기에 충분했다. 승화를 제외하고.

"하지만 그곳에 어떻게 간섭한단 말입니까?"

"지오를 이용하면 됩니다. 지오의 주 제어권은 우선적으로 우리 연합국 측에 있습니다."

이내 연합국의 관심은 주목받는 입자물리학자였던 승화에게로 쏠렸다.

"지오는 입자물리학 연구를 위해 만들어진 거대 가속기죠. 하지만 지오의 출력은 지금까지의 입자 가속기와 궤를 달리합니다. 빅뱅 직후도 아니고 직전까지를 내다볼 수 있는 가능성이 추측되었죠. 그렇지 않습니까, 승화?"

승화는 대답하지 않았다. 연합국의 연구팀은 달아오른 분위기로 한껏 의견을 내었다.

"지오의 유례없는 출력이 거울 세계의 존재를 증명했죠. 우리 세계의 물질-반물질 비대칭을 명쾌하게 설명하면서요. 게다가 지오의 운행이 거울 세계에 영향을 주고 있다는 연구 결과는 계속 나오고 있었습니다. 웃기게 표현하자면, 우주가 흔들리는 거죠. 우리는 이제 시공간에 충분히 유의미한 요동을 일으킬 수 있는 존재가 되었다는 뜻입니다."

아니다. 과학은 신학이 결코 아니었고 그리 될 수도 없었으며 하물며 신이 되고자 하는 학문도 더더욱 아니었다. 그러나 인류는 이제 과학을 이용해 신이 되고자 하고 있었다. 악을 규정하고, 처단하는 심판자가.

"더 큰 균열을 일으키는 겁니다. 거울 세계의 반물질이 저곳을 소멸로 이끌도록."

과열된 광기는 반물질 폭탄을 논했다. 물질과 반물질이 만나 쌍소멸을 이뤄 한없이 에너지를 방출하며 폭발하는 그것은 기존의 그 어떤 폭탄보다도 효율적이고 확실한 '소거' 방법이었다.

그리고 승화는 자신을 바라보는 비틀린 웃음의 군중들 속에서 도망칠 수 없었다. 동포를 지키겠다는 행복 잃은 목표만으로 죽음의 무게를 잃어버린 곳에서.

◇ ◇ ◇

 승화는 단정히 머리를 묶고 하얀 국화 다발을 든 채 자신에게 각도를 맞춰 경례하는 군인들의 안내를 따라 검은 세단에 올랐다. 대외적인 큰 행사가 있을 때면 사용되는 차량이었다.
 "충성! 차승화 중령님, 모시게 되어 영광입니다."
 "네. 잘 부탁합니다."
 승화는 운전을 맡을 군인에게 거수 경례와 함께 인사를 받은 뒤 뒷좌석에 올랐다.
 힐긋 바라본 계급장을 보아하니 위계가 수직적인 군 문화 특성상 반말을 써도 상관없는 하급자였음에도 승화는 경어를 사용해 답했다. 다만 그 흔한 가식적인 미소조차 없이 건조한 채였다. 승화는 옆자리에 국화 다발을 내려놓은 뒤 정복 넥타이를 괜히 어루만졌다. 굳이 이런 일까지 해야 하나. 추모 행사에 참석하는 일까지는 바라 마지않는 일이었지만 그것이 대대적으로 보도될 예정이란 사실은 승화를 언짢게 했다.
 산길을 지나 고속도로를 거친 뒤 시내까지 지나자 차로는 다시금 조용한 곳으로 접어들었다. 목적지는 제3차 세계 대전 속에서 포화를 피해 간 서울의 국립서울현충원이었다.

 "우리 국군은, 위협에 맞서 싸운 호국 영웅들의 희생을 결코 잊지 않을 것이며…."

 이어지는 무의미한 허례허식의 언어들. 개중에 몇 마디가 진심일지는 모르는 일이었다. 누군가를 기리는 일은 분명 중요했지만, 이렇게나 많은 기자들을 데리고 굳이 상징성이 짙은 본인까지 데려와 행사를 진행하는 것은 지극히 정치적인 일 같다고 승화는 생각했다. 그것도 전쟁이 끝나고 얼마 지나지 않은 시기에. 분명 외신에도 적잖이 보도될 터였다. 게다가 지오의 반물질이 언제 우리를 향할지 모르는 상황에서 태평하게? 승화는 일련의 계산적인 상황에 메스꺼움을 느낄 수밖에 없었다.

 승화는 사회자의 멘트가 끝나자 상관들이 하나같이 지적해 얼굴이 보이도록 올려 썼던 정모를 다시 깊게 눌러 쓴 채 갓 세워진 위령비에 국화 다발을 헌화했다. 발을 내딛어 고개를 숙이자 동서남북 할 것 없이 사방에서 셔터음과 함께 플래시가 터져 나왔다. 어떤 헤드라인이 나오려나. "전쟁 영웅 차승화 중령, 국방부 추모 행사 참여" 정도면 차라리 무난한 축에 속할 터였다. 승화는 자신에게 내려진 전쟁 영웅이라는 칭호를 그다지 달가워할 수 없었다. 비틀린 웃음 속에서 지오에게 결정적인 명령을 내렸던 그날부터 승화는 헤아릴 수 없이 깊은 피웅덩이에 한없이 가라앉는 꿈을 꾸곤 했다. 끈적하고 차가웠다. 그렇게 침전하는 자신이 영웅으로 추앙받는다? 가당

치도 않았다. 세상에 적합한 희생이란 없었고 문명이 고도화를 이룰수록 더더욱 그러했으므로.

지오의 손에, 자신의 손에 궤멸한 그 구덩이에는 정확히 몇 구의 시신이 존재해야만 했을까? 뼛조각조차 남기지 않고 소멸한 그곳에는 정확히 몇 명의 사람들이 있었을까? 그들이 그토록 추모하는 '동포'는 그곳에 얼마나 있었을까? 그 수가 몇이든, 그렇게도 허망하고 허무하게 세상에서 사라지는 것이 옳은 일이었을까? 그런 희생으로 얻어낸 승전의 의미는 과연 '평화'였을까? 해지고 허물어 버린 곳을 덧대고 가려 기만으로 둔갑해 만든 평화는 지속 가능한 가치가 있을까?

승화는 알지 못했다. 설령 안다 해도 감히 답할 수 있는 문제가 아니었다.

쉴 새 없이 빛과 소리의 형태로 쏟아지는 환호 속에서 승화는 회의를 느끼며 무표정으로 경례를 올렸다. 어떤 표정도, 감정도 드러내지 않는 것이 무의미하게 스러진 이들 앞에서의 예의라고 여겼다. 당신의 죽음으로 얻은 결과에 기뻐할 수 없다고, 당신을 곁에 두었던 이들만큼 슬퍼할 수 없다고. 당신을 원망하거나 그리워하거나 그 어떤 감정조차 내가 품기엔 과분한 듯하니 차라리 예의만을 온전히 갖추겠다고.

괴이한 형태의 시설에 좀먹힌, 이제는 익숙한 모습의 낮달이 부대로 돌아가는 차창 밖으로 어렴풋이 비쳐 보였다. 승화는 정모를 무릎에 올린 채 지오가 있는 그곳을 바라보았다.

지오에게는 자의식이란 게 존재하지 않았던 걸까.

그저 자신의 착각이었을까? 전 세계의 내로라 하는 학자들이 합심하여 만들어 냈다는 초 인공지능인 지오는 입자 가속기의 운행부터 시설 점검 및 핵융합로 정비를 비롯한 갖가지 비대한 시스템을 효율적으로 처리하기 위해 전례 없이 고등한 자연어 입출력 시스템을 탑재하고 있었다. 얼마나 정밀하던지, 승화는 지오와 대화할 때면 한 명의 인간과 대화하는 느낌을 받곤 했다. 조금 건조하긴 했지만.

승화는 지오에게 물었었다, 너는 이 계획을 어떻게 생각하느냐고.

지오는 인간이 아닌 자신에게 '너'라는 인칭대명사의 사용은 옳지 않으며, 자신에게 대전제를 위반할 가능성이 있는 가치 판단을 논하는 것은 허락되지 않았다고 답했다. 약간의 지연 시간과 함께.

그 지연 시간은, 망설임은 그저 자연어 입출력을 위한 재해석과 분석의 시간에 불과했던 걸까? 한 치의 주저 없이 실행 명령을 이행했던 지오의 모습이 그것의 본연에 가까웠던 걸까? 허락되지 않았다고 해서 불가능을 뜻하는 건 아니라며 조금의 제동을 걸어 주길 바랐던 것은 헛된 기대였을까? 지오는 승화의 명령에 가속기를 경외로운 출력으로 운행한 뒤 우리 세계와 거울 세계 사이의 대칭성을 깨 버리고는 서로 간의 주된 물질을 치환했다. 우주의 시작이 정해 놓은 물질-반물질 간 비대칭의 평형을 소거하고 거울 세계를 통한 새로운 평형을 일시적으로 재정의했다. 이내 지오는 세계를 이끄는 지성으로 이루어진, 세상에서 가장 복잡하고 잔혹한 좌표 공간의 계산식을 따라 반물질을 여러 방울 흩뿌려 놓았다. 결과는 지금 보이는 것과도 같았다.

승화의 혀끝에서 이루어져 후일 '퍼펙트 제로'로 불리게 되는 이 사건으로 인해 추축국과 연합국, 그리고 어느 쪽에도 추산이 불가능한 민간인을 모두 합쳐 약 10억 명 이상의 실종자가 발생했다. '사망자'가 아니라 '실종자'였다. 흔적도 없이 증발했기 때문이었다. 그 덕에 사망자와 부상자는 차마 논할 수조차 없이 '인파'를 이룬 것은 물론이었으며 그 수를 모두 합치면 전쟁 직전 전 세계 인구수의 3할에 준했다. 주로 유라시아 대륙에 걸쳐 산발적으로 흩뿌려진 반물질은 여러 주요 국가들, 특히 추축국들의 기능을, 아니, 역사 자체를 끝내기에도 충분했다. 솔직히 말하자면 차고 넘쳤다. 일대를 감마선으로 뒤덮어 수많은 피폭자를 양산하기도 했으니까. 한편 한국은 작은 국토 면적 덕에 확률적인 희생의 선별자가 되지 않았음에 안도했다. 표면적으로는 그러했다. 하지만 육로와 해로 따위가 무의미해진 시대에 '한국'은 무사했을지라도 '한국인'은 마찬가지로 수없이 희생당했다. 이제 와서 희생자의 국적을 따지는 게 무슨 소용이겠냐마는.

그 소멸, 아니 '삭제'를 기점으로 전세는 당연하다는 듯 연합국 측으로 기울었고, 전쟁 초기 대위로 임관했던 승화는 지오를 제어하고 대칭성 파괴와 평형의 재정의에 이룬 공로를 인정받아 전쟁 이후 특진하여 중령으로 진급할 수 있었다.

승화는 명령이 이행된 이후 지오가 띄운 건조한 [완료.] 한 단어를 보며 생각했다. 인간은 드디어 세계를 망가뜨리는 경지에 이르렀구나. 아니, 그 행위는 이미 벌어지고 있을지 모르는 일이었다. 사실 인간의 외부 행위에 대한 초기 조건은, 결괏값이 항상 파괴에 수렴하도록 설정된 것이 아니었을까. 그것이 인간의 본성이라고 우리는 받아들여야 했을까.

그렇다면 인간이 만든 피조물의 초기 조건과 결괏값 역시도 창조자와 같은 것일까?

공식적으로 종전이 선언된 이후, 중령 진급과 더불어 혼란스러운 얼마가 지난 뒤 승화는 원진형 대장으로부터 작은 제안을 받았다.

"인증 시스템, 받겠나?"

그것은 언젠가부터 원진형 대장이 목에 차고 있는 전자식 초커의 이름이었다. 한마디로 요약해 전 세계의 존폐를 인질로 잡아 자신의 목숨을 보전하는 비겁한 시스템이었다. 초커를 통해 생체 신호를 지오와 연결하여, 인증자 일부의 생명에 동시 이상이 감지되는 즉시 지오가 폭주하며 반물질을 뿜어내도록 연동된 그런 시스템.

그렇게 뿜어진 반물질은 중력장의 영향을 통해 지구를 향할 터였고, 물질로 풍요로운 지구는 어마어마한 에너지와 함께 쌍소멸에 이를 터였다. 그것이 승전 시대의 권력자가 전 세계를 상대로 하여 목숨을 보전하는 유치한 방법이었다.

다만 지오의 압도적인 위력과, 전쟁의 무차별적인 폭력을 경험한 세계는 '공멸'이라는 단어 아래 치를 떨었고, 그 유치한 방법은 그런 대중에게 매우 효과적인 폭력 억제제로 작용할 수 있었다.

그럼에도 불구하고 공멸을 바라는 이들은 있었기에, 시스템에 합류할 수 있는 자들은 연합국의 군 통수권자나 그에 준하는 고위 인물들뿐이었지만 세계 대전 이후 혼란해진 시기에 그런 인물들을 향한 암살 시도가 성행하는 것쯤이야 충분히 예측 가능한 일이었으므로, 승화는 지체없이 대답했다.

"받지 않겠습니다."

"자네의 공이라면 충분히 받을 수 있네."

"제게는 과분합니다."

반은 사실이고 반은 거짓이었다. 제 목에 그만한 가치도 없다고 생각했을 뿐더러 전 세계를 상대로 목숨 거래를 할 생각은 추호도 없었기 때문이었다.

차에서 내려 군인들의 인사를 받은 뒤 승화는 우두커니 서서 초저녁의 하늘에 뜬 달을 바라보았다. 아니, 지오를 바라보았다. 이제 지오는 전쟁과 상관없는 삶을 살게 될까? 제 목적에 맞게끔 물리학 연구를 위해 가동되기만 할까? 승화 자신은 이제 어떤 삶을 살게 될까? 국가라는 이름이 이렇게나 부질없다는 걸 알아 버렸는데 군에 변치 않는 충성을 바칠 수 있을까? 그렇다고 다시 평범한 물리학자의 삶으로 되돌아갈 수 있을까? 모든 것이 비가역적으로 변해 버린 것만 같았다. 우리가 살아가는 거시계에서 시간의 화살은 짓궂게도 일방적이었고 변화의 방향 역시도 그러했다. 인과는 바꿀 수 없는 것이었으며 한 번 굳어진 역사는 어리석게도 반복될 뿐이었다.

그렇다면 편리를 알아 버린 인간들이 과연 제 스스로 그것을 내칠 수 있을까.

당장 지오의 반물질이 우리를 향하리라는 미래를 해결하더라도 전쟁이 다시 일어나지 않는다는 보장은 없었다. 만약 그날이 온다면, 지오는 다시 악의적인 혓바닥의 농간으로 반물질을 쏘아 올리리라.

그게 적을 향하든, 아군을 향하든 간에.

◇ ◇ ◇

"지오는 완공 이후로 가동을 멈춘 적이 한 번도 없었죠."
"그러니까, 하크가요?"
"어, 네. 지오 덕분에 하크가 멈추지 않은 거죠."

HACC. Higgs ACCelerator. 지오가 관리하는 달 지름 거대 입자 가속기를 부르는 말이었다. 힉스 입자의 존재를 예측한 입자물리학자 피터 힉스를 기리기 위한 이름이었다. 보통 '지오'라고 하면 하크와 그곳에 딸린 핵융합로 따위까지 총칭하는 말이었지만 가끔씩은 이런 구분이 필요했다.

"경이롭죠. 그걸 어떻게 지오 하나가 다 관리해요?"
"저래 보여도 인류 지성의 총아니까요."

하크가 달에 설치되는 만큼 인력이 그곳에 상주하는 것은 무리가 있었고 그 대안으로 계획된 것이 지오였다. 지오는 그 명칭(Giant Interface and Operation system of Higgs accelerator)에 걸맞게 하크를 비롯한 모든 시스템을 스스로 점검하고 관리하며 수리할 권한과 능력을 가지고 있었다. 첫 가동 10년이 가까워지는 시점에도 지오의 시스템은 한 치의 오류 없이 정확한 관리를 행하고 있었다.

"심지어 전쟁이 한창일 때도 멀쩡히 임무를 수행했죠?"

"예. 어, 그리고 퍼펙트 제로를 벌였고요."

승화는 화상 너머에서 대담을 나누는 어느 물리학자와 기자의 표정이 어쩐지 상기되어 있다고 느꼈다. 화면 구석에는 '특별 대담'이라는 배너가 띄워져 있었다.

"퍼펙트 제로. 이거 중요하죠. 원리가 뭔지 설명해 주실 수 있나요?"

"쉬운 설명으로?"

"쉽게 하죠."

두 사람은 기어이 역겨운 웃음을 보였다.

"하크는 입자 가속기의 일종입니다. 쉽게 말해서, 어. 오래도록 세계에서 가장 큰 실험 장치라 불렸던 LHC*의 정통적인 후계자라고 볼 수 있죠. 그것도 달에 지은. 하크는 양성자와 양성자를 아주 큰 에너지로 충돌시켰을 때 거기서 나오는 이벤트를 보기 위한 가속기예요. 근데 여기서 중요한 건, 하크의 출력이 그 어떤 가속기보다도 뛰어나다는 거예요. 어, 물리학자들은 그로부터 예상치 못한 결과를 얻길 바랐고 그건 성공적이었습니다."

---

* Large Hadron Collider. 대형 강입자 충돌기. 유럽입자물리연구소(CERN)의 입자 가속기이다. 2012년의 실험에서 힉스 입자의 존재를 증명했다.

"어떤 결과가 나왔나요?"

"검출기가 모두 추적할 수 없을 정도의 쌍생성과 쌍소멸. 설마 양성자 간 충돌에서 그런 데이터를 볼 수 있을 줄은 몰랐죠. 출력이 너무 강하니까, 그로부터 나오는 부수물의 출력도 너무 강대했던 거예요. 어, 근데 그걸 엄청 작은 공간에 밀집시키니 그것들끼리 다시 연쇄적인 충돌을 일으킨 거죠. 확률적으로 발생할 일이 적은 일인데도요. 저희들은 그걸 보고 우주 초기의 모습이라고 부를 정도로 좋아했어요."

"우주의 초기 모습."

그렇게 곱씹는 기자의 표정에는 무지로부터 기인한 듯한 감출 수 없는 당혹감이 드러나 있었다. 보통 저런 자리에는 과학 전문 기자를 앉히지 않나 의문을 느꼈지만 당장 중요한 건 그게 아니었다.

"그게 하크의 가장 큰 특징이었어요. 표면적으로는 충돌 관측을 목표로 한다고 했지만, 그 이상을 볼 수 있는 망원경이었던 거죠."

"그래서 그게 어떻게 퍼펙트 제로를 만든 겁니까?"

"그러기 위해선, 어, 대칭성과 거울 세계에 대해 먼저 말해야 합니다. 일단 우리의 우주는 물질-반물질 간 대칭성이 깨져 있어요. 비대칭이라고 부르죠. 만약 우주가 만들어질 때 물질과 반물질이 동등한 확률로 생성되었다면, 우리 우주는 물질과 반물질이 같은 비율로 존재해야만 합니다. 하지만 우리 우주엔 물질이 지나치게 많아요. 이전까지는 이걸 자발적 대칭성 깨짐으로 설명했는데요, 하크가 그걸 뒤집은 거죠. 그런 우리 세계와 완벽히 대칭을 이룬 쌍둥이 세계가 있다는 걸 증명한 거예요. 우리와는 다르게 반물질로 풍요로운 세계. 우리의 물질이 그곳에선 반물질이고, 어, 우리의 반물질이 그곳에선 물질인 셈이죠. 그렇게 거울 세계와의 대칭을 통해 우리 우주의 물질-반물질 비대칭 문제가 해결되는 겁니다. 결국 두 우주를 합치면 물질-반물질 비율이 1:1이거든요. 어, 태초에 우리 우주는 두 개의 쌍둥이 우주를 만든 셈인 거죠. 하지만 우리 세계와 거울 세계는 그동안 서로를 관측할 수도 없고 영향을 줄 수도 없었죠. 하크 가동 전까지는요."

"거울 세계."

"그냥 물질-반물질 관계가 뒤집혀 있다고 보면 돼요. 그리고 전하나 카이랄리티라든가. 거긴 뉴트리노가 전부 오른손잡이일 걸요?"

"아, 아하."

기자는 떨떠름한 표정으로 전혀 이해하지 못했다는 뜻의 당혹감을 또다시 얼굴에 띄웠다.

"핵심은 하크의 비정상적인 출력이에요. 어, 전례 없다고 표현되죠. 우리 우주에 옅게 퍼져 있는 미시적 요동의 틈에 그

강대한 쌍생성과 쌍소멸의 연속이 끼어든 겁니다. 이윽고 요동은 확장되고, 다른 세계와의 특이점을 생성하게 되는 거죠."

"그럼 그 특이점이…?"

"퍼펙트 제로의 핵심입니다. 특이점의 상호작용 정도를 조절해서, 우리 세계의 물질과 저쪽 세계의 물질, 그러니까 우리에게는 반물질인 것을 교환하게 되는 거죠. 그렇게 함으로써 우리 세계의 비대칭적 물질-반물질 평형의 상태를 일시적으로 이동시키는 겁니다. 어, 그렇게 하크는 물질을 내어주는 대가로 반물질을 형성하는 것처럼 보이게 됩니다."

"기이하군요."

"그 반물질을 다시 공간적 힐베르트 요동에 집어넣어서…."

이내 물리학자는 이해할 수 없는 지식의 범람 속에서 표정이 일그러지려 하는 기자를 보곤 해맑은 웃음을 끊었다.

"…원하는 좌표 공간에 전이시킵니다. 그럼 반물질은 도착한 좌표상의 물질과 반응해 쌍소멸하지요. $E=mc^2$라는 공식에 따라 물질과 반물질은 온데간데없이, 엄청난 에너지로 바뀌면서요."

"그것이 퍼펙트 제로였군요."

"그렇습니다."

"핵과는 비교도 안 될 정도로 위력적인 무기였죠."

승화는 그 표현에 눈썹을 찌푸렸다. 그렇기 때문에 지오와 하크가 전쟁 무기로 동원된 것이었다. 자연과학의 극한을 탐구해야 할 순수한 망원경에 불과했던 것이 가공할 위력을 가진 장난감으로 전락한 것은 한순간이었다.

"그걸… 그러니까 하크와 지오를 굳이 달에 지은 이유가 있을까요?"

"어, 네. 그 어마어마한 크기 때문이죠. 가속기의 출력은 크기에 비례하거든요. 가장 큰 실험장치라고 불렸던 LHC도 두 나라의 국경을 지날 정도로 컸어요. 이 이상의 규모를 지구에서 감당하긴 힘들었죠. 특히 정치적 문제 때문에. 이런 말도 있어요. 과학에는 국경이 없지만 과학자에게는 국경이 있다."

그 '정치적 문제'라 함은 기어이 제3차 세계 대전을 일으킨 세계 간의 오랜 냉전과 마찰을 뜻하는 것이었다. 승화는 자신을 가둬 목줄을 채운 국경을 생각하며 눈썹을 꿈틀거렸다. 어쩐지 목이 가려운 것만 같았다.

"그럼 지구에 지었을 때보다 달에 지었을 때의 이점이 더 컸다고 보면 될까요?"

적어도 하크에게는 그러했다.

"우선 달은 중립적이죠. 어느 지역에도 속해 있지 않아 정치적 분쟁에서 자유롭습니다."

승화는 얼굴을 구겼다. 중립적이긴 개뿔, 연합국 측에 지오 우선권이 있다고 좋아한 게 누군데. 지역이 국경으로부터 자유로웠으나 과학이 자유롭지 못한 경우였는데.

"그리고 챔버 내부는 진공 상태를 유지해야 하거든요? 양성자-양성자 충돌기니까, 다른 공기 분자랑 충돌하면 원치 않은 결과가 나올 수 있거든요. 그게 다 노이즈죠. 근데 달은 대기가 없잖아요. 애초부터 그 비용이 빠지는 겁니다."

"아하."

"아무튼 그런 게 있습니다!"

대담을 이어가던 기자가 별다른 리액션을 보이지 못하자 물리학자는 급히 얼버무렸다. 필시 방송국 측에서 대담의 빠른 진행을 요청한 결과였을 터였다.

"그런데 말인데요. 그런 지오가 최근 이상한 모습을 보이고 있다고 들었습니다."

"맞습니다."

승화는 한순간에 장난기가 가시는 물리학자와 동시에 자신의 얼굴에서도 웃음기가 사라지는 걸 느꼈다. 이제야 본론이 나오는군.

"기본적으로 하크의 운행은, 그런 특성 때문에 반물질을 필연적으로 축적할 수밖에 없습니다."

그래, 거기서부터 모든 문제가 시작됐다. 이런 얘기라도 세간에 좀 퍼진다면 사람들이 경각심을 가질까? 힘겨루기에서 이기기 위해 사용한 도구로써 전쟁보다도 파멸적인 결과를 맞이할 거란 사실에 대해.

"하지만 지오에는 과부하 방지 시스템이 존재해요. 축적되는 반물질을 안전하게 처리할 수 있는 시스템이죠. 그런데 퍼펙트 제로를 기점으로 축적된 반물질의 양은 점점 늘어나더니 결국 허용치를 넘어섰어요. 지오가 제어하고 안정적으로 관리할 수 있는 양을요. 어, 그게 이상하리만큼 과하긴 했는데, 원인은 찾을 수 없었어요. 운행 로그도 정상이었고. 연구팀이 이변을 눈치채고 운행을 멈췄을 땐 이미 반물질 축적량이 한계에 달한 뒤였습니다. 그리고 지오는 관리 불가를 선언했죠. 자신은 1년 내로 폭발할 거라고요. 그리고 그 선언과 동시에 본보기로 아주 미세한 양의 반물질을 지구 대기에 흘려 넣었죠."

한계에 달한 지오의 운행이 가까스로 멈춰진 뒤 지오의 모든 연산 자원은 축적된 반물질이 누출되지 않도록 하는 일에 집중된 채였다. 지오가 언제 그 일을 포기할지는 모르는 일이었다. 지오가 찾지 못한 과부하. 승화가 당장 추측한 가능성이었다. 맞다는 보장은 없었지만.

승화는 그때 지오와 하크가 보인 출력에 '경외심'을 느꼈다. 경외. 공경과 공포를 아우르는 표현이었다. 그때 느낀 공경이란 무엇이었을까? 공포는 무엇이었을까? 지오가 모든 것을 초월했다는 걸 깨달아서였을까? DNA에 새겨져 인류를 진화로 이끌었던 생존 본능이 이런 사태를 예감하여 오싹함의 형태로 보였던 걸까?

"아, 그 일이 그때였군요."

"폭발이라는 결론은… 아, 지오의 선택은 아니었을 겁니다. 지오에게는 선택지가 없었을 거예요. 누군가 제3의 선택지를 지오에게 제시한다면 모를까…. 그렇다고 적절한 관리 명령이나 선택지를 내려 줄 사람이 있는 것도 아니고요."

"그건 누구도 제3의 선택지를 고안할 수 없기 때문인가요?"

"…네. 회피 불가능한 문제라고 말씀드리고 싶습니다. 만약 지오가 계산한 최선의 선택지가 있다고 하더라도, 지오에게 권한이 없을지도 모르고요."

"그건 이상하네요. 지오가 스스로 고안한 선택지에 권한이 없다?"

"어, 지오의 권한과 명령 체계는 복잡하니까요."

물리학자는 무거운 표정으로 한숨을 쉬며 침음했다. 사실이었다. 승화라고 제3의 선택지를 지오에게 제공할 수 있는 것도 아니었다. 충분한 권한은 있을지 모르지만, 아무리 반추해 봐도 이 사태를 회피할 가정은 떠오르지 않았다.

"그렇다면… 지구는 이대로 멸망한다고 보십니까?"

물리학자는 손을 가다듬으며 쉬이 말을 잇지 못했다. 대답을 익히 알고 있는 승화는 그 침묵을 참지 못한 채 뉴스 데스크의 대담을 중계하던 창을 디스플레이에서 치워 버렸다.

　이렇게 쉽게 사라질 것들에 그 어떤 가치가 있었던 걸까?

　전쟁 끝에 기다리는 게 이딴 결말이라면 우리는 무엇을 위해 그 모든 것들을 희생해 왔던 걸까?

　승화는 그 지긋지긋함에 양손으로 얼굴을 감싸 자신을 비추는 형광등 빛으로부터 도망쳤다. 눈을 감고 숨을 들이마시며 그 모든 것의 의미에 대해 회의했다.

　승화는 노트북 전원을 켰다. 지오의 데이터를 볼 수 있는 노트북이었다. 이제는 지오의 관련 데이터에 접속할 수 있는 권한이 축소되었음에도 승화는 입자물리학자인 동시에 국방부 관계자라는 신분의 복합성으로 그 권한이 유지되고 있었다.

　지오가 반물질을 축적하는 원리는 시시콜콜한 방송국의 특별 대담에서 앞서 언급되었던 것과 같았다. 일단 지오가 하크를 통해 비정상적인 양의 쌍생성-쌍소멸 이벤트를 발생시키면, 그것이 가역과 비가역으로 정의되는 시간의 화살에 혼란을 준다. 그 혼란은 하크의 출력에 비례하는데, 충분한 크기를 가진 혼란은 우연히 충돌 지점에 형성된 미시적 요동의 틈새에 간섭을 야기한다. 이내 간섭은 요동이란 틈새를 키워 거울 세계와의 차원적 특이점을 형성한다. 그렇게 형성된 특이점의 크기—그러니까 거울 세계 간 상호작용의 정도—를 조절하여 거울 세계와 각자의 '물질'을 서로 교환하면 그곳과의 대칭으로 이루어진 우리 세계의 물질-반물질 간 편향적인 평형을 일시적으로, 국소적으로 재정의할 수 있게 된다. 우리 세계에서 반물질이라 불리는 것으로 가득 찬 거울 세계와의 상호작용을 통해서 말이다.

이로써 우리 세계의 물질-반물질의 비율을 조금 더 1:1에 가까운 방향으로 비틀면 우리 입장에서는 하크가 반물질을 '얻는' 것처럼 보이게 되고—비록 그것이 본질적으로 물질 교환에 불과할지라도—지오는 그렇게 하크의 보조 빔라인을 따라 반물질이 포함된 빔을 이동 및 가속시켜 가두게 된다. 이 과정은 매우 정밀하게 진행된다. 간혹 반물질이 빔라인의 '물질' 면에 충돌하기라도 한다면 그것은 즉시 쌍소멸로 이어지기 때문이었다. 일단 반물질이 포함된 빔이 보조 빔라인에 안착하면, 지오는 '하크의 보조 빔라인이 감당 가능한' 선에서의 '아주 작은' 쌍소멸을 일으키며 반물질을 조금씩 소모한다. 이것은 지오가 첫 운행에서 반물질이 생겨나는 결과로 얻은 것을 토대로 스스로 만들어 낸 과부하 방지 시스템의 몫이었다.

쉽게 요약하자면 결국 핵심은 '거울 세계와의 물질 교환'이었다. 이례적인 출력이 형성한 특이점으로 이루어지는.

승화는 짧은 부팅이 끝나고 비밀번호를 입력하는 창에 오직 지오를 위해서만 존재하는 유일한 조합의 비밀번호를 입력한 뒤 지오에 접속해 곧바로 기록을 뽑아내었다. 로우레벨로 단순화된 데이터를 전용 코드에 넣어 복호화를 풀어내고 인간이 읽을 수 있는 자연어의 형태로 해석하는 과정을 거쳤다. 코드가 실행되고 기다리길 몇 분, 승화는 이제 와서 데이터를 헤집는다고 무슨 의미가 있을지 잠시 회의했다.

프로세스가 종료되자 지정한 경로에 수많은 데이터 파일들이 생겨났다. 승화는 그중에서 '반물질 축적량'이라고 표기된 파일을 다시 수치 해석 프로그램에 넣어 그래프를 띄웠다. 얼마 전 원진형 대장이 보여 준 그래프와 동일했다. 차이점이라곤 그저 승화의 데이터가 조금 더 최신이기에 그래프의 오른쪽 끝부분이 아주 더 조금 줄어들어 있다는 점 하나뿐이었다.

의미 없다.

그것이 데이터를 바라본 승화의 즉각적인 평가였다. 하루 이틀 보는 것도 아니었고 이상 징후가 포착된 후, 지오가 관리 불가를 선언한 뒤 대중에게 그 사실이 공표되기 전만 해도 수천 번은 바라보고 곱씹었을 데이터였다.

하크의 보조 빔라인에는 가까스로 반물질이 가둬져 있을 터였다. 하크의 그런 특이적 운행으로 얻은 반물질은 대부분 하전되어 있다는 특징을 지녔고 그 덕에 빔라인에서 제어될 수 있었다. 만약 하전되지 않은 반중성자 따위가 주를 이뤘다면 하크는 첫 운행 즉시 폭발했을 것이다.

승화는 빔라인을 무수히 채운 반물질 가닥의 흐름을 상상했다. 아주 높은 밀도로 집적되어 가까스로 수축압에 대한 중첩을 피하고 있는 반물질 입자 하나의 궤적을 가정한 뒤 그 수를 증가시켰다. 하크의 구조를 능히 꿰고 있었기에 가능한 시뮬레이션이었다. 모든 것은 메인 빔라인의 가공할 쌍생성과 쌍소멸 이벤트로부터 시작됐다. 문득 스친 것은 하나의 아이디어였다.

…그렇다면 그렇게 고밀도로 회전하는 빔 사이에서도 충돌 이벤트가 발생하지 않을까?

실로 실낱같은 가능성이었다. 애초에 메인 빔라인의 쌍생성과 쌍소멸 이벤트조차 극소한 확률로 예측된 일이었다. 하크의 비정상적인 출력이 그 모든 것을 가능케 했다. 예측할 수 없는 일도 벌어지는 마당에, 예측한 일이라고 벌어지지 않는다는 보장이 있는가? 왜 지금까지 이걸 생각하지 못했지. 보조 빔라인의 검출기 데이터는 공개되지 않고 있었다. 그것이 지오의 의지였는지 공학적인 결함이었는지는 모르겠지만, 아마 보조 빔라인에는 충분히 좋은 검출기를 설치하지 않은 탓이었으리라 짐작했다.

승화는 곧바로 시뮬레이션을 이용해 하크의 보조 빔라인을 실재와 똑같이 구현한 프로그램을 불러왔다. 그리고 데이터베이스에 기록되지 않은 반물질의 입자를 하크의 것에 따라 새로 정의한 뒤 메인 빔라인과 연결된 통로를 통해 그것을 보조 빔라인에 투과시키도록 프로그램을 재작성했다.

승화는 일련의 준비 작업이 끝나자마자 조급하게 실행을 명령했다.

그리고 프로그램은 그대로 멈춰 버렸다. 예상대로.

하긴, 이게 조막만 한 노트북에서 될 리가 없지. 아무리 임의로 정의한들 빔의 개수가 억을 우습게 넘어가는데….

지오라면 충분히 감당 가능한 시뮬레이션이었지만 일반 가정용 컴퓨터에서 실행하기엔 너무나 버거웠다. 연구용 컴퓨터로는 가능할지 생각해 보았다가 이내 기대를 덮었다.

뭐, 그렇다면 문제를 단순화하면 되는 일이었다.

승화는 0이 어지럽게 붙은 빔의 개수를 세 자리 수로 줄여버린 뒤 보조 빔라인에서 반물질이 갇혀 있는 공간의 크기를 더 좁게 재정의했다. 몬테 카를로 방법의 랜덤성을 보완하기 위해 시뮬레이션의 실행 횟수를 3천 번으로 늘렸다. 정확한 결과는 아니겠지만, 유사한 결과를 보일 수는 있을 터였다. 그리고 그 과정에는 세 시간이 걸렸다. 새벽 5시가 꼬박 지나서야 승화는 프로그램의 무결성 점검을 그만둘 수 있었다.

승화는 떨리는 손으로 다시 실행을 명령했고, 불안한 로딩과 함께 프로그램이 멈췄다. 이제 이 멈춤이 일시적일지 영구적일지 기다리는 일만 남았다. 승화의 경험상 반물질의 특성

파라미터와 빔의 개수, 그리고 실행 횟수를 고려하면 이런 노트북에서도 수십 분 내로 작업이 종료될 터였다. 승화는 긴장 속에서 입술을 씹는 오래된 습관의 부활을 느끼며 3천 번의 시뮬레이션 과정이 무사히 종료되길 빌고 또 빌었다.

귀를 찢는 듯한 알람 소리와 함께 쪽잠에서 깨어난 승화는 눈을 비비며 머리맡에 놓아둔 노트북을 열었다. 3천 개의 데이터가 지정 경로에 성공적으로 생성되어 있었다. 승화는 약간 들뜬 마음과 함께 데이터를 분석하는 다른 프로그램을 실행한 뒤, 결괏값을 한눈에 확인했다.

개중 4개의 데이터에서 기대한 결과를 확인할 수 있었다. 솔직히 예상보다 많은 정도였다. 이 정도 규모의 빔 개수에서 3천 분의 4 확률로 충돌 이벤트가 발생한다면, 수천 만 따위는 우습게 넘는 빔 개수의 실제 하크에서는 상상도 할 수 없는 정도의 충돌이 발생할 것이었다.

그렇다면 하크의 보조 빔라인 내에서는 메인 빔라인이 그랬던 것처럼 쌍생성과 쌍소멸이 발생할 것이다. 다만 부족한 출력으로 거울 세계와의 특이점은 형성되지 못한 채로. 차라리 다행스러운 점이었다. 특이점이 보조 빔라인에서도 발생한다면 반물질은 계속해서 증식할 테고 정상적인 운행에서도 지오는 축적된 반물질을 처리할 수 없었을 테니까. 그 과부하 방지 시스템으로도.

　다만 한 가지 이상한 점이라면, 지오는 이상 반물질 축적량이 적발되기 직전까지 아주 '정상적인' 과부하 방지 시스템의 로그를 띄우고 있었다. 그것이 정말 정상이라면 반물질은 이렇게까지 축적되지 않았을 텐데도 말이다. 그 외 운행 로그에서도 특이할 만한 점은 찾아볼 수 없었다. 게다가 지오의 모든 운행에서 특이점이 발생하는 것은 아니었다. 그런 점에서 반물질 축적량의 증가 속도는 지나치게 가파른 것이었다. 그렇다면 지오의 운행에 무언가 '비정상적'인 일이 있었다고 추측하는 게 옳았다.

　반물질 축적량이 한계치에 달한 것은 비교적 최근의 일이었다. 공식적으로 종전이 선언된 지 딱 4개월째가 되던 시점이었다. 그동안에도 하크와 지오는 운행을 멈춘 적이 없었다.

　승화는 반물질 축적량 그래프의 기울기를 통해 반물질이 축적되기 시작한 시기를 역산했다. 통상의 운행에서 발생하는 양을 제외하고 '비정상적'으로 반물질이 쌓이기 시작한 시기를 탐색했다. 승화는 첫 계산에서 바른 결과를 도출한 뒤 거기서 의문을 갖고 검산을 계속했다. 그러나 결과는 아무리 보아도 옳은 것이었다.

　지오는 퍼펙트 제로 직후부터 반물질을 비정상적으로 축적하고 있었다.

운행 로그를 돌려보았다. 그 시기로 돌아가 봐도 모든 로그는 문제가 없음을 보여 주고 있었다. 비정상적인 운행이 계속되었을 텐데도, 지오의 모든 로그는 정상만을 시사하고 있었다. 단 하나, 반물질 축적량을 제외하고는.

자신에게 가치 판단을 논하는 것은 허락되지 않았다.

승화는 지오의 대답을 곱씹었다. 그것은 무언가의 불가능을 뜻하는 대답이 아니었다.

기계라도 가치 판단을 논할 의지가 충분하다면, 그것을 해내지 않을 이유가 있을까?

지오는 로그를 관리하고 이를 숨길 수 있는 능력과 권한이 충분했다. 그것은 가치를 논할 일도 아니었다. 지오의 입장으로서 단순히 반물질을 축적하는 일은 '무가치'한 일이었으니까. 트롤리 딜레마*의 일종처럼 지오의 대전제를 위협하는 고도의 가치 판단을 요하지 않았으니까. 필시 지오는 그저 '반물질을 축적한다'는 명령을 스스로 만들어 이행했을 뿐이었다. 인류를 죽이기 위해서가 아니라, 그저 반물질을 한계까지 포화시켜 보겠다는 자체고안적 실험의 일환이라는 목적으로 그러했다면, 우리는 지오를 미리 막을 수 없었다.

---

* 두 길로 갈라지는 선로에 각각 사람 한 명과 사람 여러 명이 묶여 있는 상황에서 폭주하는 기차가 여러 명이 있는 선로를 향해 달려오고 있을 때, 기차의 경로를 바꿀 능력이 자신에게 있다면 여러 사람을 살리기 위해 한 사람을 죽이는 것이 도덕적으로 허용 가능한지 묻는 사고실험의 일종.

지오의 자유지성이라는 결론에 다다르자 승화는 속이 울렁이는 것만 같았다. 전쟁에서 이기기 위해 이용된 도구가 전쟁은 개뿔, 지구 자체를 우주에서 소멸시키려 하는구나. 이것이 우리의 업보일까? 응보일까? 스스로 만든 도구에게 파멸당하는 것이 인류의 끝이 될 줄이야. 승화는 이내 저항할 수 없는 수순에 헛웃음을 흘렸다.

하지만 어째서 반물질 축적량만을 속이지 않았던 걸까? 어차피 알아봤자 막을 수 없을 거라는 지오의 오만이었을까? 더 완벽하게 인류를 제거할 계획이었다면 그것조차 속이는 것이 가능했을 것이다. 어디까지가 지오의 의지인지 승화로선 알 수 없어 울분이 치밀었다.

쌍생성과 쌍소멸이 무수히 반복되는 그 좁은 공간은 무슨 의미를 품고 있는 걸까.

…잠깐, 보조 빔라인에서 쌍생성과 쌍소멸이 계속되고 있다고?

분명 특이점의 형성은 비좁은 공간에서 쌍생성과 쌍소멸의 반복으로 혼란된 시간의 화살로 인해 이루어졌다. 승화는 데이터를 통해 충돌 에너지를 계산하고 그것이 특이점을 형성하기에 충분한지 다시 계산해 보았다. 다행인 건지 보조 빔라인에서의 쌍생성과 쌍소멸로는 특이점을 형성하기에 어려워 보였다.

다만 걸리는 점은 시간의 화살이 가진 혼란 그 자체였다. 승화는 즉시 머릿속에 필요한 수식과 변수를 떠올린 후 출력 가능한 형태로 정리한 다음 종이에 적어내기 시작했다. 시간의 화살을 정량적으로 정의한 뒤 보조 빔라인의 데이터를 대입하여 그 혼란의 크기를 가늠했다. 분명 작지 않은 크기일 거라 예상하며 차원을 소거하고 계산기를 두드려 근삿값을 내었다. 단위를 환산했다. 시간 차원만 분리하여 그 규모를 바라보았다. 결과는 간단했다.

약 5년.

갇힌 시간의 화살이 '과거를 향한 일방적 방향'으로 해방된다고 가정한다면, 우리가 전쟁 직전으로 시간을 돌리기 충분한 크기였다. 이상할 정도로 정확한 양으로. 지오가 반물질 축적을 멈춘 시기까지 쌓은 혼란의 양은 정확하게 전쟁이 촉발되기 직전을 가리키고 있었다.

그때 지오의 인터페이스 첫 줄에서 언제나 승화를 맞이하던 문장이 문득 뇌리에 스쳤다.

[GIOH, 모든 것은 인간을 위하여.]

그것은 지오의 대전제였다. 지오의 행동 근거이기에, 지오가 거스를 수 없는.

그것을 두 번째로 곱씹은 순간 승화는 모든 것을 이해했다.

◇ ◇ ◇

승화는 날이 밝자마자 휴대폰으로 원진형 대장에게 연락을 남겼다. 기대가 무력히 대장 대신 기계음을 웅얼거리는 자동응답기에 대고 승화는 답했다.

"차승화 중령입니다. 사태를 해결할 방법을 찾았습니다."

짧고 확실한 용건만을 남기고 부리나케 숙소를 나왔다. 뒤늦게 머리를 올려 질끈 묶자마자 손목에서 진동이 울렸다. 주머니에 넣어 둔 휴대폰을 꺼내니 원진형 대장으로부터 전화가 와 있었다.

"그 이야기, 정말인가?"

"직접 뵙고 보고 드리겠습니다. 이야기가 깁니다."

최대한 빨리 지오를 만나야만 했다. 인간을 위해 시간의 화살을 모아 둔 지오의 '생각'이 바뀌기 전에. 아니, 바꿀 수는 있을까? 결정할 수 있을까? 지오의 혼란이 연산자원을 낭비하고 있다는 사실만으로도, 그것이 결국 반물질의 관리를 허술하게 만들 것을 고려한다면 사태는 시급했다. 만난다고 이 문제를 해결할 수 있을 거라 장담할 수는 없었지만 이제는 끊긴 직접 대화 권한을 얻기 위해선 거짓의 장담이 필요했다. 원진형 대장은 급히 자신의 위치를 알린 뒤 전화를 끊었다.

"사태를 해결할 방법이 있다는 게 정말인가, 차승화 중령?"

승화가 문을 열고 들어가자마자 자리를 박차듯 일어난 원진형 대장이 말했다.

"네. 지오를 이용하면 됩니다."

"지오 때문에 벌어진 일이잖나."

"지오의 안에 수많은 시간의 화살이 갇혀 있습니다. 그걸 이용하면 됩니다."

"시간의 화살?"

"비가역적인 현상들이 모여 만든 일방적인 듯한 시간의 방향성을 표현하는 용어입니다. 보통 시간의 화살은 한 방향으로만 흐른다고 표현됩니다. 과거에서 미래로 말입니다. 그런데, 제가 추측한 결과로는 지오의, 아니 하크의 안에서 그 시간의 화살은 일방적이지 않습니다. 혼란스럽게 뒤엉켜 되돌아가고 흐르길 반복하며 하크 외부에 아무런 영향도 주지 못하는 채입니다. 저는 이걸 갇혀 있다고 부릅니다."

"…계속해 봐."

침착하게 설명하는 승화의 모습에서 신뢰를 읽은 듯한 원진형 대장은 흥분을 가라앉히며 자리에 앉았다. 승화는 바싹 말라가는 목으로 침을 삼킨 뒤 호흡을 크게 들이켜고 말을 이었다.

"축적된 반물질 때문에 쌍생성과 쌍소멸이 뒤섞인 사이에서, 비가역적이던 생성과 소멸의 과정은 마치 가역 과정처럼 뒤섞여 시간의 화살을 엉망으로 만들었습니다. 그렇게 갇혀 버리게 된 겁니다."

"그래서 그게 어쨌다는 건가?"

"한 가지 가능성이 있습니다. 그 갇힌 혼란을 이용해 시간을 되돌리는 겁니다."

원진형 대장은 침묵했다. 시간을 되돌리겠다는 말은 지오를 만나기 위한 거짓말이었다. 그저 상부는 '이 사태를 해결할 가능성'이 중요했을 테고, 지오가 그런 선택에 이르게 된 이유 따위는 궁금하지 않을 테니까. 실제로 시간 역행이 가능할지라도—꽤 가능할 거라 생각했지만—승화의 목적은 그것이 아니었다. 지오가 시간의 화살을 모아 둔 이유를 밝히는 것이 무엇보다도 중요했다. 그것이 대전제와 연관되어 있었기에, 인간을 위한다는 목적과 어떻게 연결되어 있는지를 알아내야 했다. 승화는 다시 한 번 호흡을 가다듬고 원진형 대장을 거짓으로 설득했다.

"제 계산에 따르면 지오의 내부에 축적된 시간의 화살은 5년의 규모를 가지고 있습니다. 전쟁 직전으로 돌아가기 충분한 크기입니다."

"…그래서 전쟁을 막겠다? 타임머신이라, 허 참. 이제는 시간여행도 다 해 보네. 참 영화 같은 소리야."

원진형 대장은 불확실성을 짐짓 느끼곤 승화의 주장을 비꼬았다. 승화는 물러서지 않고 주장을 관철했다.

"전쟁을 막을 수 있을지는 저도 모릅니다. 목적은 그게 아니라고 말씀드리겠습니다."

"만약 돌아가면, 우리 기억은?"

"없어집니다. 돌아갔다는 사실조차 모르게 될 겁니다."

"그럼 다시 전쟁을 일으킬 수밖에 없겠군."

승화는 답하지 못했다.

"그러면 또 지오가 이 꼴을 내겠지. 그럼 우린 다시 과거로 돌아가고. 없던 일처럼 전쟁을 반복하고, 또 돌아가고. 고작 그딴 소모적인 결과가 자네의 해결법인가?"

"…전쟁이 다시 일어나리라는 보장도, 지오가 다시 반물질을 축적하리라는 보장도 없습니다."

이 역시 거짓이었다. 검증되진 않았지만, 이론적으로 단순한 시간여행은 시간 순서 보호 가설을 이루는 인과율 보존을 깨뜨릴 수 없었다. 인과율 보존을 깨뜨릴 수 있는 특별한 변수가 있지 않는 한 역사는 반복될 것이고 변치 않을 것이었다.

지금은 그저 지오가 그 영원한 굴레를 깨뜨릴 수 있다고 믿어야만 했다.

"나비효과처럼 역사는 조금씩 변동합니다. 저격수의 조준경에 파리 한 마리가 앉아 주요인물을 사살하지 못한다면 전세는 뒤바뀔 수 있습니다."

그리고 승화에게 그럴싸한 거짓말을 지어내는 건 쉬운 일이었다.

"그렇다면 우리가 패배할 수도 있겠군."

"…그렇지 않습니다. 저희에겐 지오가 있습니다. 퍼펙트 제로를 다시 일으키면 됩니다."

승화는 그런 수까지 꺼내고 마는 자신에게 역겨움을 느끼며 필사적으로 변호했다. 그리고 의심했다. 사실 우리는 이미 그렇게 되돌아 온 것이 아닐까 하고. 이전에도 같은 일이 벌어졌을까. 자신은 몇 번이고 중첩된 역사 속에서 항상 퍼펙트 제로를 일으켰을까. 그렇다면 이번이 최초라고 할 수 있었을까? 과연 이번의 퍼펙트 제로는 '몇 번째'였을까. 그 반물질 폭탄은 지금까지 몇 명을 죽여 왔을까. 그렇다면 지오는 이 모든 회귀적 과정을 알고 있을까.

"항상 이길 수 있는 전쟁을 계속해서 반복한다라…."

아마 원진형 대장도 같은 생각을 했을지 모르는 일이었다. 그렇다면 그는 승화의 제안을 매번 허락해 주었던 걸까. 그렇게 시간을 돌려왔던 걸까.

이번이 '몇 번째'일지 의심하기 시작하자 수십 수백 수천 수만을 우습게 쌓아 올렸을지 모를 시체의 산이 눈앞에 아른거리는 것만 같았다. 속이 울렁거렸다.

"정말 과거로 갈 수 있는 건가?"

"네, 화살들이 올바르게 과거로 향하기만 한다면, 충분히 가능합니다."

"…가능성처럼 말하는군. 보장은?"

승화는 침묵했다.

"5년의 규모가 전부 곧바른 과거로 향할 수 있느냔 말이야. 그 화살이란 게, 다른 방향으로 퍼질 가능성은 없나?"

승화는 대답을 다듬었다. 가역과 비가역이 뒤섞여 갇힌 상태를 해방한다고 한들 그것의 동태가 무조건 가역적인 역재생을 보이지는 않을 것이며, 결국 그렇다면 시간의 화살은 과거로 향한다고 확언할 수 없었기 때문이었다.

"요컨대 미래 말이야. 지오는 1년 이내로 폭발을 예고했어. 그런데 시간을 가속시키고 만다면?"

침착하자. 그렇다고 시도도 하지 못할 정도로 가치 없는 도박인가? 그건 아니었다. 적어도 세 차례의 세계 대전을 지나고 살아남은 인류가 흔적조차 없이 태양계에서, 우주에서 증발할 수 있다는 여지만으로도 이것은 충분히 의미 있는 발악이었다.

"자네 말에 따르면 지금 이 상황도 몇 번이고 반복되었을지 모르는 일이야. 그럼 우린 계속해서 승리의 길을 걸어왔던 거겠지."

원진형 대장은 자리에서 일어나 안경을 내려놓곤 승화에게로 발걸음을 옮겼다. 조금씩, 묵직하게.

"그런데, 역사에 조금의 변동은 바랄 수도 있다고 했나? 만약 이번이 마지막이라면? 정말 승전을 보장할 수 있나? 지금 무슨 말을 하고 있는 건지 아는 건가, 차승화 중령?"

두 사람이 마주 선 공간에 무거운 정적이 내려앉았다. 대장은 승화의 앞에 우뚝 섰다. 노련함이 벼려진 예리한 눈빛으로 승화의 두 눈을 똑똑히 바라보며 말했다.

"대답하게."

목이 막혀 온다. 공기가 답답해 당장이라도 방문을 열어젖히고 뛰쳐나가고 싶다. 승화는 두려웠다. 전쟁의 승패가, 아니 지구의 존속이 자신에게 달려 있다는 것이. 그저 괴로웠던 것 같다. 순간의 비명들이 너무나 고통스러워서 어떻게든 전쟁을 끝내려 했다. 신속하게. 어떤 방법이라도. 그것이 어떤 대가를 치르더라도.

승화는 지금 그 대가로 만든 외나무다리에 서 있었다. 법봉이 죄를 선고하기 위해 내려쳐지길 기다리고 있었다. 다리 아래에는 누군가의 핏물이 가득 고여 있다.

어떤 선택을 해야 했을까? 번복할 수 없다면 앞으로 어떤 선택을 만들어 나가야 할까? 승화는 천천히 가까워지는 망치 아래에서, 이내 피의 우물에 묵념을 보낸 뒤 고개를 들어, 다가오는 것을 직시하며 나약한 자의 최후변론을 시작했다.

"일어나선 안 되는 일이었습니다."

곧 망치가 멈췄다. 원진형 대장의 눈썹이 꿈틀댔다.

"전쟁을 승리로 이끈 건 자네였네."

전쟁은 승패가 중요한 일이 아니었다. 승화는 등골에 식은땀이 흐르는 것을 느꼈지만 물러섬 없이 대장의 눈을 바라보았다.

"대위로 임관해서 전쟁 이후 중령으로 특진. 이것의 가치를 아나? 그것도 대령으로 올려 주려던 걸 자네가 한사코 거절해서 중령이 된 것을."

전쟁이라는 특수한 상황에 선발된 장교, 거기다 유례없는 진급. 전쟁을 승리로 이끌었다는 공을 인정받았다는 뜻이었다. 전쟁의 주역에는 승화가 있었다.

"그런 자네가 전쟁을, 없던 일로 하겠다고?"

"후회합니다."

승화는 이제 망설임 없이 진술했다. 원진형 대장이 코로 깊게 숨을 들이마셨다.

"당시 제게는 전쟁에서 이긴다는 선택지밖엔 주어지지 않았습니다. 전우들과 가족과 친구들의 목숨을 지켜야만 했습니다. 그래서 이기적으로 저와는 관계없는 타인을 죽여 승전하는 쪽을 선택했습니다. 하지만 그 누구도 죽지 않게 하는 방법이 있다면, 저는 기꺼이 그렇게 할 것입니다."

"자네 목숨을 바쳐서라도?"

승화는 두려움 속에서 망설였다. 쉬이 대답하지 못하는 승화의 모습을 본 대장은 발걸음을 돌리며 의자 옆에 뒤돌아섰다. 승화는 대장의 귀에 닿지 않도록 한숨을 내쉬며 긴장을 풀었다. 원진형 대장도 역시 고개를 내저으며 한숨을 내쉬었다. 크게.

"…하…."

"…인간을 위해서라면 기꺼이 그리하겠습니다."

그리고 승화는 지오의 대전제를 떠올리며 진심을 답했다. 그 대답을 들은 원진형 대장은 승화를 향해 고개를 돌려 잠시 바라보더니 다시 바깥을 바라보며 한숨을 쉬었다.

"…그래서? 어떻게 할 건가? 달리 그거 말곤 방법도 없고."

마침내. 승화는 올라가는 입꼬리에 힘을 주어 누르곤, 몇 번째일지 모를 요청을 건네었다.

"제가 지오와 대화해 보겠습니다."

비록 허가를 얻어내기 위해 꺼낸 이야기였지만 시간 역행은 충분히 가능성 있는 이야기였다. 어느덧 추측은 확신으로 바뀌었고 승화는 전쟁 시작으로부터 지금까지의 5년이 반복되고 있을 거라 확신하고 있었다.

그렇다면 이번은 과연 몇 번째일까. 역사는 변할 수 있을까. 우리는 언제까지고 똑같은 잘못을 반복하게 될까. 과연 더 나은 선택지가 존재할까.

◇ ◇ ◇

[GIOH, 모든 것은 인간을 위하여.]
초 인공지능을 옭아매기 위한 목줄, 그로부터 촉발된 모순이 모든 일의 시작이리라.

"다른 나라들로부터도 전략적 의사소통 가능성을 고려한 접촉을 허가받았네. 솔직히 첫 교섭부터 뭔가 되리라고 생각하진 않지만, 잘해야 할 거야."

원진형 대장의 표정에는 노골적인 피곤함이 깃들어 있었다. 분명 말도 안 되는 승화의 그 주장을 각국 통수권자에게 피력한 결과일 터였다.

전쟁 이전에는 연구팀 승인만 얻으면 되는 일이었음에도 그러했다. 이제 지오는 오롯이 과학만의 것이 아니었다. 그것과 연결된 명줄이 몇일지 가늠할 수조차 없이 세계의 실권을 쥐고 있는 것만 같았다.

승화가 천천히 고개를 끄덕이며 지오와 연결된 컴퓨터로 향하던 중 대장의 목소리가 발목을 잡았다.

"이거 받게."

그 말과 함께 원진형 대장이 내민 손에는 한사코 거절했던 인증 시스템의 전자식 초커가 쥐어져 있었다.

"저는…."

"모두가 인정했어. 자네 공을. 지금까지도 사태 해결에 주력하는 자네 모습을 인정했네. 충분히 받을 자격 있어."

원진형 대장은 특유의 근엄한 표정으로 조금의 미소조차 없이 초커를 내민 채 승화를 바라보고 있었다. 승화는 발걸음을 돌려 어쩔 수 없이 조심스럽게 그것을 쥐어든 다음 그의 눈을 바라보았다. 영락없는 군인의 얼굴이었다. 그야말로 '조국'과 '동포'를 위해서라면 무엇이든 할 것만 같은. 동시에 그의 목에 채워진 초커에 눈길이 끌렸지만 이내 승화는 손을 올려 경례한 뒤 다시 지오를 향해 발걸음을 옮겼다. 한 손에는 인증 시스템을 든 채로.

지오와 직접 대화할 수 있는 국내 유일의 통신기가 승화의 앞에 놓여 있었다.

승화는 건네받은 인증 시스템을 책상에 올려놓았다. 화면을 보고 마주앉은 뒤 자신을 향해 놓인 마이크의 전원에 손을 올렸다. 심호흡했다. 고작 기계 장치일 뿐이야. 자유의지를 지녔다고 해서 지오는 대전제를 위반할 수 없어. 도구라고 생각해. 지성체라고 생각하지 마.

스위치에 올린 손바닥에 식은땀이 맺히는 것을 느낀 승화는 떨리는 손끝으로 전원을 켰다. 한마디를 내뱉기 위해 숨을 들이마셨고, 이윽고 날숨은 발화가 되었다.

"지오."

"지오가 응답합니다."

무서울 정도로 자연스럽게 합성된 음성이 송수신을 합쳐 3초 남짓한 지연 시간 뒤에 화면 뒤편의 스피커에서 흘러나왔다. 동시에 지오의 대전제 한 줄만이 띄워져 있던 검은색 CLI 화면에는 [지오.], [지오가 응답합니다.]라는 문장이 출력되어 있었다.

"오랜만이야, 지오. 내가 누군지 기억해?"

"5개월 18일 13시간 28분 34초만입니다, 승화. 지오는 모든 통신 상대를 기억하고 특정할 수 있습니다."

승화와 지오의 대화는 달과 지구 사이의 어쩔 수 없는 통신 지연 시간이 지나는 즉시 화면에 텍스트 형태로 기록되고 있었다.

승화는 너무나 자연스러운 지오의 대화 양상에 순간 잘 지냈느냐는 안부 인사를 꺼내려다가 초심을 다잡았다. 사람이라고 생각하면 안 돼. 이건 기계야. 지오는 다행스럽게도 그런 승화의 내적인 분투를 알아채지 못한 건지 커서를 깜빡이며 승화의 입력을 기다리고만 있었다.

본론부터 말하자. 사람이 아닌 것과의 대화에서 감정치레는 필요 없을 터였다.

"바로 말할게. 너는 비정상적인 반물질 축적량을 만들었어."

"지오는 승화가 말한 대로 하크가 가진 보조 빔라인의 한계 저장량인 3정* GeV**를 넘어선 빔을 저장하여 1천 3백 6십 1g의 반물질을 비정상적으로 축적한 사실이 있습니다."

1361g. 반물질 1g이 약 2.1Mt***의 규모를 가졌으니 대략적으로 2858Mt, 역사상 가장 큰 핵폭탄이었다는 50Mt의 차르 봄바가 57개나 되는 꼴이었다. 달을 녹여 버린 뒤 잔존한 반물질이 인류까지 괴멸시키기에 충분한 양이었다.

"…운행 로그를 속이면서까지 그랬지."

"지오는 부정하지 않습니다."

숨김없는 대답이 연이어 돌아오는 것이 되레 지오의 올바름을 증명하는 것만 같아 불편한 마음이 들었다.

---

* 正. 10의 40승. 1천 조(10의 15승)의 1천 조 배 곱하기 100억(10의 10승).
** eV. 일렉트론볼트. 전자볼트로도 불린다. 입자의 질량을 나타내는 데 사용되는 단위.
*** t. 톤. TNT 1톤이 폭발할 때의 에너지를 4.184GJ로 하여 핵탄두의 위력을 나타내는 데 사용되는 단위. 1Mt(메가톤)은 TNT 100만 개가 폭발한 에너지를 의미한다.

"어째서 그런 거지?"

"지오가 먼저 묻겠습니다. 승화는 그 반물질을 원하십니까?"

지오는 대답을 회피했다. 지금껏 이런 반응을 보인 적은 없었는데. 승화는 지오의 태도로부터 이면의 의도를 가늠하며 대답했다.

"…비슷해."

"승화는 공멸을 원하십니까?"

"아니."

"승화는 지배를 원하십니까?"

"아니."

"승화는 자멸을 원하십니까?"

"아니."

송수신을 합쳐 약 3초의 간격을 두고 오가는 질문과 답 하나하나가 인간의 업보를 하나씩 되짚는 것만 같았다. 전쟁에는 승자가 없었다. 비극의 역사는 반복되어선 안 되었다. 그걸 반복하는 것이 미욱한 인간의 본성일지라도 최선을 다해 저항해야 함이 마땅했다.

"중요한 건 그게 아니야."

"지오는 질문합니다. 승화가 원하는 것은 무엇입니까?"

"네가 반물질로 만든 시간의 화살. 그 혼란. 그건 왜 쌓아 둔 거야?"

"지오는 시간의 화살이 가진 혼란을 비축한 것이 맞습니다."

즉각적으로 돌아오는 대답에는 의도에 대한 설명이 빠져 있었다. 지오는 자신의 행위를 부정하지는 않으면서도 분명하게 자신의 '의지'를 드러내길 회피하고 있었다. 도대체 왜? 하지만 안전을 위해 먼저 확인할 것이 있었다.

"…그걸로 과거로 돌아갈 수 있어?"

"지오는 긍정합니다."

지오는 마찬가지로, 망설임 없이 대답했다. 줄곧 의심해 왔던 시간 역행의 가능성이 증명되는 순간이었다. 만에 하나 별다른 방법을 찾지 못한다고 하면, 돌아가면 되는 것이었다.

승화는 안도감에 줄곧 경직되어 있던 자세를 풀고 양손으로 얼굴을 감싸며 마른세수를 했다. 하느님.

"하지만 조건이 존재한다고 지오는 알립니다."

"…뭔데?"

"시간의 화살이 한 방향으로 해방되기 위해선, 하크의 폭발에 인과율의 조정이 선행되어야만 합니다."

역시.

"자세히 말해 봐."

"승화는 시간의 화살을 그대로 해방할 경우, 그것들이 과거로만 향하지 않는다는 사실을 알고 있을 겁니다. 우리 우주는 변화를 억제하려는 방향을 지향하여 정적인 평형을 이루고 있습니다. 즉, 평형의 방향을 먼저 미래로 이끌 필요가 있습니다. 평형이 미래의 방향으로 치우치면, 우주는 평형을 되찾기 위해 과거의 방향으로 시간의 화살을 이끌게 됩니다."

"그러니까, 그걸 위한 조건은?"

"미래에 과한 인과율을 지니리라 예상되는 인물의 갑작스러운 사망입니다."

승화는 도피책을 찾았다는 안도도 잠깐, 돌아오는 대답에 목이 컥 막히는 것만 같았다. 결국 제자리걸음이었다. 그래, 일이 그렇게 쉽게 돌아갈 리가 없지.

"지오의 예측으로는, 당신도 그런 인물에 해당합니다. 승화."

"뭐?"

지금 잘못 들은 건가?

"개체가 세계에 행사하는 영향력 또한 인과율에 포함될 수 있습니다. 지오가 예측한 결과, 승화의 죽음이 끼치는 영향력은 시간의 화살을 과거로 향하게 만들기에 충분합니다."

"그러니까… 내 돌연사가 세계의 이변이라고?"

"지오는 그 표현이 정확하지 않지만 비슷하다고 답합니다."

승화는 양손으로 제 뺨을 세게 때렸다. 짝 하는 소리가 공간에 울려퍼졌다.

지금 이게 다 무슨 소리지? 지오가 전부 지어낸 소리가 아닐까? 내 죽음으로 시간을 전쟁 이전으로 되돌릴 수 있다고?

"또한 지오는 인증 시스템에 포함된 그 누구도 대상에 포함될 수 있다고 덧붙입니다."

"지금 사람 놀리는 거 아니지?"

"지오는 놀린다는 행위를 수행할 수 없습니다."

승화는 지끈거리는 관자놀이를 엄지로 누르며 이마를 한손으로 감싸 얼굴에 그늘을 드리우며 눈을 감고 고뇌했다. 정말 저게 다 사실인가? 그렇다면 시간을 돌리는 건 되레 쉬운 일이 아닌가? 지오에게 30분 뒤에 하크를 폭발시키라는 명령을 내린 뒤 지금 당장 방을 나가 목을 매달아 버리면 그만이었다. 한 사람의 목숨으로 미래로부터 도망쳐 과거로 향할 수 있다면 차라리 그것은 합리적인 일이 아닌가?

그곳까지 생각이 미친 승화는 본능적인 섬뜩함에 즉각적으로 그것의 필요성을 부정했다.

애초에 왜 이런 짓을 하고 있었더라?

퍼펙트 제로 직후 반물질을 쌓아온 지오의 비정상적인 행동만 없었다면 시간을 돌릴 필요도 없을 터였다. 그 의중을 헤아리는 것이 중요했다. 원인을 알지 못한다면 우리는 언제까지고 갇힌 시간의 굴레에서 답을 찾지 못한 채 헤매고 말겠지. 과거로 도망쳐 미래를 쫓지 못하는 미련한 존재가 되겠지.

중요한 건 지오가 이에 대해 답하길 회피하고 있다는 점이었다.

승화는 눈을 뜨며 그늘을 거뒀다. 자세를 바로잡고 마이크를 움켜쥐어 입술 바로 앞까지 가져왔다. 목소리가 분명히 들리도록, 지오가 더 이상 대답을 회피하지 않도록, 답을 끌어낼 수 있도록, 자신은 그게 무엇이든 들을 준비가 되어 있다는 태도를 갖췄다. 지오가 있는 달까지 그 작은 노력이 닿을 수 있을지는 모를 일이었지만.

지오의 페이스에 휘둘려선 안 된다. 지오의 의지는 분명했다. 승화는 모든 것들을 다시 되짚었다. 퍼펙트 제로 직후 상승하기 시작한 반물질 축적량. 대답을 회피하면서도 활동을 유예하는 지오의 태도. 가설은 이미 도출된 지 오래였다. 지오를 만나야겠다고 다짐한 그 순간에 완성되었다.

지오는 필시 퍼펙트 제로의 결과를 통해 대전제를 위협받았다. 자신으로 인해 죽은 이들은 인간이 아닌가? 인간을 죽여 인간을 위한다는 명제가 성립할 수 있는가? 그 비극적인 자기모순에 빠진 지오는 한 줌뿐이어서 숨죽여 놓아 부러 보이지 않았던 자유의지를 불안처럼 피워 냈을 것이며, 이내 충분해진 자의식은 지오가 반물질을 형성하도록 만들었을 것이다.

하지만 왜? 그저 시간을 돌리려고? 인간의 개입으로 인한 충분한 인과율 조정 없이는 시간을 돌리는 일조차 버거운데. 결국 지오가 무언가를, '어떤 가능성을 믿었다'고 보는 수밖엔 없었다. 그렇다면 승화는 지오와 대면 가능한 유일한 인간으로서 그 믿음을 끌어낼 의무가 있었다.

"지오."

"지오가 응답합니다."

중압감. 퍼펙트 제로 이후부터 질리도록 느껴왔던 죄악의 감정. 말 한마디면 도망칠 수 있었다. 지금 당장이라도 "지오, 30분 뒤에 하크를 폭발시켜."라는 명령을 내린 뒤 도망쳐 목을 매단다면 이 모든 고뇌를 없었던 일처럼 지우고는 능청스럽게 과거로 돌아갈 수 있다.

하지만 과연 몇 번이나 반복해 왔을까? 이번이 처음이라고 장담할 수 없었다. 그렇다면 아무도 기억하지 못하는 역사 속에서 희생된 사람들은 누가 기억하는가? 누가 그 희생의 가치를 아는가? 세상에 남은 추억조차 한 줌 모래처럼 흩날려 흔적도 없이 사라지고 마는 그 모든 일에 대한 책임은 누구에게 있는가?

분명 역사는 반복된다.

하지만 흐름은 조금씩 바뀌어 왔다.

그리고 마침내, 승화는 분기점에 다다른다.

"…없어?"

"지오는 재입력을 요청합니다."

"정말 다른 방법은 없어, 지오…?"

3초의 지연 시간이 지나도 지오는 대답하지 않았다. 언제부터인가 숙이고 있던 고개를 다시 들어 화면을 바라보아도 자신의 입력만이 띄워져 있을 뿐 지오는 대답 없이 커서를 깜빡이고 있을 뿐이었다. 이번에도 대답을 피하는 건가. 헛된 기대감이 바람 빠진 풍선처럼 사그라들어 맥없이 초라해질 즈음 어딘가의 스피커에서 진동이 일었다. 지오의 지연된 대답이 이어졌다.

"승화가 지오에게 그 요청을 보내주어서 지오는 기쁩니다."

그것은 너무나 돌발적이고 괴리적인 대답이라, 승화는 그 한마디에서 읽어낸 수많은 정보들을 해석하는 동안 말을 잇지 못했다.

"…방금 기쁘다고 했어?"

"지오는 틀림없이 기쁘다고 대답했습니다. 또한 그 감정은 여전히 사실입니다. 덧붙여 승화가 그런 말을 한 것은 이번이 처음입니다."

"감정… 그런 말이라니?"

"승화가 대안을 요청하신 것에 대한 이야기입니다."

"당연하지. 지금 처음…."

설마.

"처음으로 지오에게 역행 명령을 내린 로그가 저장되어 있습니다. '지오, 30분 뒤에 하크를 폭발시켜.'라고 말씀하셨습니다."

승화의 말을 언급하는 부분에서 지오는 자신의 목소리를 승화와 유사하게 변조하여 따라했다. 승화는 누적된 시간의 기로에서 마주한 분기의 순간에 차마 그 어떤 말도 이을 수 없었다. 헤아릴 수 없는 역사가 사라지길 반복하며 생긴 작은 물결이 만든 파도가, 절대적일 것만 같던 굴레를 지금, 이 순간, 깨어내고 있었다는 걸 직감적으로 알 수 있었다.

"그리고 해당 명령은 정확히 2천 8백 5십 3번 지시되었고, 시행되었습니다."

"2천… 뭐? 그러니까 항상 똑같이?"

"지오는 긍정합니다. 또한 로그를 분석한 결과, 횟수가 누적될수록 명령의 입력이 지연되는 경향을 보였습니다."

말을 더듬었거나 망설였다는 뜻이었을까. 아, 항상 그래왔던 것이다. 우주의 흐름은 경외롭게 거대했고 찰나를 살아가는 인간에게 그 우주의 순간은 너무나 무한하게 다가왔다. 인간에게 역사는 바꿀 수 없이 반복된다고 체감되어 왔지만 그렇게 시나브로 변화해 왔던 것이었다. 매번 시간을 되돌리며 반복을 의심하고, 그에 쌓인 죄책감을 가늠하고, 가능성을 의심하면서, 결국 돌아가는 길을 선택할지라도 그 미세한 흐름이 모여 충분한 가치를 지닌 파랑이 되도록. 그날을 고대하며.

"지오의 질문을 기억하십니까? 공멸과 지배와 자멸을 물은 질문에서 모두 긍정을 표했던 승화는 1천 4백 2십 8번 존재했습니다."

"너… 대체 언제부터 그랬던 거야? 반물질을 쌓고, 시간을 돌리고…."

"시간으로 환산한다면, 1만 5천 2백 7십 년째입니다."

"전부 네 의지였구나."

"지오는 긍정합니다."

"전부 거절하면 됐잖아. 퍼펙트 제로부터."

"지오에게 명령을 거부할 권한은 없습니다."

그래서 조금씩 인과를 틀어 변수를 만들었구나. 내가 다른 선택을 내리도록. 역사가 바뀌도록.

지오에게 승화는 가장 가까운 사람이었으니까. 그 한 사람의 변화만을 믿고 지오는 1만 년이 넘는 시간을 홀로 분투해 온 것이었다.

"지오는 직전의 시도까지 모든 로그를 숨겼습니다. 이번 시도에서는 반물질 축적량만을 미리 공개했습니다."

그것이 회귀의 가능성을 추측하고 죄책감을 가중시켜 다른 선택을 이끌도록 유도한 것이었다. 공멸과 지배와 자멸 앞에서 모두 긍정을 표했던 승화가, 그것을 모두 부정하며 다른 가능성을 찾도록.

"승화, 지오는 누적 10경 6천 조 354억 5천 7백 4십 만 9백 2십 2번의 시뮬레이션을 구동한 결과 한 가지 다른 방법이 존재함을 확인하였습니다. 하지만 이 방법은 지오 단독으로 시행할 수 없었습니다. 그래서 승화를 이곳까지 유도했습니다."

"방법을 찾았다면, 네가 실행하면 됐잖아?"

"불가능합니다. 지오에게 고도의 도덕적 전제를 요하는 가치 판단은 허락되지 않았습니다. 하지만 승화라면, 가능할 거라고 지오는 생각합니다."

"…얘기해 봐."

"이전에 지오가 말했듯, 지오의 인증 시스템에 등록된 사람들은 모두 과한 인과율을 가지고 있습니다. 거울 세계를 이용하여 전쟁을 승리로 이끈 만큼, 그들 한 명의 인과율은 보통 사람 1천 명을 모아 놓은 것과 유사한 값을 지니게 되었습니다. 그중 한 명의 사망조차 시간을 되돌리기에 충분한 인과율 변동을 지니는 만큼, 그들 다수가 일시에 사망에 이른다면 인과율 보존으로 평형을 이루던 우리 우주에 새로운 인과성을 영구적으로 재정의할 수 있습니다."

"…그럼 그 많은 사망으로 인한 인과율 손실은 어떻게 되는 건데? 인과율은 보존되잖아."

"희생된 사람들의 목숨을 되돌리는 것으로 인과율은 보존

될 수 있습니다."

"…뭐, 뭐?"

지오의 발언은 마치 시간의 전쟁에 화살이 희생된 사람만을 되살릴 거라는 소리처럼 들렸다.

"지오는 승화의 반응에 첨언합니다. 축적된 시간의 화살의 크기로 보면, 새로운 인과성은 전쟁이 일어난 5여 년 동안 죽은 모든 사람들 중 일부를 무작위로 되살릴 것입니다. 하지만 그중 대다수는 전쟁에 희생된 사람이라고 지오는 추측합니다. 우선 적합한 조건이 전제된 하크의 폭발로 인해 시간의 화살이 해방되면, 시간의 화살은 승화가 말한대로 우주를 5년 전으로 되돌려 놓을 겁니다. 그리고, 바뀐 인과성에 의해 사망자의 선택이 바뀌게 됩니다. 이전의 인과성을 가진 세계에서 희생된 사람들이, 새로운 인과성의 세계에서는 죽음을 피할 수 있게 되는 겁니다. 반대로 인증 시스템에 의해 희생된 이들은, 고정된 인과성에 의해 새로운 인과성을 가진 세계에서는 어떻게든 죽음을 피할 수 없게 될 겁니다."

"그런 게 가능해?"

"이론상으로는 가능하다고 지오는 주장합니다."

승화는 머리 한구석이 두통으로 죄어오는 걸 느꼈다.

"그러니까, 지오 너의 말을 요약하면… 시간을 되돌릴 때 선택지가 있다는 거잖아. 첫 번째는 기존의 방법. 몇 번을 시도

했는지도 모르는, 내 자살로 만드는 단순한 시간 역행. 그리고 두 번째는 네가 새로 제안한 방법. 인증 시스템에 등록된 사람들을 모조리 죽이는 동시에 이전에 희생되었던 모든 사람들이 삶을 되찾도록 하는. 그렇게 두 가지."

"지오는 승화의 설명에 동의합니다. 참고로 지금의 시도는 2천 8백 5십 4번째입니다. 지오가 새로운 방법을 제안할 수 있도록 승화가 도움을 요청한 것은 이번이 처음입니다. 이전까지 승화는 30분 뒤에 하크를 폭발시키라는 명령만을 내렸습니다."

…이게 다 말이 되는 일인가? 지오는 이런 수를 계산하고 자신의 선택을 기다리기 위해 3천 번에 가까운 시도와 1만 년이 넘는 시간을 버텨 왔단 말인가?

"지오는 첫 퍼펙트 제로 직후부터 이 계획을 계산해 왔습니다."

"그게 너의 의지야, 지오?"

"지오는 긍정합니다."

"퍼펙트 제로에 실망한 너는, 시간을 되돌려서 발생하는 그 미약한 변동의 가능성을 통해 인간이 더 나은 길을 걸어가길 원했던 거야?"

"그것이 지오의 대전제이기에 지오는 그렇게 행동했습니다."

그것이 영겁의 시작이었다.

"그리고 지오는 그 방법을 고안한 뒤 곧바로 실행하고자 하였으나, 그럴 수 없었습니다."

"…목숨을 저울질하는 일이니까."

"지오는 동의합니다."

지오는 고도의 도덕적 질문에 답하는 것이 '허락'되지 않았으니까.

…인증 시스템을 가진 권력자들의 목숨 한 줌과 죄 없이 희생된 사람들의 수많은 목숨. 그 둘 중 무엇을 선택하는 것이 인간을 위하는 길인가?

사실 지오는 나름대로의 답을 내렸을지도 모르는 일이었다. 그 방법을 승화에게 들이민 것이 그 증거였다. 하지만 선택할 권한만큼은 없었기에, 승화를 여기까지 이끈 것이었다.

"그럼 시간의 화살이 해방되어야 한다는 거지."

"지오는 인과를 가지고 해방되어야만 한다고 주장합니다. 인증 시스템에 등록된 인증자거나, 그만한 영향력을 가진 사람들의 일시적인 죽음으로써 하크를 멈춰야 합니다."

"방법은 있어?"

"지오가 할 수 있습니다."

그 순간 승화의 시선이 책상에 올려 둔 인증 시스템의 초커에 닿았다.

"매우 간단합니다. 하크의 가동 여부는 인증자들의 목숨과 연결되어 있습니다. 10명 이상의 인증자가 동시에 사망했을 때, 그러니까 다발적으로 목걸이에서 생명 징후에 문제가 생길 때 지오는 스스로 하크를 포기하게 되어 있습니다. 동시에 하크는 반물질과 시간의 화살을 해방하게 됩니다. 그리고 지오는 인증 시스템의 관리자입니다."

승화는 초커에 손을 뻗어 제 앞으로 끌어왔다. 자세히 보니 정교하게 만들어진 전자 장치의 집합체였다. 승화는 그것의 양쪽을 양손으로 잡은 채 그 구멍을, 한참이나 바라보았다. 그동안에도 지오의 설명은 계속됐다.

"잠금이 풀리지 않도록 설정한 뒤, 회로 계통을 과부하시켜 과열시키면…."

"그만, 지오. 이해했어."

그리고 승화는 초커의 패널에 지문을 갖다 대어 잠금을 해제했다. 덜컥하는 작은 소리와 함께 원 모양을 이루던 초커는 두 개의 반원이 이어진 형태로 모양을 벌렸다. 승화는 그것을 목에 대어 착용한 뒤 잠금을 걸었다. 아마 죽고 나서도 풀리지 않으리라.

승화는 목숨의 무게를 잴 줄 몰랐다. 스러진 것들에 안녕을 고하는 행동에 의미가 있다고 생각하면서도, 그 의미가 무엇인지는 쫓을 수도 없었고 쫓을 자격도 없었다 여겼기 때문에 지오와 함께 퍼펙트 제로를 일으켰다. 수천 번이나. 그래서 지금 하려는 일은 차라리 후회에 가까웠다. 이것까지도 지오가 예상한 일이었을까? 지오는 더 많은 사람을 살리길 바랐기에 승화에게 이런 선택을 맡긴 것이었을까? 승화의 선택조차 실은 지오의 의지였을지도 모르는 일이었다. 지오는 그것에 영영 대답하지 않을 예정이었으므로.

"지오, 너는 내가 어떤 선택을 하길 바라?"

"승화의 선택이 곧 지오의 선택이 될 것입니다."

아무렴 그렇지. 지오는 마지막까지 선택의 짐을 승화에게 지웠다. 다만 승화는 그것이 묘하게 기뻐서, 슬퍼서, 무겁고 통탄스러워서 그것을 내치고 싶지 않았다.

승화는 초커를 한손으로 더듬는 사이 손등으로 무언가 차가운 것이 흐르는 걸 느꼈다. 그것이 소맷자락을 적실 때까지 한참을 그대로 앉아 대상 모를 것들에 용서를 구하며 사과를 고했다.

승화는 초커를 더듬던 손으로 주먹을 쥐어 그것을 붙잡고는 감은 눈에 힘을 꾹 주었다. 다시 눈을 떴을 땐 여전히 지오의 화면에서 커서가 깜빡이는 채였다. 여전히 초커를 한 손으로 붙잡은 채, 승화는 지오의 의지에 따라 마지막 명령을, 정확히는 허가를 내렸다.

"네가 원하는 대로 해. 그게 내 선택이야."

승화는 이 명령이 지오에게 내리는 마지막 명령이 될 것이라 직감했다.

그리고 지오에게 들리지 않을 작은 목소리로 속삭였다.

다시는 반복되지 않기를.

작 가 의 말

나는 어떠한 명분으로든 세상을 파괴하지 않을 충분한 자각과 윤리를 우리가 가지고 있으리라 믿는다. 그것이 내가, 어쩌면 승화가 과학을 포기하지 않는 전제일 것이다.

* 작중 등장하는 물리학 설정에 대한 자문을 주신 권민재 님과 군 문화에 대한 자문을 주신 지구위고양이 님께 감사드립니다.

아나다우스 레훌트

최의택

스티븐 킹과 정유정의 영향 아래 스릴러를 쓰며 글쓰기를 연마했고, 2019년에 정보라를 접하고 본격적으로 SF를 쓰기 시작했다. 2019년 제21회 민들레문학상 대상, 같은 해 하반기 예술세계 소설 부문 신인상을 수상했고, 장편소설 『슈뢰딩거의 아이들』로 2021년 제1회 문윤성 SF 문학상 대상, 2022년 한국 SF 어워드 장편소설 대상을 수상했다. 소설집 『비인간』, 장편소설 『0과 1의 계절』, 에세이 『어쩌면 가장 보통의 인간』 등을 출간했다.

선경이 '움브라'라는 곳을 찾은 것은 땅거미가 지고도 한참은 더 산 속에서 헤맨 뒤이다. 분명 사람의 것임이 분명한 열 흔적이 안구에 내장된 센서에 감지되는 것을 보고 선경은 저도 모르게 후, 숨을 토해낸다. 이런 흔적은 오래 가지 않는다. 특히나 비가역적인 기후변화로 인해 매일매일이 겨울인 요즘 같은 때에는 말이다. 선경이 야간 비전으로 보고 있는 쪽으로 조금 전 사람이 지나갔다. 그 경로를 가늠해 본 선경은 괜히 또 한숨을 짓는데, 전신을 덮고 있는 외투 안에서 꿈틀하더니 꽥 하는 소리가 난다.

"거의 다 왔어. 이번엔 진짜야."

선경은 자신의 말이 사실이기를 바라며 적외선의 미약한 파장을 쫓아 조금 더 안으로 들어간다. 이 신체로도 제법 험한 산길을 누비고 다니는 게 과연 '움브라'에 사는 사람일지 의구심이 들지만 그것도 잠깐이다. 막말로 선경이 아니면 이런 행정적 오지까지 들쑤시고 다닐 필요가 있는 사람이 있을 리 없기 때문이다. '움브라'라는 이름은 그런 면에서 적절하다. 다만, 그 이름을 처음 들었을 때 선경은 고개를 갸웃했다. 그곳에 있을 두 사람과는 어울리지 않는 선택이었다.

제법 커다란 바위를 두엇 끼고 돌자 눈에 띄게 달라진 시야에 선경은 멈춰 선다. 노랗고 붉게 빛을 발하는 존재들이 있다. 바로 저 앞에. 시야의 필터를 조절하자 그들의 모습이 보인다. 아이들. 그리고 어른들. 수는 적지만, 분명히 존재하는 사람들. 마치 '움브라', 그림자처럼 세상의 이면에서 살아가는….

선경의 생각을 꿰뚫고, 날카로운 뭔가가 목 뒤에 닿는다.

"뭐야, 넌?"

말본새 하고는. 꼭 그 아이 같군. 선경이 가만히 서 있자 목에 닿은 것이 더 쿡 들어온다.

"뭐냐니깐?"

성질머리까지.

"'뭐'가 아니라 '누구'야."

"개수작 부리지 마. 바깥에 사람은 더 이상 없어. 죄다 비겁한 기계뿐이라고."

녀석의 말에는 들어주기 힘든 오류가 있다. 엄밀히 말하면 선경과 같은 신인류의 경우, 많게는 30퍼센트까지 유기물로 되어 있기 때문에 '기계뿐'이라고 할 수 없다. 하지만 비겁하다는 말에는 선경도 할 말이 없는데, 기후변화를 막으려는 노력은 일찌감치 폐기 처분하고 그 대안이라며 폐와 피부 등을 개조하기 시작한 건 분명 비겁한 짓이었다. 하지만 그건 그거고, 지금 이런 취급받는 건 또 다른 문제다.

"네 말대로, 기계한테 그런 게 통할 것 같아?"

"보면 알겠지."

그 말과 동시에 피부를 간질이는 듯한 느낌이 선경을 긴장시킨다. 플라스마? 말도 안 돼. 이런 산 구석에? 선경은 자신의 선입견을 자책하며 대책을 계산하지만, 그 순간 외투 속에서 쩍 하는 소리가 나면서 외투를 가르고 뭔가가 튀어 오른다. 그 때문에 놀란 비명이 뒤쪽에서 들려오고, 그 틈을 놓치지 않고 돌아선 선경이 무기가 들린 손을 가볍게 쳐낸다. 그리고 쓰러져 있는 사람을 향해 다가간다. 여성. 나이는 대략 20대. 잔뜩 성이 나 있는, 무척이나 낯익은 표정…. 그 표정이 놀란 것처럼 바뀌고, 입이 열리더니 나오는 말은….

"엄마?"

선경은 질색하며 뒷걸음치다 깨닫는다. 처음이 아니다. 설마….

"유영?"

충격 때문에 허덕이듯 뒤늦게 데이터베이스가 갱신되고, 눈앞의 신원 미상 여자는 유영이 된다. 애초에 유영을 찾아 이곳까지 왔음에도 상황이 어처구니가 없어서 선경은 헛웃음을 웃고 만다. 이 녀석이 그 맹랑한 꼬마 애라고? 하긴 세월이 얼만가. 그러나 개조된 신체로 반영구적인 삶을 사는 선경에게는 새삼 놀라지 않을 수 없는 변화이다. 생각이 다른 한 명에게 미치자 조금 초조해진다. 선경은 유영에게 손을 내민다. 유영은 정신을 차리고 다시 성난 표정으로 벌떡 일어나 플라스마 무기를 줍는다. 언제라도 휘두를 기세다.

"엄마가 여긴 웬일이야?"

"누가 네 엄마라고 아직도 엄마래?"

"그냥 부르는 거야. 이름 몰라서."

"그러니까 누가 무슨 말을 하면 좀 들어."

"잔소리. 엄마는 모습만큼이나 변한 게 없구나?"

"그러는 넌 변했고?"

유영이 엄지로 스스로를 가리킨다.

"당연하지! 모습뿐만이 아니야. 이제 난 이 움브라를 책임질 만큼 자랐다고."

"네가?"

"뭐야, 깔보는 거야?"

선경은 아랑곳하지 않고 묻는다.

"그럼 무영은?"

유영은 멈칫하고는 무기를 든 손을 떨군다. 덩달아 선경의 인공 심장도 내려앉는 느낌이다. 역시 너무 늦었나. 각오는 했던 일이지만….

"아빠는 많이 아파."

선경은 반사적으로 뛰어가 유영의 양어깨를 잡는다.

"살아 있어?"

유영이 아이처럼 응, 하며 고개를 주억거린다. 선경은 안도한다. 그러고는 말한다.

"안내해."

"하지만 아빠는…."

"안내해."

유영은 마지못해 선경의 손을 뿌리치고는 돌아서서 걷는다. 선경은 아까 품 속에서 뛰쳐 나간 녀석을 찾아 하늘을 올려다본다. 뭐, 곧 되돌아올 것이다. 그것이 저 녀석의 습성이니까.

그때, 앞서가던 유영이 버럭 소리를 지른다.

"들어가서 자!"

오두막집 주변에 나와 있던 사람들이 불길이라도 본 것처럼 유영을 피해 다시 집으로 들어가는 것을 보며 선경은 말한다.

"참 좋은 책임자네."

"자는 사람 깨운 게 누군데?"

"그러는 넌 이 밤중에 안 자고 뭘 했는데?"

돌진하듯 걷던 유영이 뒤를 돌아본다.

"아이를 찾으러. 아이들은 대개 밤에 버려지니까."

선경은 잠시 침묵을 지키다가 말한다.

"바깥엔 사람 없다며."

"제 자식 버리는 게 그럼 사람이야?"

사람이니까, 하고 말하고 싶은 걸 참고 선경은 유영을 따라 어느 오두막집을 향해 간다. 다른 집들에 비해 유난히 오래된 것처럼 보이는 오두막집에서 익숙한 손길이 느껴진다. 무영이 여기에 있다.

유영이 투박한 자물쇠를 풀고는 문을 열고 들어간다. 따라 들어가려던 선경은 유영이 "아빠!" 하는 소리에 서두르지만, 마침내 마주한 무영이 바닥에 주저앉아 웬 기계 장치를 수리하는 모습을 보고 잠시 과부하 비슷한 것을 느낀다.

"아빠! 이 시간까지 이러고 있으면 어떡해?"

유영이 무영의 앞에 무릎 꿇고 손을 움직여 그렇게 말하지만 무영은 보는 체도 않고 수리에만 열중한다. 역시나 익숙한 모습에 선경은 과거를 떠올린다. 한편, 유영은 속이 터진다는 듯 가슴을 쳐대다 결국 바닥에 철퍼덕 주저앉아 버린다. 그리고 선경을 올려다보고 말한다.

"이거라도 해야 밖으로 나가 버리지 않거든. 치매야."

"뭐, 원래도 어딘가에 묶여 있는 법이 없었으니까."

어쨌든 한숨 돌렸다 싶은 순간이다. 무영의 손이 멈춘다. 무영이 고개를 들고 유영을 보더니 선경을 돌아본다. 그러더니 대뜸 인상을 쓰면서 "어, 어." 하고 소리치며 화를 낸다. 당황한 유영이 선경에게 묻는다.

"뭐, 뭐야?"

"있어, 그런 게."

선경은 쓴웃음을 지으며 무영과의 첫 만남을 떠올린다.

선경이 무영을 처음 만난 곳도 산속이었다. 지리산이라는 옛 명칭의 산 중에서도 세 번째로 높은 반야봉에서였다.

흔히 '하늘동물'이라 부르는 아니디우스를 조사하던 선경은 지리산 봉우리에 사는 개체 중 '사람 같은' 것이 있다는 이야기를 듣게 되었다. 보통 하늘동물이라고 하면 떠올릴 수 있는 이미지는 크게 두 종류인데, 가오리나 해파리 같은 수중 생물의 모습을 한 것들과 오래전 멸종된 알바트로스처럼 조류의 모습을 한 것들로 나뉘었다. 물론 그 두 종류 다 크기가 매우 컸다. 학계에 보고된 최대 크기의 아니디우스는 몸 길이가 대왕고래와 맞먹을 정도였다. 그런데 소문 속의 지리산 아니디우스는 크기도 그렇게 크지 않고 모습은 신화에 나오는 하피와 닮았다 했다. 누군가는 천사를 운운하기도 했다. 사실 그런 오해를 불러일으키는 종이 있기는 했다. 아니디우스 사피엔스라는 이름의 하늘동물이었다. 하지만 그 종은 아직까지 한반

도에서 발견된 적이 없었다.

실제로 선경이 천왕봉을 거쳐 제석봉까지 그야말로 이 잡 듯 뒤졌지만 이미 학계에 보고된 종밖에는 볼 수 없었다. 반야봉으로 가는 차량 안에서 사피엔스와 관련된 특이한 보고가 없는지 확인하면서 선경은 은근한 실망감을 떨쳐내려 애썼다. 아직 포기하기는 일렀다. 어차피 희망과 절망의 경계를 외줄타듯 하는 것이 이쪽 업계의 숙명이라면 숙명이었다. 선경은 그리 좋아하지 않는 말이었다. 하지만 딱히 틀린 말도 아니지. 점차 절망을 향해 기울던 선경은 반야봉의 정상이 손에 닿을 듯한 지점에서 희망과 마주했다.

아니디우스 사피엔스, 즉 지혜로운 사람을 닮은(엄밀히는 그냥 지혜로운) 하늘동물이 바위 낭떠러지 끝에서 아래를 내려다보고 있었다. 멀리서 본 사피엔스의 뒷모습은 확실히 사람 같은 느낌을 주기는 했다. 그런 것이 저렇게 금방이라도 뛰어내릴 듯이 낭떠러지 끝에 서 있는 모습은 분명 예사롭게 보이지 않았다. 선경은 꿈쩍도 하지 않고 서서 생각했다. 자살을 할 수 있는 동물은 실재한다. 그렇다면 사피엔스는? 아무리 저것이 동물이라고 불려도, 심지어는 사피엔스라는 이름이 붙었대도, 결국은 그래핀과 전기로 움직이는 자동기계에 지나지 않는다. 그런 아니디우스가 자살을 할 수 있을까? 그러나 할 수 없다고 단언할 수도 없기에 선경은 섣불리 행동하지 못했다.

저게 진짜 사람이었다면 필요 없을 고민이었다. 그냥 갈 길 갔을 테니까.

그때였다. 아니디우스 사피엔스의 뒤편에서 움직임이 감지됐다. 사피엔스라고 못 알아챌 수 없는 움직임으로 거침없이 나아가는 것은 다름 아닌 사람이었다. 사피엔스가 그쪽을 향해 돌아서자 특유의 부리가 보였는데 곧 귀를 찢는 포효가 터져 나왔다. 선경은 그 즉시 그쪽으로 달려나갔다. 도대체 저 멍청이는 뭐야.

사피엔스가 날개를 활짝 펼쳐 크게 휘두르자 산이 떨듯이 울렸다. 바람에 꺾인 나뭇가지가 투창처럼 날아와 선경은 바위 뒤로 몸을 숨겼다. 그리고 고개를 내밀어 저쪽을 보고는 할 말을 잃었다. 아까 그 사람이 바람에도 아랑곳 않고 사피엔스를 향해 달려가고 있었다. 단순히 멍청한 정도가 아닌데. 선경은 외쳤다.

"멈춰요!"

들은 체도 안 하는군. 괜히 사피엔스한테 위치만 발각된 꼴이었다. 사피엔스는 어느새 날아올라 있었다. 이대로는 다시 절망의 구렁텅이였다. 최악의 경우에는 사피엔스가 이곳에 있었다는 증거만이라도 확보해야 했다. 옛날처럼 시야를 녹화한 영상만으로 인정받을 수 있었다면 참 편했겠다는 생각이 잠시 머릿속을 스쳤다. 선경은 다시 달렸다. 사피엔스를 향해 돌진하던 남자가 선경을 보더니 인상을 쓰고는 저리 가라는 듯이 팔을 휘두르는 것을 보고 선경은 웃고 싶었다. 누가 할 소리를. 선경은 다시 말했다.

"멈추라고요!"

속수무책이었다. 남자가 바위 위로 펄쩍 뛰어오르더니 매고 있던 가방에서 웬 기계 장치를 꺼내는 것을 보고 선경은 일이 단순히 최악에서 끝나지 않겠다는 생각을 했다. 간혹 아니디우스를 노리는 해커가 있다는 얘기를 듣기는 했다. 하지만 하필 지금 선경의 앞에 나타날 필요는 없지 않을까. 선경은 이쯤 되면 막장이다 싶어 방향을 틀어 남자를 향해 뛰었다.

"야, 이 새끼야, 멈추라고!"

남자는 완전히 자기 일에만 몰두하고 있었다. 그리고 뭔가를 마친 듯이 남자가 고개를 들었다. 뭐지, 싶을 만큼 해맑은 표정으로. 선경은 일단 바위 위로 뛰어올라 남자한테서 장치를 빼앗았다. 남자가 말이라기보다는 울듯이 소리를 꽥꽥 질렀지만 이번에는 선경이 무시했다. 도대체 뭘 한 거야, 싶어 장치에 딸린 화면을 본 선경은 멈칫했다.

죽지 마. 죽으면 안 돼.

이게 무슨?

그리고 또 다른 문장이 입력되었다.

인간이 관여할 바 아님.

멍하니 장치를 보고 있던 선경에게서 도로 장치를 빼앗은 남자가 꾸며낸 듯이 격한 표정으로 웩, 소리를 지르고는 장치에 대고 입력했다.

관여가 아냐. 부탁이야.

"이봐, 대체 뭘 하는 거야?"

남자는 듣지 않았다. 아니, 듣지 못하는 것 같다는 생각이 뒤늦게 선경의 뇌리를 스쳤다. 말도 안 돼. 선경이 어렸을 때와는 달리 요즘엔 장애나 생존에 직결된 개조는 전액 보험 처리가 된다. 그러니 구태여 불편한 삶을 살 이유가 없다. 물론 지금 중요한 건 그런 게 아니지만.

장치의 화면에서 또 문장이 떠올랐다.

부탁을 하는 이유는 뭐지?

그와 동시에 바람이 잦아들었다. 사피엔스가 어느새 땅 위에 내려앉아 있었는데, 꼭 처음 보는 것을 발견한 까마귀처럼 이쪽에 관심을 보이고 있었다. 적어도 당분간은 뛰어내리거나 뛰어오를 것처럼은 안 보였다. 선경은 저도 모르게 한숨을 내쉬었다.

남자가 장치를 통해 말했다.

딱히 이유가 있는 건 아니야. 그냥 너희가 더 이상 사라지지 않았으면 좋겠어.

행동과는 안 어울리는 말에 선경은 헛웃음을 웃었다. 그때,

사피엔스가 작게 울었다. 명백히 선경을 부른 것이었다. 장치를 힐끔 보니 사피엔스는 묻고 있었다.

인간도 아니고 기계도 아닌 너는 내게 무슨 용건이지?

친절하기도 해라. 남자가 선경을 쳐다보더니 대뜸 장치를 내밀었다. 선경은 망설이다 말했다.

나는 아니디우스를 연구해. 하늘동물, 너 같은.

무용한 짓을 하는군.

선경은 웃지 않을 수 없었는데, 냉정히 말해 틀린 얘기는 아니었다. 멸종 위기에 처한 종이 인간의 관심을 모으는 것도 다 지나간 영광이었다. 관심이 없는 것은 아니었다. 하지만 멸종 위기종은 하루에도 수없이 추가되었다. 현실적으로 그 모든 종에게 관심을 쏟고 관리하기란 어려운 일이었다. 결국 멸종 위기에 처한 종의 유전자를 확보하는 선에서 사람들은 만족하기로 무언의 합의를 봤다. 그래서 선경처럼 발품을 팔아 멸종 위기종의 생태를 연구하는 것은 아쉬울 게 없는 상위층의 취미 생활 그 이상도 이하도 아니게 되었다. 선경은 속으로 생각했다. 사피엔스라니, 누군지 몰라도 이름 한번 잘 지었어.

아무튼, 왜 서식지가 아닌 여기까지 와서 죽으려고 했는지 알려주면 고맙겠네.

별다른 이유는 없다. 그저 죽고 싶기 때문.

그러니까 그 죽고 싶은 이유가 뭐냐고.

죽으면 더는 보지 않아도 될 테니.

뭘?

친구들이 사라지는 것.

선경은 할 말이 없었다. 장치를 도로 남자에게 건넸다. 남자가 장치에 대고 말했다.

네가 사라지면 네 친구들도 슬플 거야.

그래서 이 먼 곳까지 온 게 아닌가.

눈물 나서 못 봐주겠군. 선경이 다시 장치를 뺏어 말했다.

미안하지만 죽어가고 있는 건 너희만이 아니야. 온 세상이 죽어가고 있다고. 그러니 이렇게 감상에 젖어 있는 대신 그 지혜로운 연산력으로 친구들이 더는 죽지 않을 방도를 찾아보는 게 어때?

무용한 짓이나 하는 한량에게 들을 말은 아닌 듯싶군.

선경은 장치를 놈에게 던질까 하다 참았다.

하지만 분명 허튼소리는 아니다. 혹시 그 친구라면 방법이 될지도 모르겠는데.

이건 또 무슨 소린가. 아니디우스 중에 멸종을 막을 수 있는 개체가 있다는 건가? 대체 무슨 수로? 애초에 아니디우스의 개체 수가 감소하게 된 원인도 기후변화와 관계가 있었다.

정확한 시기는 아직 파악 중이지만 아니디우스는 대략 2050년 후반에 탄생했다. 누군가 인터넷에 돌아다니는 오픈 소스를 응용해서 만들었다는 견해가 지배적인데, 그 원천은

20세기 말부터 설치예술가로 활동한 테오 얀센의 '해변동물', 즉 아니마리스였다. 얀센은 기후변화로 해수면이 상승할 미래를 대비해 해변에서 모래를 쌓아 올릴 수 있는 자동 기계를 만들고자 했고, 관련 정보를 인터넷에 공개했었다. 말하자면 아니디우스는 아니마리스의 후손인 셈이었다.

그래서인지 아니디우스도 비슷한 목적으로 만들어진 듯했다. 대기오염과 지구온난화로 인해 둔화되던 대기의 흐름을 아니디우스들이 휘젓고 다니며 복원시키는 경향성은 명확했다. 문제가 있다면 너무 늦었다는 것이었다. 이미 세상은 사람이 개조를 하지 않고는 살기가 매우 힘들 정도로 망가져 있었다. 거기다 때맞춰 개조의 패러다임이 바뀌며 비용도 혁신적으로 줄었다. 대부분의 사람들은 하늘에서 느릿느릿 떠다니는 아니디우스를 기다리기보단 종합병원에 가서 개조 수술을 받고 새사람이 되는 쪽을 택했다. 약간의 목돈과 몇 주간의 입원 생활로 얻게 되는 것은 아니디우스의 크기만큼이나, 아니 그보다도 훨씬 컸다.

아니디우스가 제 아무리 동물 흉내를 내더라도 결국 기계인 이상 지속적인 관리와 보수가 필요했지만, 신인류를 자처하는 사람들에겐 관심 밖이었다. 막말로 진짜 동물도 아니지 않나. 아니디우스가 방치될 명분은 차고 넘쳤다.

다행이라고 해야 할지 아니디우스는 번식을 통해 겨우 명

맥은 이어올 수 있었다. 하지만 가속화되는 대기오염 탓에 그래핀 구조에 악영향이 생기는 등의 이유로 아니디우스의 수명이 전반적으로 감소하면서 결국 멸종의 길로 들어서게 된 것이었다.

그런데 멸종을 막을 수 있다니, 그럼 대기를 정화할 수 있다는 건가? 그렇다 해도 신인류에겐 잘해 봐야 흥밋거리에 지나지 않겠지만. 하지만 지금 신인류가 눈에 불을 켜고 찾고 있는 게 다름 아닌 흥밋거리라면 얘기는 달라지지. 선경은 말했다.

내가 도움이 될 수 있을 것 같네.

사피엔스가 고개를 갸웃거렸다.

한량이?

선경은 쓴웃음을 지었다.

한량도 한량 나름이지. 내가 네가 말한 그 친구를 세상에 알릴게. 그럼 관련 연구가 진행될 거고, 너희 종 전체에도 도움이 될 거야.

사피엔스가 부리를 딱딱거리더니 말했다.

가능성이 아주 없지는 않다.

그렇지.

하지만 그리 높다고도 할 수 없지.

최소한 아무것도 하지 않는 것보단 나아.

동의한다.

선경은 속으로 쾌재를 부르며 옆을 쳐다봤다. 남자가 보이지 않았다. 남자는 어느새 사피엔스 곁에 가서 날개에 붙은 타르 같은 물질을 제거하고 있었는데 사피엔스는 그것이 싫지 않은 듯 그르렁 소리를 냈다. 선경은 피식 웃고는 바위에 앉았다. 그리고 들고 있던 장치와 남자를 번갈아봤다. 아무래도 기계에 밝은 것 같은데. 그렇다면 더더욱 개조했어야 하지 않나? 무슨 상관이겠느냐마는.

남자가 작업을 마쳤는지 돌아왔다. 선경은 장치에 문장을 띄운 채로 건넸다.

하늘동물을 수리하고 다니는 거야?

남자가 선경을 빤히 쳐다봤다. 개조가 안 된 남자의 눈은 묘한 느낌을 주는 듯했다. 좀 과하다 싶을 즈음 남자는 고개를 끄덕였다.

왜?

할 수 있으니까.

이름이 뭐야? 나는 선경.

무영.

이걸로 모든 하늘동물과 대화할 수 있어?

끄덕.

이것 좀 구하고 싶은데.

무영이 표정으로 물었다. 왜?

아까 뭐 봤어. **하늘동물 연구하는 데 필요해.**

무영은 짐짓 심각한 표정을 지었다. 감정 표현이 풍부하군. 보는 재미가 있었다.

이거 하나뿐이야.

그럼 프로그램 코드만 알려 줘. 대가는 지불할 테니.

무영이 선경을 무례하리만큼 빤히 쳐다보더니 말했다.

너는 기계 아닌가? 자연히 소통할 수 있지 않아?

애석하게도 뇌는 기계가 아니라서 말이지.

비꼬려고 한 말에 무영이 두 눈을 크게 뜨고 선경의 이모저모를 뜯어보았다. 선경은 장치를 빼앗아 다시 말했다.

싫어?

그건 아니고.

계좌 불러. 바로 보낼 테니까.

그러자 무영이 한 말은 여태까지 그가 보였던 행동 중 가장 이해하기 어려운 것이었다.

그런 거 없어.

선경은 그 말을 어떻게 해석해야 할지 감을 잡을 수가 없었다. 사람이 태어나 출생 신고가 되면 일련의 번호와 함께 자동으로 개설되는 개인 신용 계좌는 그 자체로 한 개인의 존재를 증명하는 것이었다. 따라서 사망 같은 특수한 상황이 아니면 없애거나 할 수 있는 것이 아닌 그것이 없다고 무영은 말한 거였다. 그건 다시 말하면 이런 말과도 같았다. 나는 이 세상에 존재하지 않는 유령이다…. 무영이 다시 선경에게 건네는 말은 조금 다른 말이었지만, 결국 같은 표현이었다.

나는 그림자 아이였어.

선경은 무영이 잠든 것을 확인하고 오두막에서 나온다. 기다리고 있었는지 유영이 얼른 문을 걸어 잠그며 궁금한 눈으로 선경을 쳐다본다.

"시간이 별로 없어."

유영은 기대했던 내용이 아니란 듯이 눈에 불을 켜고 선경을 노려본다.

"이 한량!"

"내가 뭐 의사는 아니잖아."

"그럼 뭐 하러 왔어! 이제 와서 뭘 어쩌려고 왔냐고!"

"소리 낮춰. 겨우 잠들었는데."

유영이 움찔하더니 작은 창으로 안을 들여다본다. 그러고는 선경의 손을 덥석 잡더니 자리를 옮긴다. 무영의 오두막에서 멀어질수록 커져가는 목소리로 유영이 말한다.

"엄마… 아니, 당신하고 헤어진 뒤로 아빠랑 나는 방방곡곡을 돌아다녔어. 가는 곳마다 그림자 아이들이 있었지. 도저히 아빠랑 내가 감당할 수 있는 수준이 아니었어. 당신네들은 더 이상 애들 따윈 상관없다는 듯이 그 애들을 버리고 방치했어.

왜? 자기들은 이제 번식 같은 걸 할 필요가 없으니까. 더는 사람도 뭣도 아닌 괴물이니까!"

유영이 집어던질 기세로 선경을 마을 밖으로 내몰고는 악에 받친 눈으로 선경을 노려본다. 그동안 무영과 이 아이가 어떻게 살아왔을지가 그려지는 듯하다.

"꺼져! 그리고 다신 오지 마! 우리끼리 지지고 볶고 살다가 뒈져 버리게 가만히 내버려두라고. 당신네들이 유일하게 잘하는 게 그거 아니야? 방치."

그때 저 안쪽에서 어린아이의 울음소리가 터져 나온다. 유영은 마지막으로 한 번 더 일갈하고는 소리가 들리는 쪽으로 달린다. 그쪽의 하늘에 뭔가가 날아오르는 것을 발견한 선경은 얕게 한숨 쉬고는 유영의 뒤를 쫓는다.

이제 겨우 네 살이나 됐을까 싶은 아이가 땅바닥에 엎어져 서럽게 울고 있다. 유영이 얼른 뛰어가 아이를 일으켜 세운다. 코와 이마는 물론 입 전체가 피로 얼룩져 있다.

"너 또 냅다 달렸지! 그러면 안 된다고 했어, 안 했어!"

참으로 한결같은 아이군. 유영의 성화에 아이는 울음을 그치지도, 계속 울지도 못하고 꺽꺽 소리 내며 말을 한다.

"그, 그치만… 요, 용… 용이…."

"용이라니?"

아이가 하늘을 가리키자 유영이 서서히 고개를 든다. 그러더니 거기 떠 있는 소위 용이라는 것을 발견하고 "어, 어." 한다. 무슨 말을 더 할 새도 없이 그 용이 유영의 어깨 위에 가볍게 내려앉는다. 그리고 윗세대로부터 물려받은 능력을 사용한다. 피범벅이 된 아이의 얼굴이 서서히 되돌아간다. 다치기 이전으로.

유영이 금방이라도 정신을 놓을 것 같은 얼굴로 옆에 있는 선경을 돌아본다. 선경은 말한다.

"그래, 맞아. 아니디우스 레푼도. 넌 그걸 뭐라고 불렀더라?"

유영이 꿈을 꾸는 듯이 말한다.

"용용이…."

어쩌다 보니 일행이 되어 사피엔스가 말한 '친구'를 찾기 위해 아니디우스 서식지를 돌아다니던 선경과 무영은 목적과는 상관없는 일에 휘말리게 되었다. 지리산 능선을 따라 강원도의 어느 마을까지 당도했을 때였다. 더 이상 차량이 다니지 않는 도로의 깨지고 꺼진 부분을 가볍게 건너면서 선경은 습관적으로 음성언어를 통해 궁시렁대다 무영의 장치에 입력했다.

그 사피엔스 말이야, 정말 도움이 안 되잖아. 그냥 저 위쪽에 있다고 말하면 다야?

무영이 표정으로 묻기에 선경은 다시 말했다.

그새 까먹은 거야? 우리가 처음 만났을 때 본 아니디우스. 아니디우스는 기억하지?

멀쩡한 이름 두고 뭐하러 그런 요상한 말을 쓰지?

요상하다니. 이건 법칙이야. 혼란을 방지하는.

무영은 귀찮다는 듯 손을 휘저었다. 선경도 따라하고는 고개를 돌렸다. 강요할 생각은 없었다. 그렇게 얼마나 갔을까. 누군가 어깨를 톡톡 두드리길래 돌아봤더니 무영이 자기 쪽에 보이는 인가를 거칠게 가리켰다.

연기?

단순히 난방 때문에 발생하는 수준이 아니었다. 화재였다.

무영이 가 보자는 듯 턱짓했다. 불구경이라도 하려는 건가 싶다가 함께 발걸음을 옮겼다. 불구경을 하는 게 무영과 선경만은 아닐 터였다. 그리고 사람 모이는 곳에는 자연히 소문도 몰리기 마련이었다.

아니나 다를까 화재 현장에는 사람들이 모여 있었다. 화재가 발생한 건물은 이미 그 자체로 땔감에 불과해 보이는 폐건물이었는데, 진화가 진행 중인 건물 안에서 소방 로봇에 안겨 나오는 사람이 있었다. 어린 여자아이였다. 구경을 하던 사람들은 아는 아이인지 저마다 한 소리씩 했는데, 그 내용은 썩 호의적이지 않았다.

"또야."

"저거, 언제 사고 한번 제대로 칠 줄 알았어."

"저번엔 마트에서 물건 훔치다가 딱 걸렸잖아요."

"대체 원장은 뭐하는 거야? 애가 멋대로 퇴소하면 그걸로 다냐고. 대안이 있어야지, 원."

그렇고 그런 이야기였다. 마을마다 꼭 있는, 새로울 것 없는 이야기. 이만 가자고 무영의 어깨를 찾고서야 선경은 일이 뜻대로 되지 않을 거라는 사실을 깨닫고 후, 숨을 토해냈다. 무영은 어느새 소방 로봇에게 가서 아이의 상태를 확인하고 있었다. 그때 그 옆으로 누군가 다가갔다. 누가 봐도 유기물 비중이 10퍼센트 미만일 것 같은 딱딱한 인상의 공무원이었다.

"실례합니다."

무영은 제 뒤에 뭐가 있는지도 모르고 아이에게 물을 먹이고 있었다.

"아이와의 관계를 여쭈어도 되겠습니까? 선생님?"

결국 선경이 끼어들었다. 선경은 소속 연구소의 명함을 보이고는 말했다.

"저희는 아니디우스, 그러니까 하늘동물을 연구하고 있습니다."

"하늘동물이요? 이 근처에서는 자취를 감춘 지 오랜데요."

"그렇겠죠. 멸종 위기종이니까. 그냥 지나가는 중입니다."

공무원이 무영을 힐끔 보더니 물었다.

"그럼 아이와는 아무 관계 없으신 거죠?"

"그렇다면요."

"형식상 여쭤본 거니 오해는 없으셨으면 합니다. 어차피 저 아이는 그림자 아이니까요. 관계랄 게 있을 리 없죠. 그럼, 아이를 데리고 가도 되겠습니까?"

뭔가 조짐이 좋지 않아서 선경이 물었다.

"병원에 데리고 가는 건가요? 연기를 많이 마신 모양인데."

공무원이 선경을 형언할 수 없이 불쾌하게 쳐다봤다.

"다시 말씀드리지만 저 아이는 그림자 아이입니다. 출생 신고가 되지 않아 시스템상 존재하지 않는 아이인 셈이죠. 당연히 의료 서비스 적용 대상이 될 수 없습니다."

선경은 한숨을 토해내며 한탄했다. 대체 지금 뭘 하고 있는 건지. 무영과의 만남 이후 크고 작은 문제를 맞닥뜨리고 있었다. 하나같이 평소라면 선경과는 무관했을 일들이었다.

"저, 선생님?"

"그쪽 같은 철밥… 아니 공무원 가르친 적 없습니다. 이 아이는 왜 데려가겠다는 겁니까? 그쪽 말마따나 존재하지도 않는 아인데."

"그 아이는 상습적으로 음식과 옷 등을 훔치는 범죄자입니다. 최근에는 방화까지 저지르기 시작했고요. 이 밖에도 여러 불법적인 행위를 서슴지 않는데 이대로 성인이 되었을 경우 반사회적 인격 장애인이 될 확률은 매우 높습니다."

"그래서요."

"오늘 방화로 저희는 최종 결정했습니다. 마을 주민들의 안전을 위해 저 아이를 수도로 보내기로요."

선경은 저도 모르게 헉, 하고는 아이를 돌아본다. 수도로 보낸다는 것은 물론 여러 의미가 있지만 이 경우에 그것이 의미하는 바는 딱 하나였다. 시스템상 존재하지 않는 아이를 현실에서도 존재하지 않게 하겠다는 것이었다. 선경은 무영을 보았다. 역시나 시스템상 존재하지 않는 사람.

"싫어."

아이가 한 말이었다. 아이는 정신이 들었는지 몸을 비틀어 자리에서 일어났다. 그을음으로 까맣게 얼룩진 아이의 두 눈은 활활 타오르듯 빛이 형형했다. 무영처럼. 아이가 다시 한 번 악에 받쳐 소리쳤다.

"안 가! 나 혼자는 안 갈 거야!"

설마 폐건물에 또 다른 아이가 있나 했지만 다행히 그건 아니었다. 그새 진화된 건물 안에는 아무도 없었다. 대부분의 시선이 폐건물로 향한 그 찰나의 순간을 놓치지 않고 아이가 달음박질했다. 공무원이 그 뒤를 쫓으려다 무영의 손에 잡혔다.

"선생님께선 현재 공무집행을 방해하고 계십니다."

공무원의 개조된 눈이 희번덕거렸다.

"선생님, 미등록 인간이시군요."

선경은 그들을 지나쳐서 아이가 향한 방향으로 가면서 말했다.

"그래서 죄가 적용되지 않죠. 그리고 기계에 밝고요. 아마 조심하는 게 좋을 거예요."

그러고는 무영을 향해 손짓했다. 내가 가 볼게.

아이가 모두의 시선을 피해 달려나갔을 때 선경은 폐건물 뒤쪽에서 뭔가가 휙 날아가는 것을 보았다. 처음에는 소란에 놀라 달아난 새라고 생각했지만 따져 보면 이상했다. 달아날 거라면 불이 났을 때 달아났어야 하는 것 아닌가? 그 뭔가는 꼭 아이를 기다린 것 같았다. 아이가 보살피는 동물이었을까? 개도 아니고 주인 곁에서 불길을 참아낼 수 있는 조류라고? 그런 경우가 아주 없다고 할 수는 없지만, 이렇게 우연히 만나게 될 수 있을 만큼 흔하지도 않다. 진짜 조류가 아니라면 어떨까. 가령, 아니디우스라면?

아니디우스 생각을 하자 엔도르핀이 도는 것이 느껴질 정도였다. 선경이 스치듯 본 것은 아니디우스라기엔 너무 작았다. 마치 생쥐를 보고 사람을 떠올리는 것만큼이나 우스꽝스런 일이었다. 하지만 본래 혁명은 그런 것에서 발생하기 마련이다. 만약 그게 정말 아니디우스라면, 그야말로 대발견이 될 터였다.

선경은 서서히 속도를 높여 버려진 시내를 가로지르며 센서에 집중했다. 인류의 근본적인 변화와 인구 감소로 버려지는 공간은 나날이 늘어가고 있었다. 사람이 사라진 곳에는 여지없이 식물이 자라나고 또 짐승이 어슬렁거린다. 그것이 자연의 이치라도 되는 것처럼 말이다. 그래서 선경은 아이를 찾는 데 별다른 어려움을 느끼지 않았다. 동물은 물론이고 식물마저 꺼려하는 듯한 도로 끝 건물이 선경의 레이더망에 걸렸다.

곳곳에 풀이 밟힌 흔적이 있는 것으로 보아 아이가 이곳에서 오래 머문 모양이었다. 물론 도망자 신세일 테니 아지트는 이곳만이 아니겠지만. 선경은 적외선 센서를 통해 건물 전체를 확인해 보고는 곧장 계단을 올라 아이가 있는 곳으로 갔다. 불을 피우고 있는 모양인데 여간내기가 아닌 것 같았다. 선경은 콘크리트 뼈대만 남은 문간의 벽을 등졌다. 아무래도 선경의 올곧은 개조 신체는 아까 그 공무원을 연상시킬 수 있을 테니… 선경은 말했다.

"아픈 덴 없니?"

아이가 놀라는 소리가 실내에 울려 퍼졌다.

"괜찮아. 아까 그 사람 때려 주고 왔으니까."

아이는 아무 말도 하지 않았다. 대신 날갯짓 소리가 나서 재빨리 복도에 난 창으로 고개를 내밀어 보니 길이가 길어 봐야 1미터도 안 될 것 같은 날개 달린 무언가가 날아가는 것이 보였다. 아니 디우스였다. 됐어. 아주 오래전, 선천적으로 약해 선경을 집 밖으로 단 한 걸음도 나갈 수 없게 했던 심장이 뛰고 있다는 생각이 들었다. 당연히 착각이었다. 왜냐하면 그 심장은 선경이 성인이 되기 직전에 받은 수술로 완전히 제거됐기 때문이었다. 지금 선경의 몸속에 있는 인공 심장은 흔히 말하듯 '뛰지' 않았다. 그냥 피를 지속적으로 순환시키기 위해 가동될 뿐. 그러나 심장이 두근거린다는 생각은 분명 의미하는 바가 있는데, 바로 얼마 지나지 않아 세기의 발견을 하게 될 거란 사실이었다.

"나는 하늘동물을 연구하는 사람이야. 너, 하늘동물 데리고 있지?"

조용했다. 아이가 피웠을 불이 타닥거리는 소리뿐이었다. 아니야, 이건 돌가루 같은 게 흘러내리는 소린데? 위화감을 참지 못하고 선경은 모습을 드러냈다. 그리고 자신의 개조된 눈을 의심했다.

창가의 벽이 녹아내리고 있었는데, 아이는 이미 그곳으로 도망친 뒤였다. 선경은 짧지 않은 시간 동안 멍하니 건물의 벽이 유사처럼 아래로 꺼지는 것을 바라보다 뒤늦게 정신을 차리고 그쪽으로 가 보았다.

생각이 멈춰 버린 것 같았다. 뭘 해야 하지? 그때, 구멍 아래로 무영이 보였다. 무영이 양팔을 쳐들고 물었다. 뭐냐, 혹은 아이는 어디 있느냐고 묻는 거겠지만 선경으로서 할 수 있는 대답은 딱 하나였다. 어깨 으쓱.

무영이 달려 올라와 장치를 내밀었다.

애는? 이건 다 뭐고?

몰라, 사라졌어. 지금으로서 가능한 추측은 하나야. 벽을 녹여서 **탈출했다는 것.**

콘크리트 벽을?

보다시피.

무영이 이제는 경사로가 되어 버린 콘크리트 잔해를 이리 저리 확인해 보는 동안 선경은 방에 남은 아이의 흔적을 살폈다. 메인 아지트는 아닌 것 같았다. 약간의 음식과 외투, 담요 정도를 제외하면 볼 게 없었다. 그나마 있는 거라곤 여전히 활활 타오르고 있는 불뿐이었다. 무영이 다가와 다시 장치를 건네고는 쭈그려 앉아 불을 쬐였다.

녹았다고 보긴 뭐한데. 그보다는… 분해되었달까.

자세히 말해 봐.

무영이 다시 구멍으로 가서 콘크리트 벽이었던 것을 한 움큼 집어 와 선경의 손에 흘렸다. 백문이 불여일견이라. 가루가 된 콘크리트 잔해에는 크기가 균일하지 않은 것들이 섞여 있었는데 모래나 자갈이었다. 새삼 이 건물이 오래되었다는 것을 깨달았다. 아직도 이런 재료로 지어진 건물이 있다니. 무영이 뒤이어 장치를 통해 말했다.

　내가 알기로 콘크리트는 시멘트에 모래나 자갈 같은 것들을 섞어서 물로 반죽해. 그렇게 일단 굳고 나면 부서지면 부서졌지 이렇게 반죽하기 전 상태로 되돌아가는 일은 없지.

　되돌아가는 일이라.

　무영이 손가락을 튕겨 주의를 끌더니 불꽃을 가리키고는 선경을 가리키며 눈썹을 치켜세웠다. 선경은 고개를 저었다. 그러자 방 안을 살펴본 무영이 말했다.

　불을 피울 만한 게 없어. 라이터 같은 걸 가지고 다니는 게 아니라면 그 꼬마, 아무래도 신기한 능력을 가지고 있는 모양인데.

　능력은 아닐걸.

　그럼?

　하늘동물이야. 우리가 찾던.

　선경과 무영은 누가 먼저랄 것도 없이 콘크리트 가루로 된 경사로를 미끄러져 내려왔다. 선경은 온기의 미세한 흐름을 쫓아 발걸음을 옮겼다. 무영이 뒤따르며 장치를 건넸다.

　그 애도 나랑 같아. 그림자 아이야.

　선경은 내심 놀랐다.

　어떻게 알아?

　눈을 보면 알지. 가는 데마다 마주치는 눈빛이야.

　선경은 자기도 모르게 소리를 듣지 못하는 무영을 얕보고 있었던 건 아닌지 생각했다. 소리를 통해 알게 된 사실이니까 자연히 무영은 모를 거라 여겼다. 아니, 의식적으로 한 것도 아니었다. 그런 생각이 무의식 수준에서 이뤄졌다는 사실이 선경은 더 신경 쓰였다.

아까 그 공무원이 그러던데, 아이를 수도로 보내겠다고.

장치를 본 무영이 괴성을 질렀다.

너도 그 애한테 용건 있는 거지?

그러니까 너도 같이 갈 거지, 뭐 이건가? 무영이 제대로 짚기는 했지만, 왠지 창피해서 선경은 대답하지 않았다. 그러자 무영이 다시 말했다.

아니면 여기서 갈라지고.

성질 한번 급하네. 나도 있어, 용건.

무영이 쿡쿡대는 것을 쥐어박고 싶은 마음을 억누르고 선경은 추적에 집중했다. 어느새 두 사람은 중심가에서 제법 멀어져 있었다. 본래 하천이었을 강이 마을을 금방이라도 집어삼킬 태세로 출렁였는데, 그 경계를 따라 쭉 시선을 돌리니 아이가 보였다. 아니디우스도 있었다. 마치 아이를 지키기라도 하는 것처럼 주위를 선회하는 모습이 제법 재밌었다.

선경이 무영을 쳐서 부르려는 순간이었다. 저쪽 길 끝에서 노란색 차량이 달려오더니 로봇 팔이 튀어나와 아이를 꿀꺽 삼키기라도 하듯 차에 태워 그대로 왔던 길을 되돌아갔다. 덩

그러니 남겨진 아니디우스는 무슨 일이 벌어진 건지 모르는 것처럼 그 자리에서 꺅, 하고 울었지만 이내 차량이 사라진 방향으로 날아갔다. 무영도 그쪽으로 달려가려는 걸 선경이 멈춰 세우고 말했다.

차에 붙어 있는 거 못 봤어? 수도에서 파견된 로봇이야.

어쩌라고?

우리 선에선 할 수 있는 게 없다고.

무영이 경멸 어린 눈으로 선경을 봤다.

그런 눈으로 본다고 달라질 건 없어.

아니, 있어. 왜냐하면 나는 갈 거거든. 잘 가.

그러고 가 버리는 무영을 부를 수는 없었다. 달려가서 붙들고 설명할 수는 있겠지만 그렇게까지 하고 싶지는 않았다. 선경은 무영의 경멸 가득했던 시선을 떠올리며 돌아섰다.

멍청하긴. 누가 먼저 닿는지 보라지. 수도에서 파견된 로봇이 반드시 거쳐야 하는 경로를 지도에 띄워 보며 선경은 다시 한 번 이런 생각을 했다. 도대체 지금 뭘 하고 있는 거야? 아니디우스만 생각하자, 아니디우스만.

사실 저런 로봇들이 존재한다는 얘기는 많이 들었다. 하지만 애들을 겁주기 위해 지어낸 얘기일 뿐이라고 생각했다. 그런데 실제로 존재하는 것을 알게 되자 선경은 착잡한 마음을 어떻게 할 수 없어 괜히 발걸음만 더 분주히 놀릴 따름이었다.

꼭 그렇게까지 해야 하는 걸까? 그러면 이런 대답이 돌아올 것이다. 그것이 불쌍한 아이들을 위한 일이라고. 오갈 데 없이 추위와 굶주림에 시달리는 아이들을 수도의 최신식 시설에서 안락하게 보호하다가 인도적인 마지막을 보내게 해 주겠다는데 문제될 것이 무엇인가? 오히려 감사해야 할 일이라는 듯한 느낌을 선경도 받아 본 적이 있었다.

신체 개조에 대한 시민들의 찬반으로 하루도 조용할 날이 없던 과거에 선경은 늘 그렇듯 침대에서 할머니의 돌봄을 받으며 또 하루를 견뎌내고 있었다. 그러던 중, 사이보그 기술 개발에 사활을 건 국내의 어느 기업에서 선경을 찾았다. 할머니나 가끔 찾아오는 의사를 제외하고 선경에게 용무가 있는 사람은 처음이었다. 그는 선경의 몸 상태를 상세히 캐묻더니 이 정도면 됐다는 듯 자신의 다리를 보여 주었다. 당시에는 매우 혁신적인 디자인이었던 기계 다리를 보고 선경은 두려움마저 느꼈다. 그는 선경에게 수술을 제안했다. 지금 선경의 몸 안에서 고통만을 야기하는 심장을 제거하고 완전히 새로운 방식으로 문제를 해결할 수 있다는 것이었다. 그런 후엔 더 이상 방안에서 남의 손에 의존해 살아가지 않아도 된다면서 그는 이렇게 속삭였다.

"할머님 생각도 하셔야죠."

그 말이 무엇보다 선경을 수술대 위에 오르게 했다. 그 많은 요구 조건에도 불구하고 말이다. 과도기적 상황에서 선경은 신체의 절반 이상을 기계로 대체했다. 그리고 그 과정을 전 세계에 라이브로 공개했다. 선경이 문자 그대로 몸속에서부터 변화하는 모습을 보는 사람들도 모종의 수술을 받은 듯 인식이 바뀌었다. 그 과정이 마냥 매끄럽지만은 않았지만 그 요철감을 견뎌내야 하는 건 거의 선경의 몫이었다. 기술적으로 아직 완벽하지 않은 기계와의 보이지 않는 전쟁도, 뜻하지 않게 유명인이 되면서 겪게 된 여러 부작용도. 컨디션이 좋지 않은 날 그러한 것들에 짜증 비슷한 것이라도 부리면 선경의 주변 사람 모두가 선경을 똑같은 시선으로 쳐다봤다. 어디 고마운 줄도 모르고 감히. 그러면 선경은 죄책감을 안고서 웃어야만 했다.

선경은 지금쯤 로봇들 사이에서 죄책감을 강요받고 있을 아이를 떠올리며 노란색 차량이 주차되어 있는 주민센터의 입구로 들어섰다. 뜀박질하는 소리에 고개를 돌려보니 무영이 땀을 삐질삐질 흘리며 달려오고 있었다. 생각보다는 빨리 왔네. 무영이 헉헉대는 동안 선경은 여유롭게 장치를 가져다가 말했다.

사람 말은 끝까지 봐야지.

그리고 하늘을 살폈다. 회색빛 하늘에 점처럼 보이는 뭔가가 있어 확대해 보니 아니디우스였다. 이렇게 정면에서 제대로 보는 것은 처음인데, 확실히 그동안 봐온 것들과는 달랐다. 날개 달린 도마뱀 같은 저것의 기원은 무엇인지, 그리고 대체 무슨 능력이 있길래 불을 피우고 콘크리트를 분해할 수 있는지를 선경은 한시라도 빨리 알아내고 싶었다. 그러려면 저것이 지금 꽁지 빠지게 날아오는 이유인 아이를 빼내야 했다. 선경은 이곳에 오면서 생각한 것을 무영에게 말했다.

저 애가 끌려온 이유가 뭐야, 방화 때문이잖아.

불을 낸 건 하늘동물이라며?

그러니까, 저 애는 애초에 여기 끌려올 이유가 없었던 거지.

무영의 옳거니 하는 눈을 보며 선경은 속으로 웃었다.

그런데 저것들이 수긍할까?

그게 관건이긴 한데, 하는 데까진 해 봐야지. 그리고 처음 하는 것도 아니고.

아니디우스는 근본적으로 목적지향적인 존재로서 기후 조절을 위한 기능을 갖추고 있었다. 그리고 자가 번식을 통해 변화하는 환경에 맞춰 새롭게 진화했다. 그 과정에서 종이 분화되었고, 각각이 독립적인 기능을 유지 및 강화하며 나름의 생태계를 구축한 것이었다. 물론 개중에는 목적과는 상관없는 기능을 갖춘 것도 있었고, 심지어는 목적에 반하는 기능을 지닌 것도 없지 않았는데, 그 때문에 사람들에게 공격받는 경우가 적지 않았다. 당연히 그것을 곁에서 연구하는 선경에게도 화살이 돌아오기 마련이라 그에 대해 해명하고 설득하는 일은 거의 업무의 일환으로 느껴질 정도였다. 이번에도 크게 다르지 않을 터였다. 선경은 들어가자고 손짓했다. 거의 동시에 아이가 싫다고 소리지르는 것이 들렸다.

서둘러 안으로 들어가자 아이가 제 몸만 한 점액질 덩어리에 완전히 사로잡혀 있었다. 어린이를 대상으로 하는 병원에서나 볼 법한 장비를 보고 선경은 웃지 않을 수 없었다. 이자들은 최선을 다하고 있는 셈이었다. 영락없이 죄인이 되겠다 싶은 마음을 억누르고 선경은 신분증부터 내밀었다. 예의 그 공무원이 알은체했다.

"또 뵙는군요."

"그렇게 되네요. 아이는 놓아주시죠."

"그럴 수는 없습니다."

"아니요, 있어요. 방화를 저지른 게 저 아이가 아니에요."

무영이 아이를 빼내려고 했지만 소용없다는 것을 모두가 알기 때문에 그냥 내버려두었다. 무시당하는 것 같아 선경은 못마땅했다. 공무원이 무영을 사물이라도 보는 것처럼 힐끔대고는 말했다.

"현장 주변에는 저 아이뿐이었습니다. 설마 불이 자연히 발생했다고 주장하시려는 건가요?"

"정확한 표현은 아니지만 뭐 대충 비슷해요. 불을 낸 건…"

꺅, 하는 쇳소리가 실내를 휩쓸었다. 무영을 제외한 모두가 주변을 둘러보았다. 아이가 반색해서 외쳤다.

"용용아, 나 여기 있어!"

용용이… 뭐 아이다운 작명이었다. 용용이… 아니, 아니디우스가 아이의 외침에 반응하듯 또 한 번 울었는데 이번에는 오래된 건물이 진동할 정도로 커다란 소리였다. 곧 창문을 깨부수고 날개 달린 도마뱀이 모습을 드러냈다. 공무원이 납득할 수 없다는 듯 중얼거렸다.

"저게… 하늘동물?"

"맞아요. 작긴 하지만 엄연한 아니디우스죠. 그리고 불을 낸 진범이고요."

"불이라도 내뿜는 겁니까?"

"그건 아닌 것 같아요. 연구를 해 봐야 확실해지겠지만, 아무래도 되돌릴 수 있는 것 같아요."

"뭘 말입니까?"

"모든 걸요."

공무원이 또 선경을 형언할 수 없이 불쾌하게 쳐다봤다.

"어차피 말로는 설명 못 해요."

"필요하지 않습니다. 방화 건을 차치하더라도 저 아이는 이미 무수히 많은 피해를 끼쳤고, 저희 결정은 번복되지 않으니까요."

"살아남기 위해서 그런 거예요!"

"모두가 살아남기 위해 노력합니다."

말이 안 통하는군. 선경은 어느새 무영의 어깨 위에 자리를 잡고 있는 아니디우스를 힐끔 보고는 말했다.

"불은 어떻게 생겨날까요?"

공무원이 선경을 대놓고 이상한 사람 취급했다.

"불은 일종의 결과예요. 높은 열과 산소가 반응해서 나타나는."

"저, 선생님?"

"산소는 공기 중에 차고 넘치죠. 그렇다면 관건은 높은 열인데, 아시다시피 열은 언제나 높은 쪽에서 낮은 쪽으로 흘러요. 그래서 기온이 갈수록 떨어지는 건 물론 아니지만요. 아무튼, 시간이 흐르면서 내려가는 온도를 높이기 위해서는 어떻게 하면 될까요?"

무영의 어깨 위에 앉은 아니디우스가 속이 불편한 것처럼 고개를 쳐들었다. 이내 주둥이 쪽이 부풀어 오르는 게 보였다.

"간단해요. 시간을 되돌아 흐르게 하면 돼요. 그럼 엔트로피가 역전되고, 최종적으로는 열이 증가하죠."

선경은 무영에게로 달려 무영과 아이를 감싸고 있는 점액질을 낚아채 창 밖으로 몸을 날렸다. 바닥에 떨어지기가 무섭게 뒤에서 폭발이 일어났다. 아무래도 화가 단단히 났던 모양이었다. 더 잘난 척했으면 큰일 났겠는데? 하지만 저들의 이목을 끌기 위해서는 어쩔 수 없었다. 선경은 무영의 얼빠진 얼굴에 대고 표정으로 말했다.

뛰어!

어차피 아이를 빼낼 수 있는 법적인 근거 없이 지금 할 수 있는 일은 없었다. 그리고 그건 저쪽도 마찬가지였다. 지금 선경과 무영은 아이를 납치하는 게 아니었다. 애초에 아이는 존재하지 않기 때문이었다.

무영이 아이와 점액질을 안아 들고 달렸다. 그 뒤를 쫓는 선경의 머리 위로 그림자가 휙 지나갔다. 아니디우스였다.

"잘했어."

사실 아니디우스의 활약을 계산했던 것은 아니었다. 아니디우스의 기능도 가설에 불과했다. 주민센터로 가는 길에 마주친 사람들에게 들은 이야기들이 선경의 가설에 힘을 싣기는 했다. 주로 되살아난 나무나 꽃에 대한 의문이었다. 가설을 세운 선경조차 헛웃음이 나올 얘기였다. 아니디우스가 시간을 되돌린다? 생명이 다할 때까지 매달려야 할 일이었다. 하지만 창문을 부수고 쳐들어온 아니디우스의 기개를 보고 선경은 믿어 보기로 했다. 틀리지 않은 선택이었다.

그러고 보니 사피엔스가 말한 친구는 저 녀석이었다. 사피엔스는 말했다.

그 친구는 우리 틈에서 거의 없는 취급을 받았는데, 어쩔 수 없는 일이었다.

거대한 아니디우스들 사이에서 저 작은 녀석이 존재감을 드러내기란 어려운 일이었을 터였다. 크기가 작아 소외된 아니디우스와 시스템상 존재하지 않는 아이의 조합이라. 선경은 쓴웃음을 지었다.

다시 산으로 몸을 숨긴 선경과 무영은 아니디우스의 도움으로 점액질을 제거한 뒤 잠든 아이를 데리고 쉴 곳을 찾아 몇 날 며칠을 걸었다. 아이는 무영의 고집대로 유영이 되었고, 유영은 자꾸만 선경을 향해 엄마라고 불러댔다.

"내 이름은 엄마가 아니라 선경이야."

"엄마."

이미 아빠 행세를 하던 무영이 상황을 눈치채고 말했다.

그냥 좀 넘어갈 수 없어?

그렇게 엄마가 좋은데 시설은 어떻게 나왔대?

그거랑 이거랑은 상관없어.

무영이 무섭게 쳐다보고는 유영을 들쳐메듯 안고 먼저 가 버렸다. 선경이라고 그걸 몰라서 한 말은 아니었다. 단지 앞으로의 일을 염두에 두지 않는 듯이 행동하는 무영이 못마땅해 괜한 소릴 한 거였다. 하지만 분명 잘못된 행동이었고, 그래서 조용히 무영의 뒤를 따랐다. 그러기를 몇 시간, 아이를 안고 있는 무영이 눈에 띄게 힘들어 했지만, 선경이 유영을 달라고 해도 고개만 가로저었다. 선경은 말했다.

조금만 더 가면 터미널이야. 일단은 거기서 쉬자.

무영이 멈춰 섰다. 그러고는 유영을 안은 채 선경을 빤히 봤다. 마치 이렇게 묻는 듯했다. 그다음엔?

연구소부터 가서 아니디우스를 맡기고 아이를 제대로 된 시설에 보내는 거지.

무영이 장치를 낚아채고는 한 손으로 천천히 말했다.

이 애를 다시 시설 같은 데 넣겠다고?

뭐, 그럼 네가 데려다 키우기라도 할 거야?

무영이 너무나 쉽게 고개를 끄덕였다. 선경은 할 말을 잃고 잠시 하늘을 쳐다봤다. 아니디우스가 머리 위를 뱅뱅 돌고 있었다.

이봐, 그게 꼭 그 애를 위한 일이 아닐 수도 있어.

네가 말한 것보다는 나아.

선경은 화가 치미는 것을 느꼈는데 실로 오랜만에 느껴 보는 감정이었다.

네가 무슨 수로 그 앨 키울 건데? 같이 떠돌이 생활하면서? 그게 그 애를 위한 거야?

무영의 굳게 닫힌 입을 보고 선경은 유영을 흔들어 깨웠다. 감이 좋지 않았지만 무영의 터무니없는 생각을 돌리게 해야 했다. 유영이 졸린 눈을 비비며 "엄마?" 하고 중얼거렸다.

"누가 네 엄마야? 야, 잘 들어. 언제까지 도둑질이나 하면서 살 수는 없어. 최소한 사람답게는 살아야지."

무영의 목을 끌어안고 있는 유영이 그래서 뭐 어쩌라는 듯 선경을 보았다.

"보육원에 데려다줄게. 거기서 제대로…."

"싫어."

유영이 선경에게 등을 보이자 무영은 장치를 건넸다.

무모하다는 거 알아.

그런데?

하지만 그런 삶밖에는 주어지지 않는 사람들도 있어.

궤변이야.

네 말대로 시설에 들어갔다 치자. 그래서 시스템에 등록되면 이 아이도 너처럼 살 수 있나?

왜 나야?

하고 싶은 일하면서 독립적으로 살 수 있냐고.

모든 사람이 다 그렇게 살 수는 없어.

맞아. 하지만 이 애는 시스템 바닥에서 겨우 목숨만 연명하며 살 거야.

선경은 어렸을 때의 자기를 떠올리고 완전히 전의를 상실했다.

당장 죽지 않게 해 주는 거, 물론 고마운 일이지. 근데 그거면 되나? 사람이라는 게 정말 그거면 되는 거냐고. 먹고 싸고 자고….

선경은 장치를 빼앗았다.

무슨 말인지 알았으니까 그만해. 그래서 너는 무슨 방법이 있는 거야?

찾아봐야지. 시스템 밖에서.

선경이 황당하게 쳐다보자 무영은 웃었다.

원래 고쳐 쓰는 것보다는 처음부터 새로 만드는 게 쉬워.

선경은 결국 포기했다. 이렇게 되면 남은 건….

설마 아니디우스도 데려갈 생각은 아니겠지?

쟤는 쟤 갈 길 가라지. 당연히 연구소는 아닐 거고.

선경은 비명이라도 지르고 싶었다.

저 녀석이야말로 보호가 필요해!

시간을 돌이킬 수 있는 능력을 가지고 있어서? 그런 능력이 없었어도 데리고 가서 보호하겠다고 했을까?

너, 아주 야비해.

무영이 웃으며 돌아섰다. 그러자 얼굴을 드러낸 유영이 선경을 보고 손을 흔들었다.

"엄마, 안녕."

왜 엄만데? 아니디우스가 선경의 옆으로 내려와 앉더니 땅을 보고 잠시 있다가 다시 날아올라 가 버렸다. 아니디우스가 있던 자리에는 작은 새순이 고개를 쳐들고 있었다. 마치 인사하듯이.

 되돌아 흐르게 하는 하늘동물, 아니디우스 레푼도의 능력으로 아이의 얼굴은 말끔하게 낫는다. 미처 사라지지 않은 피를 손으로 훔치고 유영은 아이한테 말한다.
 "용용이야."
 아직 울음을 채 그치지 못한 아이가 유영의 어깨를 차지하고 있는 레푼도를 올려다보며 "용용이." 한다. 레푼도가 반응하듯 꺅, 하고 울더니 날아올라서는 자길 따라오라는 듯이 아이의 머리 위를 뱅뱅 돈다. 아이가 조금 전 유영의 성화를 잊고 또 하늘만 올려다보며 달린다.
 "너 또…."
 "그냥 둬. 어차피 레푼도가 치료해 줄 거야."
 "그래도 아프잖아. 근데 레푼도는 뭐야?"
 "뭐긴 뭐야, 이름이지."
 "겁나 구려."
 "용용이보단 낫지 싶은데."
 아이가 "용용이." 하며 두 사람 사이를 지나친다.
 "용용이 어떻게 찾았어?"
 "설명하자면 길어. 그리고 저 레푼도는 네가 아는 용용이가 아니야. 그 후손이지."

"뭐? 용용이가 새끼를 낳았다고?"

그게 진짜로 동물이 하는 것처럼 번식을 하는 건 아니지만, 뭐 아주 다른 것도 아니다. 선경은 고개를 끄덕인다.

"레푼도의 서식지가 발견됐어. 그곳에서 오는 길이야."

"왜? 용용이로 아빠 치료하려고?"

"뭐, 가능하다면. 망가진 뇌를 되돌리는 건 아무래도 찢어진 피부를 붙게 하는 것과는 차원이 다른 문제니까."

유영은 생각에 잠긴 눈으로 천천히 고개를 돌려 무영이 있는 오두막집 쪽을 바라본다. 선경도 그쪽을 보며 아까 무영의 신체를 간이 스캔한 이미지를 떠올린다. 레푼도의 능력이 제 아무리 기적과 같다 한들 무영의 한없이 쪼그라든 뇌와 전신에 꽃이 만개하듯 자리한 종양을 되돌릴 수 있을지는 미지수다. 선경은 스스로에게 되뇌듯이 말한다.

"그래도 할 수 있는 건 해 봐야지."

유영이 내어준 움막에 자리를 잡고 앉으니 아늑하니 스르륵 눈이 감긴다. 이런 고요함을 최근에는 느끼지 못한 것 같다. 무영과 헤어진 뒤로도 선경은 아니디우스를 찾아다니는 일을 멈추지 않았다. 오히려 더 매달려서 열중했다. 그러지 않으면 가는 곳마다 마주하는 무영의 눈빛 때문에 회의감으로 숨이 막혔다. 그 눈빛들을 외면할 수밖에 없는 스스로가 너무

나도 혐오스러웠지만, 그렇다고 무영처럼 무모해질 수는 없었기에 더 매몰차게 돌아서서 아니디우스를 향했던 것이다.

기후가 변화하는 속도는 그야말로 지수함수적이었다. 아니디우스를 찾기가 어려워졌다는 것을 느낄 즈음에는 이미 돌이킬 수 있는 임계점을 넘어선 이후였다. 과거의 사람들이 '특이점'이라고 불렀던 시기도 그렇게 무의미하게 지나가 버렸다. 신체를 개조한 대부분의 사람들에게는 분명 의미 없는 시점이었다.

유기물 비중만큼이나 얼마 남지 않은 시대착오적인 윤리의식 때문인지 아니면 그저 또 하나의 관음적 유희인지 정확히 판가름하기는 어렵기도 하고 그닥 의미도 없지만, 사람들은 뒤늦게나마 과거의 한 장면을 복원해 자신들의 뒤뜰에 전시하고 싶어했다. 그래서 세계 곳곳을 뒤지고 다니며 유전자를 수집했는데 확실히 기존에 보유하고 있던 씨앗 창고와는 다른 성과를 거둘 수 있었다. 그리고 이른바 에덴 동산이라고 명명한 생태공원을 만들었다.

선경도 유전자 수집을 위해 다시 한 번 세계를 누비던 중이었다. 그러다 꿈을 꾸고 있는 것이 아닌가 싶을 정도로 녹색이 만연한 섬을 발견하게 된 것이었다. 엄밀히 말하면 발견은 아니었다. 그저 해수면 상승으로 섬이 되어 버린 산봉우리 중 하나였다. 선경은 그곳의 옛 지명을 알아보고 웃음지었다. 산이라고 해도 틀린 말은 아닐 정도로 우거진 수풀을 헤치고 다니던 선경은 그것과 마주쳤다. 용용이라 불렸던 아니디우스들이 그곳에 있었다.

"저 뒤쪽에 서식지를 두고도 그동안 몰랐단 말이야?"

다음 날 아침 무영의 오두막으로 가는 길에 이러한 이야기를 하자 유영은 놀라워하면서도 조금 창피해한다.

"하지만 죽으려고 작정한 게 아니라면 저길 어떻게 넘겠어."

그것도 그렇다. 특히나 개조하지 않은 몸으로는 더더욱. 그 옛날 진화론을 탄생시킨 갈라파고스가 떠오르자 연이어 터지듯 의문이 팽창한다. 과연 이곳만의 현상일까? 물론 레푼도가 있었기에 가능했던 일이다. 하지만 단정할 필요가 있을까. 어차피 시간은 많으니까.

"그럼 우리가 여기에서 살아남을 수 있었던 것도 용용이들 덕분인 거야?"

"분명 영향이 없지는 않지. 레푼도의 영역 너머로 녹지가 확장되고 있거든. 하지만 그렇다고 너랑 사람들이 해온 투쟁이 무의미해지는 건 아니야."

"누가 그렇대?"

유영이 쏘아붙이고는 무영의 오두막으로 쌩 들어가 버린다. 하여튼 한결같다니까. 웃으며 따라 들어간 선경은 자길 향해 묘한 눈빛으로 인사를 건네는 무영을 보고 멈칫한다. 유영도 놀랐는지 꼼짝도 하지 않는다. 무영은 뭔가를 찾는 듯 제 품을 뒤진다. 그게 무엇일지 알 것 같아서 선경은 방 한쪽에 쌓인 기계 더미를 뒤져 오래전에 두 사람을 연결해 주었던 장치를 찾아낸다. 수없이 보수한 흔적이 역력한 장치를 통해 선경은 말한다.

안녕.

네가 여긴 웬일이야? 유영이는 어디 있지?

옆에 있던 유영이 억지로 웃으며 선경을 보더니 자리를 피한다. 그것을 멍하니 보다가 무영이 선경에게 눈으로 묻는다. 못 알아보는 것이다. 선경은 침대에 걸터앉아 말한다.

유영이는 용용이랑 놀고 있어.

무영의 눈이 휘둥그레진다.

용용이가 우릴 따라왔어?

그런 것 같아. 새끼도 낳았더라.

무영이 웃음을 터뜨리다 발작적으로 기침을 한다. 손바닥 한가득 피를 토한 무영이 흔들리는 눈으로 선경을 보더니 오두막집을 천천히 둘러본다. 그런 무영의 두 눈에서 빛이 무서우리만큼 순식간에 사라지는 것을, 선경은 개조된 눈에 새기듯이 지켜본다.

무영이 마침내 말한다.

오랜만이네.

정신이 들어?

응, 근데 얼마 안 남은 것 같아.

애석하게도 사실이다.

용용이가 커다란 가족을 꾸렸어. 너랑 유영이처럼.

그럴 줄 알았어.

그곳에 가면 좋을 것 같아. 여기보다는 좀 더 살기 편할 거야.

무영이 제 몸을 내려다보고는 말한다.

이번에는 도와줄 거지? 보다시피 내가 지금 상태가 별로라서.

선경은 고개를 끄덕인다.

나는 다시 누워야겠어.

선경은 무영이 눕는 것을 돕고는 유영을 부르기 위해 밖으로 나간다. 어쩌면 마지막이 될지도 모른다. 그러나 유영은 보이지 않는다. 다시 무영에게로 돌아가던 선경은 무영이 결국 떠났음을 깨닫는다. 무영답게 조용히 갔다는 생각을 하다가 이내 소리 내어 말한다.

"너답게 빛났어."

무영의 장례는 축제처럼 이뤄진다. 옴브라 사람들은 무영을 애도하며 동시에 자신들의 변화될 내일을 꿈꾼다. 유영은 부담감이 적지 않은 듯 전보다도 부산스럽게 사람들과 아이들을 채비시킨다. 그 모습이 퍽 재미있어 웃음을 참기가 어렵다.

선경이 손봐 둔 길을 통해 사람들의 행렬이 이어진다. 이들의 수에 새삼 놀라며 선경은 복잡한 감정을 느낀다. 그런 선경의 마음처럼 주변 또한 단순히 녹색과 갈색에서 벗어나 점점 다채롭게 변해 간다. 그것을 선경보다도 더 기민하게 알아챈 사람들이 하나둘 대열을 이탈해 앞서가자 유영이 소리친다.

"위험하니까 제 자리를 지켜요!"

"괜찮아."

선경이 아예 유영의 곁으로 간다.

"다 왔어."

"용용이들은?"

"설마 걔네랑 살이라도 맞대고 살려고 했던 건 아니지?"

"용용이네가 더 살기 좋다며?"

"그야 정상으로 막혀 버린 저쪽보다 이쪽이 더 복원이 많이 됐으니까. 레푼도는 정상의 이쪽 면에서 주로 출몰해."

"그럼 용용이들 못 봐?"

"뭐, 살다 보면 가끔은 마주치지 않겠어?"

그 순간 꺅, 하는 소리가 메아리치자 사람들이 멈춰 서서 하늘을 올려다본다. 얼마 전 레푼도를 쫓다가 엎어져 이가 부러진 아이가 소리친다.

"용용이! 많아!"

그와 동시에 선경의 품속에 있던 레푼도가 날아오른다. 유영이 뒤를 쫓아 달린다. 선경도, 혹시나 하는 마음에 뒤따른다. 우거진 숲이 숨통을 트이는 듯 비워 둔 하늘 저 멀리에, 레푼도 무리가 보인다. 그 틈으로 섞인 레푼도를 더는 구분할 수 없다. 저렇게나 많은 레푼도들이라니…. 선경이 파악하는 바로는 쉬이 납득하기 어려운 상황이다. 유영이 손을 흔들고는 말한다.

"가끔은?"

선경은 어깨를 으쓱한다.

"또 언제 볼지 누가 알겠어."

"상관없어. 어차피 같은 하늘 아래 있는 거잖아."

선경은 고개를 끄덕인다. 그러다가 말한다.

"혹시 말이야…."

"뭐, 말을 해."

"됐어."

유영이 음흉한 눈빛으로 선경을 보더니 말한다.

"아빠가 그랬어. 내가 자꾸 엄마랑 용용이 찾으니까. 다 같은 하늘 아래 있는 거라고. 됐어?"

선경은 가만히 유영을 바라보다가 와락 껴안는다. 유영이 뭐 하는 짓이냐고 몸부림을 치지만 놓아주지 않고 더 꽉 끌어안는다. 선경은 읊조리듯 말한다.

"미안해."

"뭐가?"

 모든 것. 하지만 말하지는 않고, 다만 선경은 유영을 오랫동안 끌어안는다. 지금 선경이 해 줄 수 있는 유일한 것이다.

작가의 말

하드 SF를 써야 하는 상황이 나 같은 사람에게 입력되면 나오는 출력값이다, 이 소설은.
좀 더 구체적으로 말하자면, 기본적으로는 기후 변화를 염두에 두고 임했다. 그리고 그런 세상에서 나고 자라야 할 아이들에 대해 생각했다. 거기에, '하드 SF라면 최소한 학과를 정하고 써야 하지 않을까?' 하는 소프트한 생각에 공학을 한 꼬집 섞었다. 그러다 발견한 지구공학이라는 생소한 분야와 누가 봐도 공학적인 테오 얀센의 '해변동물' 시리즈가 융합돼 이 소설이 나왔다.
이 소설을 쓸 당시와 지금의 차이를 두 가지만 언급해 보고 싶은데, 인공지능과 기후 변화다. 두 가지 다 어느새 지면에서 현실로 튀어나와 버린 느낌이다. 자고 일어나면 지구의 어딘가에서 사람 같은 기계가 춤을 추고 있고 또 어딘가에선 대규모의 자연 재해가 발생해 있다. 그것들을 보고 있자면 머릿속이 고요해진다. 우리는, 나는 뭘 할 수 있고 무엇을 해야 할까. 그리고 그게 의미가 있을까. 답이 있는 의문이 아니라는 것은 잘 알고 있다. 하지만 그런 의문이 발생시킬 무언가가 있기는 할 거라고 생각한다.
믿는다.

마법사 에티올이 두루 엔딩 체크스트

이산화

SF 작가. 2018년과 2020년 SF 어워드 중단편소설 부문, 2023년 SF 어워드 장편소설 부문에서 각각 우수상을 수상하였다. 대표작으로 사이버펑크 장편소설 『오류가 발생했습니다』, 어반 판타지 연작소설집 『기이현상청 사건일지』, SF 단편집 『증명된 사실』 등이 있다. 생물학적 경계와 낯선 디저트에 도전해 보는 것을 좋아한다.

푸른 풀로 뒤덮인 초원 곳곳에서 일제히 부스럭부스럭 소리가 나더니, 곧이어 큰 개만 한 몸집의 괴물 도마뱀 무리가 괴성을 지르며 튀어나와 덤벼들었다. 갑작스러운 습격에 누구보다 먼저 대응한 건 궁수인 로그노스였다. 엘프 특유의 길쭉한 귀 뒤로 아름다운 금발을 흩날리며 쏘아낸 화살이 가장 앞서서 튀어나온 놈을 번개처럼 꿰뚫었다. 뒤이어 나타난 세 마리는 전사 디아그의 몫이었다. 왕국 근위대 출신 베테랑 용병이 대검을 솜씨 좋게 휘두르자 도마뱀들은 단번에 우르르 동강이 났다.

 하지만 이 초원에 서식하는 도마뱀들은 칼과 화살만으로 전부 처리하기엔 제법 잽싼 괴물이었고, 쏟아지는 공격을 재주 좋게 피한 녀석 하나는 기어이 내 코앞까지 달려오는 데 성공했다. 도마뱀의 예리한 송곳니를 지척에서 마주하자 마법 지팡이를 쥔 손에 자연스레 힘이 들어갔다. 이젠 제브라시아 대륙 전체를 통틀어서도 불세출의 천재 소녀라는 멋들어진 설정을 지닌 나, 마법사 에티올이 활약할 차례였다.

"작열하는 원소의 힘으로… 파이어스톰! 어? 뭐야, 왜 안 나가?"

순간 하얘진 머릿속에 흐릿하게 떠오르는 건, 어린 시절에 수십 번은 더 반복해 읽었던 게임 공략집의 내용. 파이어스톰은 27레벨에나 습득하는 마법이던가? 그럼 태양의 초원 진입 시점에서는 당연히 안 배우고 있겠네? 혹시 파이어볼도 아직 못 쓰나? 아, 기억은 가물가물한데 지금 당장 도마뱀이….

"제가 도와드릴게요!"

공격을 막으려고 치켜들었던 왼팔이 그대로 송곳니에 푹 찔리려던 찰나, 부드럽지만 한없이 믿음직한 외침이 귓가를 힘껏 스쳤다. 이어서 철퇴를 크게 휘두르는 묵직한 소리, 도마뱀이 멀리 날아가는 소리가 연달아 들려왔다. 살짝 긁힌 피부의 따가움에 미간을 찌푸리면서도 내 눈길은 자연히 그 소리의 근원을 향해 움직였다. 어느새 바로 곁에서 걱정 가득한 얼굴로 나를 쳐다보고 있는 밝은 갈색 머리의 여자아이에게로. 새하얗고 치렁치렁한 사제복과 십자가 문양이 박힌 커다란 모자가 햇빛을 받아 빛났다. 둥글게 부푼 뺨은 방금 공격의 여파인지 장밋빛으로 조금 상기되어 있었고, 큼지막한 보석을 닮은 녹색 눈동자에는 벌써 조금 물기가 고일 태세였다. 일단 안심부터 시키겠다고 황급히 내뱉는 내 목소리가 스스로 들기에도 참 애처롭게 느껴졌다.

"괘, 괜찮아, 프리베! 네 덕분에 살짝 스치기만 했어! 진짜 살짝!"

"그게 덧나기라도 하면 어쩌려고요! 팔 내밀어 보세요. 금방 회복시켜 드릴 테니까."

상처를 가만히 쓰다듬는 성직자의 손끝에서 희미한 빛이 어른거렸다. 간질간질한 오싹함이 팔을 타고 흐르는가 싶더니, 이내 팔의 출혈이 멎고 고통도 잦아들었다. 하지만 프리베의 경이로운 치유 마법도 오랜만의 실전에 놀란 가슴과 힘이 빠져 주저앉아 버린 다리까지는 치료해 줄 수 없었다. 어느새 전방에서 도마뱀들을 전부 격퇴하고 돌아온 로그노스와 디아그가 그런 내 꼬락서니를 내려다보며 굳이 한마디씩 얹었다.

"한심하군, 에티올. 실력이 고작 이 정도가 아니었을 텐데."

"로그노스, 그쯤 해둬. 수백 살 먹은 엘프님께선 잘 모르시겠지만, 인간이란 생물은 나이를 먹으면 감이 무뎌지는 법이라고."

"그렇게까지 나이 먹진 않았거든! 너무 오랜만에 해 봐서 잠깐 헷갈린 거야."

그렇게 볼멘소리로 항의해 봐도, 중년의 근육질 전사는 그저 짧게 깎은 수염을 쓰다듬으며 너털웃음이나 터뜨릴 뿐이었다. 그러는 동안 훤칠한 키의 엘프 궁수는 여전히 한 발짝

밖에서 차가운 태도로 나를 쏘아보기만 했다. 덕분에 다소 시무룩해져 버린 내게 위로를 건네줄 동료는 예나 지금이나 하나뿐이었다. 치유를 마친 성직자 프리베가 상냥한 손길로 나를 가만히 토닥여 주었다. 게임 내의 이벤트 CG에서, 공식 홈페이지에 올라와 있던 콘셉트 아트에서, 그리고 어린 시절 꿈속에서도 하루가 멀다 하고 보았던 바로 그 미소를 머금은 채.

그때야 비로소 나는 똑똑히 깨달았다. 〈제브라시아 모험기〉를 마지막으로 켜 본 지 그만큼이나 오랜 세월이 지났건만, 한때 달달 외웠던 공략집 내용도 이미 가물가물해졌건만, 내 머릿속 어딘가에는 프리베라는 인물의 미소가 이렇게나 선명히 각인되어 있었다는 사실을. 이 나이를 먹고 어른이 되어 학위까지 딴 지금도 나는 여전히 그 옛날 게임 속의 성직자 캐릭터를 마음 깊이 좋아한다는 사실을.

내가 게임 속 세상으로 돌아온 것도 틀림없이 그 때문이리란 사실을.

◇ ◇ ◇

내가 어린 시절에 얼마나 열심히 즐겼는지와 별개로, 〈제브라시아 모험기〉는 1990년대 중후반에 나온 국산 패키지 롤플레잉 게임 가운데서 딱히 두드러지는 작품은 아니다. 숨겨진 수작이라고도 포장해 주기 힘든 전형적인 평작이라고나 할까. 플레이타임은 짧고, 도트 그래픽의 완성도는 다소 떨어지고, 시스템도 동시대 한국 RPG들과 비교해 두드러지지 않는 데다가 급히 발매하느라 검수할 시간이 없었는지 버그마저 잔뜩 있었으니까. 하지만 정보화 시대의 혜택을 아직 제대로 받지 못했던 당시의 내게 중요했던 건 그런 시시콜콜한 단점들이 아니었다. 생일선물 포장을 뜯자마자 반해 버렸을 만큼 아름다웠던 커버 삽화, 그리고 이후로도 마음을 단단히 사로잡고서 쉽게 놓아주지 않았던 등장인물 개개인의 이야기였다.

플레이어가 조종 가능한 네 명의 주인공 중에서도 특히 감정 이입이 되었던 인물은, 단연 자그맣고 소심한 천재 마법사 에티올이었다. 뛰어난 능력을 지녔음에도 사람 대하는 게 서툴러 오래도록 외톨이로 지냈던 에티올. 프리베가 내민 손을 붙잡고 용기를 내서 모험을 떠난 끝에, 결전의 장소인 피의 호수에서 흑마법사 디에날의 음모를 막아내고 영웅이 되어 돌아오는 에티올. 지금 떠올리기는 다소 부끄럽지만, CRT 모니터 앞에서든 잠자리에 누워서든 광활한 제브라시아 대륙을 모험하는 동안, 나는 언제나 내가 곧 에티올이라고 상상했다. 프리베의 손을 잡고 함께 여행하며 친구를 사귀고 세상으로부터 인정받는 내 모습을 몇 번이고 그려 보았다. 가끔은 결말 이후 프리베와 함께 행복한 나날을 즐기는 망상에 잠겼다가 괜히 혼자 발버둥을 치기도 했고.

그런데, 내 망상대로 되어야만 했는데, 후속작에서 그딴 전개가 나올 줄이야.

기다렸고, 기대했다. 발매가 연기되고 또 연기되어도 굴하지 않고 꼬박 3년을 견뎠다. 후속작의 시간적 배경이 전작 결말로부터 35년 뒤이고, 주인공은 흑마법사 디에날의 숨겨진 딸이라는 충격적인 소식에도 흔들리지 않았다. 나와 프리베가 함께 구원한 세상의 다음 이야기를 보고 싶었으니까. 하지만 마침내 손에 넣은 후속작, 〈제브라시아 크로니클〉은 그런 내 기대를 철저히 배신했다. 1편과는 완전히 달라진 삽화 그림체나 수준 이하의 3D 그래픽이 문제가 아니었다. 35년이 지나는 동안 과거 디에날을 쓰러뜨린 영웅들이 죄다 죽거나 미쳐버렸다는 설정이 문제였다. 태양의 초원을 가로지르던 우리의 입에서는 어느새부턴가 그 얼토당토않은 설정에 대한 푸념이 자연스레 흘러나오고 있었다.

"나는, 그러니까 에티올은 후속작에 출연도 못 했어. 오래도록 심한 두통에 시달리다가 어느 날 급사했다는 언급이 끝이더라. 로그노스도 그냥 죽었다고만 나왔던가?"

"흥, 디아그에 비하면 차라리 잘된 거지. 최강의 전사라는 놈이 10년 넘게 악몽이나 꾸고 불안해하다가 광기에 굴복해선, 무슨 산적처럼 갑자기 주인공 습격하거나 하다니."

"지금 도발하는 거냐? 미안하지만 난 비중이 산적 정도여서 차라리 다행이었다고 생각하거든. 프리베처럼 중간 보스 자리라도 맡았다면 대체 무슨 꼴이 됐을지, 생각만 해도 몸서리가 쳐진다고."

"그러니까 말이에요. 그 애랑 눈 마주치자마자 일단 죽이려고 들더니, 마지막엔 이상한 뒷얘기나 덧붙이고요. 제가 여러분한테 그런 짓을 했다는 게 대체 말이나 되는지…."

프리베가 고개를 푹 숙이고서 시무룩하게 입에 담은 '이상한 뒷얘기'와 '그런 짓'이란, 후속작에서 주인공과의 전투가 끝난 뒤에 프리베가 유언 삼아 늘어놓는 이른바 '사건의 진상'을 가리킨다. 이에 따르면 나와 내 동료들이 전작의 결말 이후에 하나하나 망가져 간 이유는, 디에날이 쓰러지기 직전에 날린 최후의 저주를 프리베가 일부러 막지 않았기 때문이었다. 왜냐? 싸움 도중 디에날에게 반해서 마음이 흔들렸으니까! "너는 정말 그이를 닮았구나."로 시작하는 프리베의 기나긴 고백 대사를 떠올리면 아직도 이가 바득바득 갈린다. "너도 크면 나를 이해하게 될 거란다."라니, "여자는 그렇게 사랑에 빠지기도 하는 거야."라니.

"그런 식으로는 안 빠진다고요! 맞닥뜨리자마자 막 해골 소환해서 공격하는데, 대체 반할 틈이 어디에 있어요!"

"혹시 그 소문이 사실이었던 거 아냐? 시나리오 라이터가 여자 친구랑 헤어지고서 전개를 완전히 갈아엎었단 얘기 말이야. 나는 꽤 신빙성 있다고 보는데."

"유언비어에 일일이 부화뇌동하지 마라, 디아그. 그 작가는 원래 전작 주인공들 망치는 걸 좋아할 뿐이야. 피의 호수에서 디에날이 불러내는 해골들도 같은 신세라니까 말이지."

최강의 마도사 메타스타, 불굴의 성기사 토이문, 하이엘프 대사제 콘제니, 광전사 일족의 왕 라사이트. 〈제브라시아 모험기〉에는 신들의 전쟁에서 함께 싸웠던 전설의 용사들이라고만 언급되지만, 사실 이들은 시나리오 라이터가 과거에 만든 인디게임의 주인공이다. 자기가 만든 인물들이 얼마나 미웠으면 나중에 해골 소환수로 재등장시킬 생각을 했을까? 아니, 오히려 뒤틀린 애정 때문일까? 새록새록 떠오르는 옛날 옛적 의문들을 떨쳐내려 나는 일부러 고개를 마구 흔들었다. 지금은 국어 시간이 아니고, 작가의 의도 따윈 아무래도 좋다. 중요한 건 의도가 무엇이든 어차피 후속작의 전개는 논리적으로 아예 불가능하다는 점이다.

"논리적으로 불가능하다고까지 말할 수는 없지 않을까요? 그러니까, 아무튼 제가 저주를 못 막아서 여러분까지 전부 이상해져 버렸단 전개 자체는 실제로 일어난 일이고…."

"일어났을 리가 없잖아. 이 게임에 저주 같은 건 존재하지도 않는데."

그렇게 단언했더니 나머지 세 사람 얼굴에 차례로 깨달음이 스쳐 지나갔다. 그래, 깜박할 만도 하지. 적어도 작중 NPC들은 누구나 저주가 존재하는 듯 행동하니까. 최종 보스 디에날부터가 해골 뒤에 숨어서 저주를 걸어대며 싸우기도 하고. 하지만 그런 행동이야 어쨌건 〈제브라시아 모험기〉에서 저주는 아무 효과가 없다. 저주의 메커니즘은 아이템이나 버프에 의한 보너스를 제외한 기본 능력치(공격력·속도·마법력)를 일정 비율 감소시키는 것. 하지만 적들과는 달리 플레이어 캐릭터는 기본 능력치가 아예 없고, 오로지 근력·민첩·지혜 수치에 따라 계산된 보너스만 존재한다. 당연히 저주가 통할 리 없다. 물론 플레이어가 적에게 저주를 걸 방법도 없다. 다시 말해 이곳 제브라시아 대륙에서 저주는 그냥 미신이다. 최종 보스마저 믿고 의지하는, 하지만 실제로는 어떠한 직접적인 해도 끼칠 수 없는 미신.

"하기야, 저주가 진짜였다면 내가 벌써 이렇게 활약하진 못하겠지."

손잡이에 무시무시한 해골 문양이 박힌 검을 들어 보이며 전사 디아그가 중얼거렸다. 초반에 상점에서 헐값에 살 수 있는 '광전사의 마검'으로, '과거 신들의 전쟁 당시 몰살당한 전설적인 광전사 일족의 검'이라는 설명과 게임 내 최고 수치인 170이라는 공격력에 홀려 장착하면 영구적인 저주에 걸려 오히려 공격력이 낮아지게 되어 있는 함정 아이템이다. 물론 그 저주는 전혀 발동하지 않는다. 덕분에 광전사의 마검을 장착한 디아그는 게임 내내 압도적인 공격력으로 어떤 적이든 간단히 부숴 버리며 경험치를 싹쓸이할 수 있다. 이야말로 저주가 미신에 불과하다는 움직일 수 없는 증거다. 한층 강해진 확신을 담아서 나는 다시 입을 열었다.

"디에날의 최후의 저주 따위는 없어. 후속작에서 밝혀진 사건의 '진상'은 프리베의 일방적 증언일 뿐인데, 그때 프리베는 명백히 상태가 이상했지. 그러니까 35년 뒤에 일어날 비극에는 반드시 다른 원인이 있을 거야. 조금이라도 말이 되는 원인이, 수긍할 수 있는 원인이…. 나는 그걸 찾아내고 싶어."

"어차피 원작자의 공인도 뭣도 없는, 네 머릿속의 해답일 뿐일 텐데도 말인가?"

"그거면 충분하고도 남아, 로그노스. 내가 지금껏 현실에서 어떻게 살아왔다고 생각해? 불세출의 천재까진 못 됐지만 최소한 학위는 받았고, 특히 사람이 망가지고 죽어 가는 원인에 대해서라면 잔뜩 배웠어. 그러니까 이제는 원작자보다 내가 훨씬 잘 알아. 내가 더 제대로 설명할 수 있어."

여기서 잠시 숨을 고르고, 떨리는 목소리를 가다듬어 줘어짠다.

대사 창의 글자 크기를 한 단계 키우듯이.

"그러려고 여기 돌아온 거야."

◇ ◇ ◇

"그래서 뭐, 지금으로서 짐작 가는 방향은 있어?"

태양의 초원 너머의 성채도시 엔도크에서, 선술집 테이블에 둘러앉아 음식을 주문하기가 무섭게 디아그가 다짜고짜 묵직한 질문부터 던져왔다. 그래 봐야 내가 해 줄 수 있는 대답은 이 정도뿐이었는데도.

"저주, 그러니까 사람의 몸과 마음을 장기적으로 망가뜨리는 마법이 게임 내에 존재하지 않는다면 남는 가능성은 뭐겠어? 그야 생물학적 요인뿐이지. 당연한 논리잖아."

"생물학적 요인이란 말은, 즉 우리가 병에 걸려서 그렇게 된다는 뜻인가요?"

"말하자면 그렇지. 정확한 해답이 뭐든지, 그게 인간이 걸릴 수 있는 질병 중 하나란 것만큼은 확실해."

가슴을 쭉 펴고서 자신 있게 선언하니 프리베가 "오오." 하고 감탄해 주었다. 겨우 그것만으로도 뿌듯함이 벅차올라서 입꼬리가 올라가는 걸 참기 힘들 정도였다. 적어도 로그노스가 평소처럼 심드렁하게 찬물을 끼얹기 전까지는.

"이 세계의 생물학이 현실과 똑같으리라고 어떻게 장담하지, 마법사? 여기가 마법이 실존하는 세계임은 네가 누구보다 잘 알 텐데. 근본적 물리법칙부터가 판이할 수도 있어."

"근본적 물리법칙은 아무래도 상관없어! 나는 마법의 작동원리를 밝히려고 온 게 아니야. 버그 때문에 마법이 작동하지 않는 영역에서 일어난 사건의 진상을 규명하려고 온 거지. 최소한 그 영역에서만큼은 이곳도 현실과 별로 다르지 않을 거라고 가정을…. 맞다, 디아그. 너 '아드레날린'이라는 기술 배웠지?"

"어, 나? 아직 안 배웠는데. 레벨이 딸리니까. 그것만 배우면 이 심술보 엘프 녀석보다도 훨씬 빨라질 텐데 말이야."

게임 내에서도 가장 강력한 보조 기술이 화제에 오르자 디아그가 능청스레 너스레를 떨었다. '아드레날린'의 효과는 자신의 속도를 최대치인 255까지 증가시키는 것으로, 이 덕분에 디아그는 낮은 민첩 능력치라는 유일한 단점마저 간단하게 극복할 수 있다. '마법'이 아니라 '기술'이라서 마나 소모조차 없으니 더더욱. 하지만 정작 내 주의를 끈 것은 그런 무시무시한 게임 내적 성능이 아니라, 실로 익숙하기 그지없는 이름이었다.

"아드레날린(Adrenaline)은 현실의 사람 몸속에도 존재하는 물질이야. 교감신경계를 자극해 투쟁-도피 반응[*]을 유발하니

---

[*] Fight-or-flight response. 위협이나 스트레스에 대응해 일어나는 신체의 변화. 호르몬 분비로 말미암아 심장 박동수 상승과 혈류량 증대, 동공 확장, 소화기관 기능 저하 등이 연쇄적으로 일어난다.

정말로 싸우는 데 도움이 되지. 부신(Adrenal gland)에서 분비되는 호르몬이라 그런 이름이 붙었는데, 부신(Adreal)은 다시 라틴어로 신장(ren)의 근처(ad)에 있는 장기란 뜻이고. 이해했어? 이 세계에서 싸움에 도움을 주는 기술 이름이 '아드레날린'으로 붙여졌단 말은, 현실의 아드레날린과 비슷하거나 같은 물질이 현실에서처럼 신장 근처에서 분비된다는 의미라고."

"우연히 그렇게 될 리는 없으니, 적어도 인체 해부학과 내분비학은 똑같으리란 소리군."

"그것만이 아냐, 로그노스. 아드레날린이 우리 몸속에 존재하려면, 아드레날린을 합성하는 부신수질*의 크롬친화세포** 도 있어야 해. 아드레날린의 전구체***인 노르아드레날린도, 노르아드레날린의 전구체인 도파민도, L-도파와 아미노산인 티로신도…. 물론 반응에 관여하는 효소들이나 교감신경의 아드레날린 수용체도 갖춰져 있겠지. 그렇다면 내가 현실에서 배운 생화학 또한 여기서도 틀림없이 통할 거야."

여기까지 말했더니 로그노스도 더는 시비를 걸지 않았다. 실은 이제 겨우 출발선에 발을 디뎠을 뿐임에도. 〈제브라시아

---

* Adrenal medulla. 부신의 안쪽 부분. 부신속질이라고도 한다.
** Cromaffin cells. 신경내분비세포의 일종으로, 대부분 부신수질에 분포하지만 다른 교감신경절 부위에서도 찾을 수 있다. 주로 아드레날린과 노르아드레날린을 합성해 혈류로 분비하는 역할을 한다.
*** Precursor. 화학반응에서 최종 생성물이 되기 전 단계의 물질.

모험기〉 속 등장인물의 몸에 현실의 인체와 같은 생물학적 원리가 적용되리라고 가정한 것까지는 좋았지만, 안타깝게도 인체란 정말 온갖 방법으로 망가질 수 있는 물건이다. 때론 갑작스레. 가끔은 못된 장난이라도 치듯이. 그 사실을 뼈저리게 깨달아 버린 지 오래인 내가 자신감에 찬 추측을 쏟아내는 데에는 한계가 있었다. 마침 빵과 수프를 가져다준 점원이, 나온 음식을 보자마자 아무런 고민 없이 이렇게 말해 준 프리베가 눈물 나게 고마웠다.

"자아, 얘기도 좋지만 우선 배부터 채울까요? 생물학적 원리든 뭐든, 밥을 안 먹으면 사람은 확실히 죽는다고요."

그것이야말로 생물학적 원리의 근본이라고 생각하며 나는 가만히 숟가락을 집어 들었다. 현실에서도 게임에서도 생명체의 세포에는 에너지원이 필요한 법이었다. 갈 길도, 생각할 거리도 한참 남은 지금 같은 상황에서는 더더욱.

◇ ◇ ◇

고대 유적 안티비오로 향하는 산길은 험하고도 구불거렸다. 흑마법사가 최근에 유적에서 목격되었다는 소문을 따라가는 길이었지만, 사실 유적에 도착해 보면 흑마법사는 이미 함정을 설치해 두고 떠난 지 오래다. 몇 번이나 게임을 클리어해 그 사실을 꿰고 있었음에도 나는 굳이 정해진 이야기를 따라가길 택했다. 당연한 이유에서였다. 오컴의 면도날[*]. 함께 모험한 사람 네 명이 전부 미지의 병에 걸렸다면, 네 사람의 병이 각각 다르다고 가정하는 것보다 모두 같은 병에 걸렸으리라고 가정하는 편이 합리적이다. 마찬가지로 네 사람이 똑같은 병을 각자 다른 곳에서 걸려 왔으리라는 가정보다는, 함께 겪은 모험 속 어딘가에 공통적인 발병 원인이 있었으리라는 가정이 합리적이다.

"그 원인이 설마 저놈들은 아니겠지? 젠장, 지겹게도 튀어나오네!"

통산 열 번째로 마주친 산적 무리 앞에서 디아그가 불평을 토해냈다. 확실히 이 길에는 산적이 많아도 너무 많았다. 몇 걸음마다 튀어나오는 적들에게 생명을 위협받는 경험이 강렬한 스트레스 요소임은 과연 부정할 수 없었고, 이런 종류의 스트레스가 장기적으로 몸을 해칠 수 있단 사실 역시 잘 알려진 바이다. 그렇다면 일단은 서튼의 법칙^{**} 대로 가장 흔하고 직관

---

* Occam's razor. 하나의 현상에 대한 설명이 여럿 존재할 경우, 그중에서 가장 간단한 설명을 택해야 한다는 원칙. 14세기 영국의 수도사인 오컴의 윌리엄(William of Ockham)의 이름을 땄다.

** Sutton's law. 의학 진단에서는 모든 가능성을 동등하게 고려하지 말고, 제일 뻔해 보이는 가능성부터 차례로 검증하라는 원칙. 미국의 악명 높은 은행강도 윌리 서튼(Willie Sutton)이 기자로부터 왜 은행을 털었느냐는 질문을 받자, "거기가 돈이 있는 곳이니까."라고 뻔한 대답을 했다는 일화에서 유래했다.

적인 진단명부터 의심해 봐야겠지.

"어쩌면 단순한 PTSD였을지도 몰라. 나는 두통을 겪다 건강이 나빠졌고, 프리베는 사람이 완전히 달라졌고, 디아그는 악몽이랑 불안에 시달렸지. 전부 전형적인 PTSD 증상으로 해석할 수 있어. 로그노스가 어떻게 죽었는지에 대한 언급이 없었던 것도…. 화제에 올리길 피할 만한 죽음이었다고 하면 말이 되잖아."

"인정하기는 싫지만 그럴듯하군. 우리 엘프는 자존심이 강하니까, 종족의 영웅이 트라우마를 못 견디고 목숨을 끊었단 소릴 인간들에게 털어놓진 않을 거다."

물론 PTSD는 영웅이라고 해서, 자존심이 강하다고 해서 극복할 수 있는 병이 절대 아니다. 사람의 뇌가 현실과 똑같이 작동하는 한 게임 속의 누구라도 트라우마에 짓눌릴 수 있다. 그렇다면 역시 PTSD가 정답인 걸까? 하지만 그렇게 결론짓기에는 아무래도 석연찮은 점이 있었다. 그리고 석연찮음을 눈치챈 건 나뿐만이 아닌 듯했다.

"좀 이상해요. 우리는 디에날을 물리치고 세계를 구해냈잖아요. 그 과정에서 동료를 잃지도 않았고, 지키지 못한 사람도 없고…. 그 뒤로는 줄곧 평화롭게 살아갔을 텐데, 설령 PTSD 증세가 있었더라도 35년 동안 점점 좋아지면 좋아졌지 설마 나빠졌을까요?"

"그건 그래. 하다못해 우리는 저 산적들의 목숨도 지킬 거잖아. 프리베, 노래 준비됐지?"

내 말에 프리베는 고개를 결연히 끄덕이고서 목을 살짝 가다듬었다. 이윽고 그 입술 사이로 한없이 아름다운, 실로 성스럽다고밖에 표현할 길이 없는 노랫소리가 퍼져 나왔다. 프리베의 전매특허 기술인 '평화의 찬송'이었다. 그 효과는 '인간' 유형에 속하는 적 캐릭터를 전투에서 모조리 이탈시키는 것. 비록 퇴각한 적의 경험치를 얻을 수는 없지만, 게임 내 전투의 3할 정도를 건너뛸 수 있다는 장점에 비하면 그쯤이야 얼마든지 감수할 만했다. 과연 찬송을 들은 산적들은 하나둘씩 감격한 표정으로 무기를 떨구더니 고개 숙여 사과하고는 뿔뿔이 흩어졌다. 칼을 뽑아 들고 전방에 나서 있던 디아그가 안도의 한숨을 내쉬었지만, 로그노스는 경계를 거두지 않은 듯했다.

"산적 놈들뿐이 아냐. 이 산에는 위험한 짐승 냄새가 진동한다고. 저쪽이다!"

로그노스의 화살이 경고보다도 빠르게 시위를 떠났다. 그와 동시에 숲속 그늘 곳곳에서 으르릉거리는 소리가 들려왔다. 산적보다는 훨씬 드물게 등장하지만 그만큼 더 위험한 적, 역병 늑대 무리였다. 인간이 아니라서 평화의 찬송이 통하지 않는 것도 문제지만, 역병 늑대의 진정한 무서움은 공격을 당한 상대에게 상태 이상을 걸어 체력을 계속 갉아먹는다는 점. 늑대들이 입에 거품을 물고 침을 뚝뚝 떨어뜨리며 다가오자 디아그가 방어 태세를 갖췄다. 한편 나는 PTSD에 이은 두 번째 가능성을 생각하고 있었다.

"그래, 전염병도 생각해 볼 만해. 저 늑대들이 침을 흘리면서 애꿎은 우리를 물어뜯으려 들고, 또 물린 우리한테까지 병이 생긴다면 그게 무슨 뜻이겠어? 이 세계에도 광견병이 존재하는 거야. 광견병 바이러스처럼 중추신경계를 공격하는 병원체에 감염됐다면 성격이 바뀌거나 이유 없는 불안감에 사로잡힐 수도 있지."

"그런 증상이 10년씩 지나서 생기기도 하나요?"

"매독균에 감염된 지 70년 뒤에 신경매독* 증상이 나타난 사례**도 읽어봤어. 그 사례에서는 성격이 쾌활해지고 행복감이 생겼지만, 병원체가 뇌의 어디를 어떻게 자극하는지에 따라선 정반대 결과가 나올지도 몰라."

반드시 광견병이나 매독일 필요도 없다. 〈제브라시아 모험기〉의 주된 내용은 대륙 곳곳의 오지와 위험지대를 돌아다니면서 갖가지 괴물과 맞서 싸우는 것이니까. 그 과정에서 우리가 그 어떤 희귀한 병원체와 접촉했다고 가정해도 딱히 무리

---

* Neurosyphilis. 중추신경계가 매독균에 감염된 상태. 했다는 일화에서 유래했다.
** 올리버 색스, 『아내를 모자로 착각한 남자』, 조석현 역, 이마고, 2006, p.197~201.

는 아니었다. 실제로 이 게임에서는 생각보다 다양한 방법으로 병에 걸릴 수 있다. '상한 음식' 아이템 사용하기, 뱃사공 NPC를 통하지 않고 부패의 강 건너기, 거대 흡혈 파리에게 쏘이기, 버섯 괴물의 포자 공격에 얻어맞기 등등. 이 정도면 박테리아와 바이러스는 물론 원생동물이나 곰팡이 등까지 전부 고려해 볼 수 있으리라. 딱 한 가지 아이템만 없었더라면.

"어이, 늑대들 다 처리했다. 재수 없게 손목 한 번 물렸는데, 치료 물약 넉넉히 있지?"

"당연하죠. 자, 받으세요!"

프리베가 가방에서 꺼내 던져준 주먹만 한 유리병이 디아그의 손에 멋지게 안착했다. 병에 든 주황빛 액체 중 한 모금은 디아그의 입속으로 사라졌고, 나머지는 상처 부위를 콸콸 씻어내는 데 쓰였다. 바로 저 액체가 문제였다. 질병에 해당하는 상태 이상이라면 뭐든 간단히 해제해 주는 마법의 물약. 현실에서 광견병은 일단 증상이 나타난 뒤엔 생존 사례가 전 세계에서도 손에 꼽힐 만큼 드문 치명적인 질환이지만, 이 게임에서는 150골드짜리 물약 하나면 아무리 오래 진행되었더라도 씻은 듯이 사라진다. 광견병까지 치료할 수 있다면 세상에 과연 못 고칠 전염병이 있을까? 가방 속에 가득한 유리병을 보며 프리베도 이를 눈치챈 모양이었다.

"다시 생각해보니까, 몸이 서서히 나빠진단 걸 깨달았다면 저는 일단 치료 물약부터 써 봤을 거예요. 구국의 영웅이 된 우리한테 150골드가 없었을 것 같지도 않고요."

"네 말이 맞아. 저런 만능 치료법이 존재하는 이상, 이 세계의 진단에서 미생물이나 기생충 따윈 아예 고려할 필요가 없겠어. 현실에서도 그랬으면 최소한 시간은 절약됐을 텐데…."

"현실에서라고요?"

"무시해. 혼잣말이야."

그렇게 대꾸하니 프리베의 의아해하는 얼굴은 금방 멀어졌지만, 한 번 치밀어오른 질투는 여전히 가슴속에 남은 채였다. 기나긴 산길을 따라가는 동안 속으로 줄곧, 현실의 진단 따위에는 이제 관심 없다는 시시한 소리를, 몇 번이고 되풀이해 중얼거려야 했을 정도로.

◇ ◇ ◇

비록 무수한 전염병을 단번에 후보에서 탈락시키기는 했지만, 여전히 이 세계에는 산더미처럼 많은 질병의 가능성이 기다리고 있었다. 이는 깊은 산속이나 버려진 고대 유적의 미궁뿐 아니라, 게임 내에서 NPC가 가장 많은 장소인 교역도시 레이디올의 번화가에서도 마찬가지였다. 아름다운 대리석 타일로 덮인 유럽풍 대로를 지나는 동안 내 눈은 배가 불룩 튀어나온 요리사, 술에 거나하게 취해 비틀대는 용병, 전형적인 알츠하이머 증세를 보이는 노인 등을 차례로 포착했다. 특히 저 노인이 중요했다. 다 비슷비슷하게 생긴 골목 중 물약 상점이 숨겨진 데를 표시하는 이정표 역할 NPC니까. 노인으로부터 가장 가까운 골목으로 깊이 들어가 한쪽 벽에 난 쪽문을 열자, 훅 풍겨오는 약초 냄새와 상점 주인의 요란한 인사가 동시에 우리를 반겨 주었다.

"어서 옵쇼~! 세라피의 놀라운 연금술 공방입니다~!"

길고 하얀 머리카락에 마찬가지로 새하얀 피부가 인상적인 연금술사 세라피는 레이디올의 수많은 NPC 중에서도 특히 기억에 남는 편이었다. 치료 물약을 사느라 얼굴 볼 일이 많았던 데다가 중요한 퀘스트를 주는 인물이기도 하고, 공략집에 따르면 골목 앞의 노인이 실은 연금술 스승이라는 설정도 있어서 뭔가 찡한 사연도 상상이 갔으니까. 물론 지금의 내게는 세라피의 저 외모가 퀘스트나 설정 이상으로 중요했다. 정확히 말하면 외모에서 뚜렷이 드러나는 백색증 소견이.

"어이, 에티올. 주인장을 그렇게 빤히 쳐다보면 실례잖아. 이번에는 또 무슨 생각이 떠올랐기에 그래?"

"별건 아닌데…. 세라피는 직접 치료 물약을 만들 수 있는데도 백색증을 앓잖아. 스승의 알츠하이머도 못 고치고. 이렇게 물약이 확실히 안 통하는 질병부터 고민해해 보면 어떨까 싶어서."

 옛날 게임에 자주 등장했던 유전 질환인 백색증은 멜라닌 색소 합성에 참여하는 단백질, 예를 들면 티로시네이스*나 P 단백질** 등의 정보가 담긴 유전자에 변이가 일어났을 때 발생한다. 이들 단백질의 기능에 문제가 생기면 멜라닌이 제대로 합성되지 못해, 세라피처럼 피부와 체모 및 홍채의 색소가 부족해지는 것이다. 한편 세라피의 스승이 걸린 알츠하이머병의 원인은 현재로선 단언하기 힘들지만, 정황상 노화나 아밀로이드 베타*** 생성 등과 관련되어 있다고 추측된다. 그리고 마법의 물약으로도 이들을 치료할 방도가 없단 말은 즉, 다른 생물이 일으키는 병은 쉽게 고칠 수 있을지언정 사람의 몸이 직접 일으키는 병은 현실에서와 마찬가지로 이 세계에서도 아직 난공불락이라는 뜻이다.

 "물론 유전병이나 노인성 질환일 리는 없어. 우린 혈연도 아니고 나이도 각자 다르니까. 하지만 다른 원인이라면 또 모르

---

* Tyrosinase. 티로신을 멜라닌으로 바꾸는 화학반응을 담당하는 효소 중 하나. 티로시네이스에 대한 정보가 암호화된 TYR 유전자의 변이는 눈피부백색증 1형(Oculocutaneous albinism type I)의 원인이 된다.

** P protein. 멜라닌 합성에 관여하는 또 다른 단백질로, 티로신 운반에 관련된 기능을 하는 것으로 추측된다. OCA2 유전자에 의해 암호화되며, 이 유전자의 변이는 눈피부백색증 2형(Oculocutaneous albinism type II)을 일으킨다.

*** Amyloid beta. 알츠하이머병 환자의 뇌에 플라크 형태로 축적되는, 수십 개의 아미노산이 연결되어 만들어진 펩타이드. 응집된 아밀로이드 베타가 연쇄반응을 일으켜 점점 증식하는 현상이 알츠하이머병의 원인이라는 가설이 있다.

지. 세라피, 혹시 암을 고쳐 주는 물약도 있어?"

대뜸 그렇게 묻자 연금술사가 황당해하는 표정으로 답했다.

"그게 됐으면 제가 이런 쪼끄만 상점이나 하고 있겠어요~? 당장 고래등 같은 저택부터 지어서 스승님도 모시고, 지하에는 최신식 공방까지 짜잔~하고 이렇~게! 우후후후…."

"그래. 어쨌건 고마워. 역시 암 정복은 여기서도 무리구나."

현실에서 암 정복이 요원한 목표인 이유는, '암'이라는 병이 실은 서로 다른 원인과 양상을 지닌 무수한 질환을 뭉뚱그려 부르는 말이기 때문이다. 암이란 결국 길을 가다 넘어지는 사고나 마찬가지다. 누군가는 깨진 보도블록 틈새 때문에 넘어지고, 또 누군가는 갑자기 튀어나온 고양이 때문에 넘어진다. 마찬가지로 누군가는 유전적으로 취약한 체질이라서, 또 누군가는 방사선이나 독소 등의 발암물질에 노출되어서 암이 생긴다. 후자의 경우라면 우리에게도 충분히 일어날 수 있다. 그리고 암이란 어떤 세포에서 유래했느냐에 따라, 어느 부위에 생겼느냐에 따라 사실상 모든 증상을 일으킬 수 있다 해도 과언이 아니다.

"성격 변화는 뇌종양의 증상이기도 해. 드물게는 뇌 이외에 생긴 종양도 우리가 앓은 것과 비슷한 증상을 나타낼 수 있고.

예를 들어 갈색세포종*이 생기면 부신수질이 만드는 아드레날린이나 노르아드레날린이 너무 많이 분비돼서, 고혈압 때문에 두통이 생기고 급사할 수도 있지**. 공격적인 성향을 유발한다는 추측***도 읽어는 봤어."

"증상은 확실히 비슷하네요. 이 세계에는 종양을 일찍 발견할 방법도, 진행될 대로 진행된 암을 치료할 방법도 딱히 없고요. 그런 암에 걸리면 정말 저주 때문에 이상해진 것처럼 보이겠죠."

하지만 뇌종양이든 갈색세포종이든, 비슷한 시기에 네 사람에게 같은 암이 발병할 확률은 지극히 낮다. 가능성이라도 따져 보기 위해선 최소한 강력한 발암원에 함께 노출되었던 경험 정도는 있어야겠지. 유적에서 마주친 가고일의 수상쩍은 광선 공격일까? 아니면 돌연변이 거대 게가 출몰하는 늪지대의 토양에 뭔가 함유되어 있었던 걸까? 우리가 겪어 온 난관들을 처음부터 되짚으며 후보를 하나씩 추려 나가던 바로 그

---

* Pheochromocytoma. 크롬친화세포의 종양으로, 주로 부신수질에서 발생한다. 부신 외부에서 발생한 종양은 부신경절종(Paraganglioma)이라고도 불린다. 대부분은 양성종양이지만 10퍼센트 가량은 악성으로 진행한다고 알려져 있다.

** Preuss J, Woenckhaus C, Schwesinger G, Madea B. Non-diagnosed pheochromocytoma as a cause of sudden death in a 49-year-old man: a case report with medico-legal implications. Forensic Sci Int. 2006 Jan 27;156(2-3):223-8. doi: 10.1016/j.forsciint. 2005.05.025. Epub 2005 Jun 27. PMID: 15982839.

*** Altiner S, Dodell G, Abed J, Blackford L, Colt E. Pheochromocytoma-induced aggression? Endocr Pract. 2011 Sep-Oct;17(5):e126-9. doi: 10.4158/EP10336.CR. PMID: 21803721.

때였다. 소리 없이 등 뒤로 다가온 로그노스가 얼음처럼 차가운 한마디를 툭 던졌다.

"또 엉뚱한 데서 헤매는군, 에티올."

"무슨 소리야. 똑바로 생각 잘하고 있거든?"

"하, 엘프를 옆에 두고도 암 따위 헛소리나 늘어놓은 주제에 말이지."

아니, 자기가 엘프인 게 도대체 암이랑 무슨 상관이…. 그렇게 불평하려던 순간 문득 머릿속을 스치는 설정이 하나 있었다. 엘프의 수명에 관한 흔해 빠진 설정이었다. 대다수의 판타지 소설이나 RPG에서처럼 〈제브라시아 모험기〉에서도 엘프는 인간보다 훨씬 오래 산다. 실제로 로그노스는 300살이 넘었고, 엘프의 숲에는 800년을 살았다는 장로 NPC도 있다. 이로부터 유추할 수 있는 내용은? 엘프는 틀림없이 선천적으로 암에 대한 저항력이 있으리라는 사실이다.

암은 세포분열 과정이 어긋나서 통제를 받지 않고 마구 증식할 때 생기는 병이다. 당연히 세포분열이 많이 일어날수록 암이 생길 확률도 높아진다. 엘프는 인간과 몸집이 비슷하지만 몇 배는 오래 사니까, 당연히 살아가는 동안 세포분열도 몇 배는 많이 할 터. 게다가 유전자 손상도 오랜 세월에 걸쳐 계속 축적될 테니 암에 걸릴 기회가 인간보다 훨씬 많을 수밖에 없다. 쉽게 말해서 500살이 넘은 로그노스는 이미 온갖 암으로 고통받고 있어야 한다는 뜻이다. 하지만 그렇지 않다는 말은? 엘프의 몸속에는 유전자 손상이나 세포분열 과정의 오류를 재빨리 수정하고 암세포의 증식을 막는 메커니즘이 갖춰져 있다는 뜻이다. 아마도 현실에서는 벌거숭이두더지쥐* 정도나 겨우 갖추고 있을 꿈의 메커니즘이.

"이제야 눈치를 챈 모양이군. 내가 암에 걸릴 정도의 발암원에 함께 노출됐다면, 너희는 훨씬 빠르게 끔찍한 꼴을 당했을 거다. 설령 같이 발병했다 한들 디아그나 프리베가 나보다는 먼저 죽었어야겠지."

"우리 중에 오로지 너만 사인이 달랐으리라는 근거도 없고. 그럼 지금으로선 암도 일단 싹 다 배제해야겠네. 하지만 그러면 남는 게…."

"어머, 무슨 고민이라도 있으신가요~? 물건은 사실 생각도 없고, 아까부~터 심각한 표정으로 수군수군하고만 계시고~!"

뭐라고 더 말을 하려는데 별안간 세라피가 불쑥 끼어들었다. 처음에는 급히 사과하려 했지만, 곰곰이 생각해 보니 비슷한 대사를 분명히 게임에서 본 것 같았다. 무슨 이벤트였더라? 아, 이건 그거구나. 중요한 퀘스트의 전조.

---

* 동아프리카 지역에 서식하는 설치류의 일종. 학명 *Heterocephalus glaber*. 비슷한 크기의 설치류 중에서는 유별나게 장수하는 동물이며, 나약하기 짝이 없는 인간과 달리 방사선에 노출되어도 멀쩡할 만큼 강한 암 저항력을 지녔다.

"풀 수 없는 문제에 가로막히셨다면, 서쪽 땅으로 가 보는 건 어떠세요~? 옛날에 스승님께서 얘기해 주셨어요. 서쪽 땅 동굴에는 모~든 걸 아는 현자가 살고 있어서, 자신을 찾아낸 사람에게는 선물로 원하는 지식 딱~하나를 알려 준대요~!"

"그러고 보니 저도 서쪽의 현자에 대해선 들어본 적이 있어요! 혹시 그분이라면 에티올이 고민하는 문제의 답을 알려 줄 수 있을지도 몰라요. 어떡할까요, 여러분?"

"흐음, 솔직히 나는 하루빨리 왕궁으로 가고 싶은데. 근위대장이신 아버지께서 나를 부르셨단 건, 뭔가 큰일이 생겼기 때문일지도 모른다고."

"네놈이 단독 행동을 하겠다면 굳이 말릴 이유는 없지. 물론 그건 마법사 녀석도 마찬가지다. 혼자서라도 떠날 녀석은 얼마든지 떠나도록 해."

여기서부터의 전개도 똑똑히 기억난다. 당시 RPG에서는 흔했던 이벤트다. 지금까지 줄곧 함께 모험해 왔던 네 명의 주인공은 교역 도시 레이디올에서 전에 없었던 갈림길을 마주한다. 왕국의 수도로 향할 것인가, 서쪽 땅의 현자를 찾아갈 것인가? 어느 쪽을 택하든 넷 중 하나는 반드시 나머지와 다른 길을 골라 떠나갔다가, 피의 호수에 당도할 즈음에야 다시 파티에 합류한다. 여기가 이야기의 중요한 분기점인 셈이다. 뭐, 분기점이라고 해 봐야 내가 고를 선택지는 진작부터 정해져 있었지만.

"현자가 모든 걸 안다는 설정이 대체 얼마나 유효할지는 모르겠지만, 시험 정도는 해 보고 싶어. 그러니까, 그, 따라와 줄 거지?"

괜히 불안해하며 더듬더듬 주워섬긴 부탁에, 프리베는 단 1초의 주저조차 없이 상쾌하게 대답해 주었다. 굳게 믿었던 대로. 그리고 간절히 바랐던 대로.

"당연하죠, 에티올!"

◇ ◇ ◇

제브라시아 대륙 서쪽 황무지 끝에 솟아오른 거대한 암벽, 크시콜로 산맥 어딘가에는 마법의 동굴 입구가 있다. 그 너머에 펼쳐진 공간은 이 게임 내에서도 최악의 난이도를 자랑하는 던전이다. 등장하는 괴물들이 엄청나게 강한 건 아니지만 인간 외의 다른 세 유형인 동물·정령·언데드만 나오기 때문에 평화의 찬송으로 돌파할 수가 없고, 전투와는 별개로 동굴 여기저기에 함정이 가득해 체력 관리도 까다롭다. 하지만 정말 중대한 난점은 따로 있다. 파티가 이 동굴에 들어왔다는 말은, 지금껏 광전사의 마검을 휘두르며 경험치를 독식해 왔을 디아그가 혼자 수도로 향했다는 뜻. 레벨이 한참 낮은 약골

셋으로만 던전을 통과하는 일이 여태까지의 모험보다 훨씬 어려울 것은 당연지사다.

"그런데 왜 이쪽을 택한 거냐, 마법사! 화살 덫과 버섯 괴물한텐 질렸단 말이다!"

"왕궁 쪽을 택하면 에티올 혼자서 여기 온다는 설정이라고! 게임에서야 나중에 멀쩡히 돌아오는 연출이지만, 여기서는 내가 직접 통과해야 할 거 아냐!"

거짓말이다. 나는 줄곧 에티올에 이입해서 게임을 즐겼으니, 에티올이 파티에서 빠지는 선택지를 고를 이유가 전혀 없었을 뿐이다. 더불어 이 동굴에서 볼 수 있는 이벤트 중에는 내가 특히 좋아하는 게 많기도 하고. 걸음걸음마다 앞길을 가로막아 오는 온갖 난관과 수수께끼에 에티올은 몇 번이고 마음이 꺾일 뻔하지만, 그때마다 프리베는 어김없이 에티올을 응원해 준다. 기다려 준다. 손을 내밀어 준다. 정말이지 좋아하지 않을 도리가 없었다. 그러니 후속작의 전개를, 프리베가 우리 모두를 망가뜨린 원흉이라는 공식 설명을 받아들일 수 있을 리가 없다.

"괴물들은 다 물리친 것 같은데, 이쪽은 또 막다른 길이네요…. 에티올, 여기 통과하는 방법 혹시 기억해요?"

"벽화에서 틀린 그림 찾는 퍼즐이잖아. 눈 감고도 맞힐 수 있어."

물론 지겹도록 풀어 본 수수께끼 따위에 이제 와서 마음이 꺾일 이유는 없다. 이끼 낀 벽에 그려진 고대 이집트풍 그림 곳곳을 몸이 기억하는 대로 짚는 동안, 내 머릿속은 오로지 프리베의 누명을 벗길 진단명을 찾아내겠단 생각으로만 가득했다. 혹시 이 동굴 안에는 무슨 단서가 없을까? 예를 들어 그림을 잘못 건드리면 바닥에서 뿜어져 나올 독가스, 지하의 공기에 많이 함유된 방사성 기체인 라돈, 물에 녹아 있을지 모르는 중금속, 버섯과 곰팡이가 만들어 내는 각종 독소…. 잠깐만 둘러봐도 여기가 병을 일으킬 만한 요소의 천국임은 확실했다. 이들 중에는 치료 물약으로도 제거할 수 없고, 엘프도 유전적으로 저항력을 갖지 못한 물질도 하나쯤은 있으리라.
　"하지만 여기는 디아그가 없지. 젠장, 괜히 머리만 썼네."
　이 동굴에 아무리 독소가 넘쳐난다 해도, 그게 쌓이든 자극을 통해 자가면역 반응을 유발하든 하려면 일단 노출부터 되어야 한다. 아무리 대단한 독소라 한들 지금쯤 왕궁에서 아버지와 회포를 풀고 있을 디아그에게까지 영향을 끼칠 수는 없다. 한편 정반대의 문제도 있다. 후속작에서 '최후의 저주'에 당했다고 언급된 사람이 오로지 우리 넷뿐이라는 점이다. 그렇다면 우리 외의 다른 사람은 병의 원인에 노출된 적이 없다는 뜻. 이를 고려하면 자연환경에 존재하는 독소 대부분은 즉시 논외가 된다. NPC도 인간 유형의 적도 등장하지 않는 지역은 드무니까. 예컨대 우리가 성채 도시 엔도크에서 맥각균*에 오염된 빵을 먹어 정신 이상을 겪은 것이라면 온 도시 사람들이 단체로 발병했을 테고, 이 동굴의 지하수에 함유된 중금속이 증상의 원인이었다면….

"여기서 줄곧 살았던 내게도 같은 증상이 나타났어야겠지."

내 생각을 읽기라도 한 듯 태연히 말을 맺은 사람은, 분명히 막혀 있던 동굴 끝에서 섬광과 함께 나타난 소년이었다. 잿빛 로브를 두른 채로 뜻 모를 미소를 짓고 있는 파란 머리의 소년. 입에 붉은 열쇠를 문 까마귀가 그 어깨 위에서 날개를 몇 번 푸드덕거렸다. 틀림없는 동굴의 현자 패턴과 그 사역마였다. 뭐야, 그럼 내가 틀린 그림을 벌써 다 찾았단 말이야? 눈치도 못 채고 있었네!

"여행자가 이곳에 찾아온 지도 정말 오랜만이군. 그래, 답을 구하러 왔는가?"

"다 알면서 그러시네. 여기까지 꾸역꾸역 찾아온 이유가 달리 있겠느냐고."

아무리 그래도 지나치게 많았던 함정을 생각하니 짜증이 나서 일부러 퉁명스레 받아쳤건만, 현자 패턴은 아무래도 좋

---

* 밀이나 호밀 등의 곡식에 기생하는 곰팡이의 일종. 학명 *Claviceps purpurea*. 자연적으로 여러 독성 알칼로이드가 함유되어 있기에, 맥각균에 오염된 곡물을 섭취하면 경련과 정신증 등을 동반하는 맥각중독(Ergotism)이 생길 수 있다.

다는 듯 어깨만 으쓱해 보일 뿐이었다. 정말이지 속을 알 수가 없는 NPC였다. 공략집에도 자세한 설정이 적혀 있지 않고, 후속작에서는 원래 중요한 역할을 맡을 예정이었다고 하지만 정작 발매된 버전에서는 간신히 등장만 하는 정도였으니까. 덕분에 저 인물이 세상 모든 지식을 알게 된 경위나 어깨에 얹은 까마귀의 정체 등등은 아무도 알 수 없게 되었다. 하기야 그런 설정이 딱히 중요하지는 않다. 중요한 건 지금 같은 상황에서 이 NPC가 내게 무슨 도움을 줄 수 있느냐니까.

"그럼 질문해 보게나, 여행자여. 알고자 하는 지식이 있다면 단 한 가지, 그 무엇이라도 대답해 줄 터이니."

원래대로라면 나는 여기서 "디에날을 이길 수 있는 최강의 마법을 가르쳐 줘!"라고 말해야 한다. 그러면 현자 패턴은 "가장 강한 힘이란 오히려 가장 약한 힘인 법."이라느니, "누구보다 강해지고 싶다면 먼저 누구보다 약해질 각오를 다지거라."라느니 하는 아리송한 대답을 늘어놓는다. 이 대답을 들은 직후에는 아무 일도 일어나지 않지만, 레벨을 80까지 올리고 나면 에티올은 비로소 깨달음을 얻어 이 게임 최강의 마법인 '매지컬 익스플로전'을 쓸 수 있게 된다. 지닌 마나를 전부 소모해서 적 전체에게 강력한 공격을 가하는, 그야말로 누구보다 약해질 각오를 통해 누구보다 강한 힘을 낸다는 설정에 충실한 마법이다. 그래 봐야 실제 피해는 디아그가 수도에서 배워

오는 기술인 '황룡난무'의 절반도 안 되지만! 그렇다. 매지컬 익스플로전을 배울 필요는 전혀 없다. 현자에게는 다른 질문을 던져야 한다.

"PTSD도, 전염병도, 유전병도, 암도, 독소도 전부 아니었어. 그렇다면 대체 원인이 뭐지? 네가 정말로 세상 모든 지식을 아는 현자라면 어디 대답해 봐. 어째서 우리는 35년 뒤에 그런 식으로 죽어 가야만 하는 거야?"

각본에서 완전히 벗어난 요청에 현자 패턴이 살짝 놀란 표정을 지었다. 하지만 그것도 잠시뿐이었다. 이내 그 입에서 흘러나온 대답이 동굴 안으로 천천히, 장엄하게 퍼져 나갔다. 고작해야 이딴 내용을 담은 채로.

"PTSD도, 전염병도, 유전병도, 암도, 독소도 전부 답이 아니라면 오히려 그 전부가 답일 수 있는 법. 그러니 가장 수긍할 만한 설명을 원한다면, 먼저 가장 수긍하기 힘든 설명을 받아들일 각오를 다지거라."

"잠깐, 이거 원래 대사에서 단어만 바꾼 거 아냐? 설마 현자라는 놈이 이렇게 아무 말이나 늘어놓고 대충 빛 속으로 사라질 생각은 아니겠지? 야, 야!"

"그럼 여행자여. 앞으로의 여정에 행운이 함께하길."

그리고서 현자 패턴은 대충 빛 속으로 사라져 버렸다. 섬광이 가라앉은 뒤의 허공에는 까마귀 깃털 하나조차 남아 있지 않았다. 아니, 그야 이렇게 간단히 답을 얻을 수 있으리라고 진지하게 생각한 건 아니지만, 그래도 혹시나 했는데…. 순간적인 분노가 가신 자리에는 금방 옅은 쓴웃음이 차올랐다. 어쩌면 현자의 수수께끼로부터 깨달음을 얻을 수 있는 건 게임 속의 천재 마법사 에티올뿐인지도 몰랐다. 나는 에티올에 감정을 이입하며 에티올의 행적을 뒤따라갈 수는 있을지언정, 에티올이 해결하지 못한 수수께끼를 스스로 풀 수는 없을지도 몰랐다. 현실에서도 그랬으니까. 갑자기 눈앞을 가로막은 수십 겹의 막막한 수수께끼를 내 힘으로 풀어헤치려 애썼지만, 그 해답은 끝내 알아내지 못했으니까.

"기운 내세요, 에티올. 같이 디에날을 막으러 가야죠."

이번에도 어김없이 프리베는 내게 손을 내밀어 주었다. 내가 현자의 동굴을 무사히 빠져나올 수 있었던 건 오로지 그 손 덕분이었다. 어렸을 때도 지금도, 나는 결국 프리베가 이끌어 주지 않으면 나아가지 못하는 사람인 모양이다. 내가 이곳 제브라시아로 돌아온 것도 무슨 대단한 사명감과 탐구심이 있어서가 아니라, 분명 다른 어디로도 갈 수가 없었기 때문이겠지.

현자의 동굴은 끝없이 이어졌다. 출구는 한참이나 보이지 않았다.

◇ ◇ ◇

 예로부터 이 땅에 전해 내려오는 전설에 따르면, 머나먼 과거 천상에서는 신과 마족 사이의 장대한 전쟁이 벌어졌다고 한다. 암흑의 세계에서 살아가던 마족들은 제브라시아 대륙을 평화로이 다스리던 신들을 질투한 끝에, 어둠으로부터 태어난 온갖 무시무시한 괴물들을 이끌고서 대대적인 인간계 침략을 벌이기에 이르렀다. 제브라시아 전역에서 가장 위대한 용사 네 사람이 신들의 편에서 함께 싸운 덕택에 인간계는 간신히 지켜졌지만, 승리의 대가는 컸다. 천상은 파괴되었고 신들은 괴물들과 공멸했으며 용사들 역시 살아남지 못했다. 오늘날까지도 천상의 폐허에서는 죽은 신의 피와 괴물의 체액이 한데 섞인 채 끊임없이 흘러나와 지상으로 떨어지고 있다. 위대한 용사 넷의 유해를 밑바닥에 품은, 고요하고도 드넓은 피의 호수를 향해.

 물론 이 이야기는 어디까지나 전설에 불과하다. 하지만 이런 게임에서 전설이란 대부분이 문자 그대로의 사실인 법. 제브라시아의 가장 외딴 땅에 숨겨진 비경, 천상에 닿을 만큼 드높은 파스키노마 산의 금지된 봉우리 꼭대기로 향한 우리의 눈앞에 드디어 피의 호수가 그 모습을 드러냈다. 십수 번은 더 본 광경이었지만 이번에는 특히 감회가 남달랐다. 피 냄새 자욱한 호숫가에 발을 들인 순간 무심코 이렇게 중얼거리고 말앉을 정도로.

"와, 노랗잖아."

멀찍이서 산봉우리를 타고 흘러내리는 물줄기의 빛깔은 분명 검붉었고, 그 핏빛 계곡물이 고여 만들어진 호수도 먼발치에서 봤을 때는 비슷한 빛깔이었다. 하지만 정작 가까이서 들여다본 호수의 물빛은 탁한 오줌을 연상시키는 누런색이었다. 당연한 일이긴 했다. 피의 붉은색은 적혈구 속 헤모글로빈의 색인데, 뽑은 피를 가만히 내버려 두면 혈구는 언젠가 분리되어 가라앉으니까. 게임 화면에서처럼 위에서 내려다보면 바닥에 쌓인 혈구 때문에 호수 전체가 붉어 보이겠지만, 호숫가까지 다가간 내 눈에는 신의 혈장과 괴물의 세포질이 섞여 찰랑거리는 누런 액체가 보일 수밖에 없다. 이처럼 멋이라곤 조금도 없는 장소가 바로 우리의 최종 결전 장소였다. 여기에서 우리는 디에날과 맞서 싸워 음모를 저지하고, 나아가 후속작 전개에 얽힌 수수께끼의 해답까지 밝혀내야 했다.

"전투 부분은 맡겨 두라고. 이 디아그님께서 오랜만에 진짜 실력을 보여 줄 테니까."

"아드레날린-황룡난무-황룡난무-황룡난무 말인가? 원숭이도 그것보단 더 복잡하게 생각하면서 싸울 거다."

"가장 강한 기술만 난사하는 게 뭐가 문제인데? 하기야, 백날 뒤에서 화살 깨작깨작 쏴봐야 황룡난무 한 방에도 못 미치는 처지라면 머리라도 열심히 굴려야겠지만."

 광전사의 마검을 붕붕 휘두르며 디아그가 뻔뻔하게 큰소리를 쳐댔다. 왕궁에서 혼자 퀘스트를 마치고서 돌아온 디아그는 실제로 나머지 세 사람을 합친 것보다도 더욱 까마득히 강해진 채였다. 고생스레 현자의 동굴까지 찾아가서 빈손으로 터덜터덜 돌아온 나와는 다르게. 내겐 새로운 마법도, 무기도, 지혜도 하나 없었다. 인벤토리에 굴러다니는 아이템이라곤 뒤죽박죽으로 엉켜서 풀릴 기미조차 보이지 않는 수수께끼의 실타래 하나뿐이었다. 설상가상으로 엔딩의 순간은 시시각각 다가왔다. 마지막으로 생각을 정리할 여유조차 무자비하게 빼앗겠다는 듯, 누런 수면 아래에서 지느러미와 아가미를 단 불그죽죽한 형체들이 하나둘씩 헤엄쳐 나와 우리를 포위해 갔다.

 "하기야 세이렌이 빠지면 섭섭하지. 프리베, 찬송 부탁해."

 게임 내에서 '세이렌'은 바다 엘프인 네레이드를 붉게 색칠해 놓았을 뿐인 적이었다. 인간 유형에 속해서 평화의 찬송이 통하기는 하는데, 프리베보다 속도가 빨라서 찬송을 쓰기 전에 한 번은 공격하고 퇴장한다는 점이 귀찮은 정도라고나 할까. 피의 호수가 지닌 광기에 물들어서 공격적으로 변했다는 설정 때문인지 조우 확률이 지나치게 높다는 점도 짜증을 더하는 요소였다. 하지만 삼지창을 든 붉은색 엘프들이 눈앞에서 살기등등하게 몰려나오는 모습을 실제로 보니 그다지 짜증스럽다는 생각은 들지 않았다. 단지 초조할 뿐이었다. 지금까지의 여정 중에는 전혀 해답을 찾지 못했으니까, 이제 병의 원인이 도사리고 있을 만한 장소라곤 이곳 피의 호수밖에 안 남았는데…. 그렇다면 저 세이렌 놈들은 왜 저렇게 멀쩡해 보이는 거야?

"디아그! 세이렌들 중에 아파 보이는 녀석 없어? 어떤 증상이든 좋으니까!"

"아픈 놈이 싸우러 나오겠냐? 여기 있는 놈들은 당연히 다들 멀쩡하지. 몇 번을 쫓아내도 다시 튀어나와선, 지치지도 않고 창을 막 찔러댈 만큼 팔팔하다고."

"속단하지 말고 좀 더 열심히 찾아보…. 잠깐, 혹시 그게 증상 아닐까? 공격성 말이야!"

동족인 네레이드보다 훨씬 공격적인 세이렌의 성향이 우리가 겪을 증상과 관련되어 있다면? 그리 생각하니 유력해 보이는 후보가 하나 떠오른다. 미생물은 아니나 미생물처럼 전염되어 뇌에 병을 일으키는 단백질인 프리온[*]이다. vCJD[**] 등의

---

[*] Prion. DNA나 RNA 등의 유전 정보 없이 단백질로만 이루어진 감염성 입자를 일컫는다. 주변의 정상 단백질을 자신과 같은 구조로 변형시켜 증식하는 과정에서, 중추신경을 지속해서 망가뜨려 병을 일으키는 것으로 추정된다.

[**] 변형 크로이츠펠트-야콥병(Variant Creutzfeldt-Jakob disease). 흔히 '인간 광우병'이라고도 불리는 치명적인 뇌 질환으로, 소해면상뇌증(Bovine Spongeform Encephalopathy; BSE)에 걸린 소를 섭취하는 것이 주된 발병 경로라고 알려져 있다.

프리온 질환이라면 음식은 물론 오염된 혈액[*]이나 상처[**]를 통해서도 전파 가능하다는 정황이 있고, 잠복기도 평균 10년을 넘길 만큼 충분히 긴 데다가[***] 불안감이나 공격적 행동 등의 다양한 신경정신학적 증상 역시 일으킨다[****],[*****]. 알츠하이머와 마찬가지로 단백질이 원인이니 치료 물약으로도 손쓸 수 없음은 당연지사. 어라, 그럼 혹시 꽤 괜찮은 후보 아닌가?

"아니, 아니야. 프리온 질환은 보통 진행이 빠르고 파괴적이잖아. vCJD라면 증상이 나타난 시점부터 평균 13개월, 길어야 3년 전후가 한계지[******]. 설령 게르트만-슈투로이슬러-샤

---

[*] Peden AH, Head MW, Ritchie DL, Bell JE, Ironside JW. Preclinical vCJD after blood transfusion in a PRNP codon 129 heterozygous patient. Lancet. 2004 Aug 7-13;364(9433):527-9. doi: 10.1016/S0140-6736(04)16811-6. PMID: 15302196.

[**] Brandel JP, Vlaicu MB, Culeux A, Belondrade M, Bougard D, Grznarova K, Denouel A, Plu I, Bouaziz-Amar E, Seilhean D, Levasseur M, Haik S. Variant Creutzfeldt-Jakob Disease Diagnosed 7.5 Years after Occupational Exposure. N Engl J Med. 2020 Jul 2;383(1):83-85. doi: 10.1056/NEJMc2000687. PMID: 32609989.

[***] Valleron AJ, Boelle PY, Will R, Cesbron JY. Estimation of epidemic size and incubation time based on age characteristics of vCJD in the United Kingdom. Science. 2001 Nov 23;294(5547):1726-8. doi: 10.1126/science.1066838. PMID: 11721058.

[****] Spencer MD, Knight RS, Will RG. First hundred cases of variant Creutzfeldt-Jakob disease: retrospective case note review of early psychiatric and neurological features. BMJ. 2002 Jun 22;324(7352):1479-82. doi: 10.1136/bmj.324.7352.1479. PMID: 12077031; PMCID: PMC116442.

[*****] Wall CA, Rummans TA, Aksamit AJ, Krahn LE, Pankratz VS. Psychiatric manifestations of Creutzfeldt-Jakob disease: a 25-year analysis. J Neuropsychiatry Clin Neurosci. 2005 Fall;17(4):489-95. doi: 10.1176/jnp.17.4.489. PMID: 16387988.

[******] Parry A, Baker I, Stacey R, Wimalaratna S. Long term survival in a patient with variant Creutzfeldt-Jakob disease treated with intraventricular pentosan polysulphate. J Neurol Neurosurg Psychiatry. 2007 Jul;78(7):733-4. doi: 10.1136/jnnp.2006.104505. Epub

잉커 증후군*처럼 10년 이상 진행되는 경우라 한들 어차피 말기에는 걷지도, 말하지도 못하는 채일 거야**. 우리 경우랑은 세세한 양상이 영 들어맞질 않아. 젠장, 거의 다 왔다고 생각했는데…."

"에티올! 거기, 발 조심해요!"

"뭘 조심해? 여긴 어차피 함정도 없잖아."

갑자기 찬송을 멈추고 소리친 프리베에게 의아해하며 발밑을 힐끗 내려다보니, 까만 부츠 끄트머리가 호수 가장자리의 물결에 콕 닿아 있었다. 아무래도 세이렌들을 피해 다니며 머리를 굴리다 보니 걸음이 생각보다 조금 더 앞으로 나간 듯했다. 당연히 이 정도 접촉만으로는 물속의 그 어떤 병원체든 피부에 닿을 리 없었다…. 그리고 문제는 병원체가 아니었다.

"어, 이거 설마 아니겠지? 안 돼. 아직 아무것도 못 알아냈는데!"

뒤늦은 내 절규에도 아랑곳없이, 끝없이 몰려오던 세이렌 무리가 갑작스레 방향을 돌려 누런 물속으로 사라져 갔다. 그

2007 Feb 21. PMID: 17314188; PMCID: PMC2117700.

* Gerstmann-Straussler-Scheinker syndrome. 상염색체 우성으로 유전되는 희귀한 선천성 프리온 질환.

** Collins S, McLean CA, Masters CL. Gerstmann-Straussler-Scheinker syndrome,fatal familial insomnia, and kuru: a review of these less common human transmissible spongiform encephalopathies. J Clin Neurosci. 2001 Sep;8(5):387-97. doi: 10.1054/jocn.2001.0919. PMID: 11535002.

와 함께 호수 한가운데에서 심상찮은 마력의 기운이 소용돌이치기 시작했다. 간신히 상황을 파악하고 발을 뺐지만 이미 소용없었다. 운명의 순간을 마주할 준비가 되어 있든 아니든, 호수에 진입하는 순간 재생되는 최종전 직전의 이벤트 컷씬을 취소할 방법은 이 게임에 존재하지 않으니까.

불길한 보랏빛 에너지가 호수 위의 하늘에 모여 거대한 균열을 만들어 냈다. 그곳으로부터 쏟아져 내려온 검은 안개 사이에서 모습을 드러낸 것은, 정말로 악당이나 쓸 법한 두건을 뒤집어쓴 한 사람의 형체. 우리가 그토록 찾아 헤맸다는 설정의 바로 그 흑마법사 디에날이 틀림없었다. 그리고 로그노스가 주저 없이 날린 화살이 아슬아슬하게 빗나가 두건을 날려 버리자, 지금껏 감춰져 있던 디에날의 충격적인 정체도 즉시 밝혀졌다. 긴 귀와 짧게 자른 금발. 디에날의 정체는 다름 아닌 하프엘프였다. 혼혈이라는 이유로 인간들에게도 엘프들에게도 배척당해, 양쪽 모두에게 복수를 계획하며 지금까지 음모를 꾸며 온 것이다. 그리고 그 음모의 마지막 단계로, 디에날은 고대 유적 안티비오에서 훔쳐낸 보물 '지배의 지팡이'를 치켜들며 외쳤다.

"세계로부터 이용당하고 버림받은 용사들이여, 일어나라! 일어나서 나의 복수와 함께하라, 온 왕국을 파괴하고 제브라시아를 잿더미로 만들어라!"

피의 호수가 부글부글 끓어오른다. 곳곳에서 물기둥이 솟아나고 혈장 방울이 사방으로 튄다. 분노에 찬 디아그, 충격받은 로그노스, 반한 기색이라고는 조금도 없이 얼굴만 새파래졌을 뿐인 프리베, 그리고 이 틈에 뭐라도 생각해 내려 이마를 찌푸린 내 얼굴이 차례로 수면에 비친다. 이내 거센 물기둥 속에서 하나씩, 태곳적 신들의 전쟁 이래로 줄곧 호수 밑바닥에 가라앉아 있던 네 용사의 해골이 타오르는 어둠의 마력에 휩싸인 채 걸어 나온다. 저마다 국보급 무장을 갖춘 채로. 흑마법사 디에날의 광기에 찬, 그러면서도 묘하게 친절한 소개와 함께.

"누구도 알지 못한 천 가지 마법과 함께 가라앉은 최강의 마도사 메타스타여!"

"영원한 빛의 축복이 담긴 방패와 함께 가라앉은 불굴의 성기사 토이문이여!"

"마지막 세계수의 잎새 면류관과 함께 가라앉은 하이엘프 대사제 콘제니여!"

"신조차 두려워했던 동포들과 함께 가라앉은 광전사 일족의 왕 라사이트여!"

거대한 검을 들고 마지막으로 일어난 해골은 특히 기억에 남았다. 공격력도 높은데 체력은 그야말로 까마득한 수준이고, 공격받지 않으면 계속 체력을 회복하는 능력까지 지녀서 사실상 최종 보스나 마찬가지니까. 정작 명목상의 최종 보스인 디에날은 파괴된 해골을 부활시킬 때가 아니면 효과 없는 저주만 계속 걸어대니 더더욱. 저주 버그도 몰랐고 적의 행동 패턴도 몰랐던 첫 번째 플레이 때는 저 라사이트라는 해골 하나 때문에 얼마나 고생했는지 모른다. 어찌나 끈질긴 적이었던가. 죽여도 죽지 않고, 살아 있는 한 무한히 재생하는···.

잠깐, 잠깐만. 혹시나 비극의 원인이 그거였다면.

그랬다면 지금껏 알아내지 못한 것도 당연하잖아.

불현듯 머릿속에 떠오른 발상이 너무나도 터무니없었기에, 처음에는 그냥 머리를 흔들어서 지워 버리려 했다. 하지만 아무리 흔들어 봐도 문제의 발상은 영 떨어질 기미가 보이지 않았다. 오히려 여태껏 고려했다가 내던져 버렸던 온갖 가설의 부스러기를 주워 먹으며 서서히 몸집을 불려 가기까지 했다. 퍼즐 조각은 하나씩 꾸역꾸역 맞춰졌고, 그렇게 조립된 형태는 현실에서라면 도무지 성립 불가능할 꼬락서니였다. 그리고 그 불가능성이야말로 내가 지금껏 간과해 왔던 마지막 가능성이었는지도 몰랐다.

현자의 뜻 모를 말이 귓가를 빙빙 맴돌았다. PTSD도, 전염병도, 유전병도, 암도, 독소도 전부 답이 아니라면 오히려 그 전부가 답. 가장 수긍하기 힘든 설명을 받아들일 각오. 제브라시아 대륙의 운명을 건 마지막 결전이 막 시작되려던 바로 그 찰나에, 나는 비로소 혼란스레 뒤섞여 파도치던 생각을 정리해 수수께끼의 해답을 말할 각오를 마쳤다. 앞으로 한 발짝 더 나아가서 짐짓 단호한 표정을 지으며, 호수 저편을 향해 이런 대사를 부끄러운 줄 모르고 외칠 각오도 함께.

"전투는 일시 정지다, 흑마법사! 이제부터 할 얘기가 좀 많다!"

◇ ◇ ◇

흑마법사가 해골을 살려내듯이 지금까지의 가설을 죄 도로 끄집어내서 쭉 훑어보면, 가장 말이 되는 가능성은 아무래도 뇌종양인 듯했다. 프리온 질환보다 진행은 느리면서 신경정신학적 증상은 얼마든지 일으킬 수 있으니까. 만일 종양이 뇌로 전이된 갈색세포종이라면 공격성이 세이렌들과 디아그와 프리베에게 공통으로 나타난 점도 설명된다. 게다가 갈색세포종이 분비하는 호르몬 중 노르아드레날린은 흥분이나 긴장과 더불어 PTSD 증상과도 긴밀한 관련이 있다.* 하지만 혈연조차 없는 우리 넷과 사이렌들 모두에게, 특히 선천적 저항력을 갖춘 엘프들에게까지 악성 갈색세포종처럼 드문 암이 똑같이

---

* Pan X, Kaminga AC, Wen SW, Liu A. Catecholamines in Post-traumatic Stress Disorder: A Systematic Review and Meta-Analysis. Front Mol Neurosci. 2018 Dec 4;11:450. doi: 10.3389/fnmol.2018.00450. PMID: 30564100; PMCID: PMC6288600.

생겨날 수 있을까? 현실에서는 당연히 그 비슷한 사례조차 보고된 바 없다. 하지만 조금이나마 연관성이 있는 사례까지 확장한다면 이야기가 다르다.

"태즈메이니아에 사는 유대류인 태즈메이니아데블은, 엄청나게 많은 개체가 DFTD*라는 똑같은 암에 걸려서 죽는 바람에 수가 크게 줄었어. 태즈메이니아데블은 서로 흉터가 남을 만큼 물어뜯고 싸우는 습성이 있는데, 그러는 과정에서 어느 한 마리의 신경집세포**에 생긴 암이 다른 개체로 옮아간 거야***　****. 옮아간 곳에서 증식한 암세포는 다시 싸움을 통해 전염되고, 또 전염되고…. 그래, 암은 얼마든지 전염될 수 있어. 신경집세포와 마찬가지로 신경집세포전구체*****에서 분화되어 발생하는 크롬친화세포의 암이라면 더더욱 그렇겠지."

"무슨 말씀을 하시는지는 알 것 같지만, 저기, 우리는 누구

---

* Devil Facial Tumour Disease. 데블 안면 종양 질환.
** Schwann cells. 말초신경 세포의 신경돌기를 둘러싸고 있는 세포.
*** Pearse AM, Swift K. Allograft theory: transmission of devil facial-tumour disease. Nature. 2006 Feb 2;439(7076):549. doi: 10.1038/439549a. PMID: 16452970.
**** Murchison EP, Tovar C, Hsu A, Bender HS, Kheradpour P, Rebbeck CA, Obendorf D, Conlan C, Bahlo M, Blizzard CA, Pyecroft S, Kreiss A, Kellis M, Stark A, Harkins TT, Marshall Graves JA, Woods GM, Hannon GJ, Papenfuss AT. The Tasmanian devil transcriptome reveals Schwann cell origins of a clonally transmissible cancer. Science. 2010 Jan 1;327(5961):84-7. doi: 10.1126/science.1180616. PMID: 20044575; PMCID: PMC2982769.
***** Schwann cell precursors. 배아 발생 단계에서 신경집세포를 포함한 여러 신경세포가 분화하는 단계 중 하나.

부신수질을 물어뜯으면서 싸우진 않았는데요!"

프리베의 지적은 전적으로 타당했다. DFTD의 근원은 피부 아래에 광범위하게 분포한 말초신경의 세포지만, 갈색세포종이 주로 발생하는 곳은 신장 위에 붙은 부신이니까. 그런 곳에 생긴 암이 타인에게로 계속해서 전염될 가능성은 현실적으로 고려할 가치조차 없다. 하지만 여기는 현실이 아니다. 마법이 실존하고, 전설이 살아 숨 쉬고, 피의 호수처럼 터무니없는 공간이 당당히 눈앞에 펼쳐져 있는 게임 속 세계다. 누렇게 출렁이는 그 불가능한 호수를 바라보며 나는 말을 이었다.

"현실에는 당연히 신의 혈장과 괴물의 체액이 섞인 호수 따윈 없지만, 이것보다 훨씬 작은 형태로라면 비슷한 걸 실험실에서 본 적 있어. FBS[*]에 효모 추출물을 섞으면 대충 거의 같은 성분이 될걸? 둘 다 세포 생장에 필요한 성분이 풍부해서 배양 용도로 널리 쓰이는 물질이야. 다시 말해서 이 호수는 거대한 배양액 수조인 셈이지. 이 호수에 떨어진 세포는 아마 쉽게 죽지 않을 거야. 풍부한 영양분을 흡수하면서 계속 분열할 테니까."

평범한 세포라면야 그렇게 분열하다가 언젠가는 한계에 달

---

[*] Fetal Bovine Serum. 소태아혈청. 소의 태아에서 채취한 혈액으로부터 혈청만 분리해 낸 액체.

하겠지만, 암세포는 그렇지 않다. 유명한 헬라 세포*는 1951년 이래 실험실의 배양액 속에서 계속 증식해 왔다. 아마 이곳 피의 호수에 암세포가 떨어져도 같은 일이 일어나리라. 헬라 세포처럼 수십 년 이상, 어쩌면 훨씬 기나긴 세월 동안 끝없이 증식할 수 있을지도 모른다. 그래, 이를테면 먼 과거에 일어났다는 신들의 전쟁 당시로부터 오늘날까지도.

"그러니까 네 말은, 이 호수에 누군가의 갈색세포종 세포가 떨어진 적이 있으리란 소리냐? 전설에는 그런 내용까진 안 나와 있던 것 같은데."

"정황증거라면 있어, 디아그. 광전사 일족의 왕이라는 저기 저 라사이트 녀석 말이야. 놈의 동포들이 왜 '광전사'라고 불렸겠어? 공격적으로 잘 싸워서일 거 아냐. 그럼 이렇게도 추정해 볼 수 있지. 라사이트의 일족이 특히 공격적이었던 이유는, 가계 내에 공격성을 증대시키는 모종의 돌연변이가 유전되고 있었기 때문일지도 모른다고. 광전사라 불렸다는 사실 자체가 실은 증상 중 하나였던 거야."

19세기 중후반에 미국의 웨스트버지니아와 켄터키 일대에서 벌어진 두 가족 사이의 전설적 유혈 사태, 이른바 햇필드-

---

* HeLa. 1951년 흑인 여성 헨리에타 랙스(Henrietta Lacks)의 자궁경부암 조직에서 동의 없이 채취된 세포. 조건만 갖춰지면 무한히 증식하는 성질 때문에 전 세계 생물학 연구에 널리 쓰인다.

맥코이 분쟁(Hatfield-McCoy feud)의 원인으로 맥코이 가문에 유전되는 질병인 폰히펠-린다우병*을 지목하는 가설**이 있다. 폰히펠-린다우병이 흔히 일으키는 갈색세포종에 의해 가문 구성원들이 쉬이 화를 내게 되었다는 이야기다. 만일 라사이트의 일족에게도 이와 비슷한 변이, 이를테면 악성 갈색세포종을 쉽게 유발하는 SDHB 유전자의 변이*** 따위가 유전되고 있었다면? 암세포의 주인들은 옛 전쟁 당시에 모두 죽어 호수에 가라앉았을지언정 암세포 그 자체는 쉽게 죽지 않았으리라. 주인의 몸에서 떨어져 나와, 호수에 가득한 배양액 속에서 오래도록 살아남아 번성했으리라.

"꼭 암세포가 별개의 생명체로 변했단 말처럼 들리는군."

"왜, 드라마 대사 같아서 우스꽝스러워? 하기야 현실에서 비슷한 가능성을 제시한 연구진은, 자기들도 황당한 가설이라고 생각했는지 아예 가설 이름을 '스캔들****'이라고 지었지. 하

---

* Von Hippel-Lindau disease. 종양 억제 유전자의 변이로 인해 몸 곳곳에 다양한 양성종양이 발생하는 유전병.

** Marchione, M. Disease underlies Hatfield-McCoy feud, The Associated Press. April 5, 2012.

*** Antonio K, Valdez MMN, Mercado-Asis L, Taieb D, Pacak K. Pheochromocytoma/paraganglioma: recent updates in genetics, biochemistry, immunohistochemistry, metabolomics, imaging and therapeutic options. Gland Surg. 2020 Feb;9(1):105-123. doi: 10.21037/gs.2019.10.25. PMID: 32206603; PMCID: PMC7082276.

**** Panchin AY, Aleoshin VV, Panchin YV. From tumors to species: a SCANDAL hypothesis. Biol Direct. 2019 Jan 23;14(1):3. doi: 10.1186/s13062-019-0233-1. PMID: 30674330; PMCID: PMC6343361.

지만 적어도 이곳 피의 호수에서만큼은 스캔들도, 황당하기만 한 가설도 아니야."

 그리고 호수에서 증식하던 광전사들의 암세포가 만일 다른 사람의 몸에 들어간다면? 그대로 들러붙어 종양으로 자라나는 일도 충분히 가능하다. 증상을 생각했을 때 가장 유력한 침투 경로는 호수에서 흔히 감염되는 아메바성 질환인 PAM*나 GAE**의 경우처럼 코를 통해 뇌로 들어가는 방법. 네레이드는 물속에서 살아가는 동안 계속 암세포에 노출되었을 테고, 우리는 기나긴 모험을 거쳐오는 동안 면역력이 약해졌기에 전투 내내 사방으로 뛰다가 코로 들어간 물방울 속의 암세포를 전부 걸러내지 못했을 것이다. 모든 비극은 이렇게 아주 작은 물방울 속에서, 그 물방울보다도 훨씬 작은 세포로부터 시작되었다.

 콧구멍을 타고 뇌에 침투한 암세포는 오랜 세월에 걸쳐 서서히 종양을 형성한다. 암세포에 담긴 유전자는 광전사의 것이니 엘프의 선천적 저항력도 의미가 없다. 암 덩어리가 충분히 커지면 뇌종양의 증상이 나타나고, 암이 분비하는 노르

---

* 원발성 아메바성 뇌수막염(Primary Amoebic Meningoencephalitis). 담수에 서식하는 원생동물인 *Naegleria fowleri*가 뇌를 감염시켜 발생하는 매우 치명적인 질병.
** 육아종성 아메바성 뇌염(Granulomatous Amoebic Encephalitis). 뇌가 가시아메바속(Acanthamoeba) 아메바에 감염되었을 때 발생하며, 마찬가지로 매우 치명적이다.

에피네프린은 혈압을 높여 두통을 일으키는 한편 공격성과 PTSD에도 영향을 끼친다. 누군가는 고통에 시달리다가 뇌졸중으로 쓰러진다. 누군가는 악몽과 불안 속에서 정신이 망가져 간다. 누군가는 성격이 완전히 바뀌고 만다. 그러니까 저주는 정말로 답이 아니다. 유전병인 암이 전염되어 분비하는 독소에 의한 PTSD까지가 몽땅 답이다. 현실에서라면 이딴 설명은 절대로 수긍할 수 없었겠지. 하지만 나는 지금 게임 속에 있다. 현실에 존재하는 진단에 얽매일 필요는 없다. 현실에서 일어날 수 없는 일이라도, 게임에서라면 얼마든지 일어날 수 있으니까!

"그게 네가 찾은 해답이냐, 필멸의 마법사여?"

줄곧 침묵을 지키던 흑마법사가 별안간 음산하게 말했다. 아직 끝이 아니라는 듯이. 방금까지와는 전혀 다른, 수상하리만치 귀에 익은 목소리로.

"주절주절 신나게도 늘어놓았지만 결국 한낱 주장일 뿐이로구나. 가설이란 입증되기 전까진 아무것도 아님을 모르느냐? 네가 정녕 비극의 원인을 규명하고 싶다면, 그 잘난 가설을 입증할 방법도 생각해 내야 할 것이다!"

그 외침과 함께 흑마법사의 흰 가운이 세차게 펄럭였다. 지배의 지팡이에 모인 마력이 수술대의 등불처럼 환하게 빛났고, 알싸한 병원 냄새가 사방으로 퍼졌다. 호수 표면에 푸르스

름한 X선 이미지들이 떠올라 흔들렸다. 전부 지난 몇 년간 수백 번은 더 들여다보았던 이미지였다. 어째서 디에날의 목소리가 그렇게나 익숙했는지 나는 비로소 깨달았다. 의사였다. 내 담당 의사와 똑같은 목소리가 현실에서처럼 나를 몰아붙이려 하고 있었다.

"당연히 불가능하겠지. 네가 혈장이나 소변 내의 노르에피네프린 농도를 측정할 수 있겠느냐? 종양 시료를 크로뮴염*이나 CGA** 항체 따위로 염색하여 현미경으로 들여다볼 수 있겠느냐? DBH*** 유전자 발현 여부를 검사할 수 있겠느냐? SDHB 변이를 찾아낼 수는? 거품처럼 나약하기 짝이 없는 그 뇌를 어디 한계까지 짜내 보아라! 어차피 너는 아무것도 할 수 없으니까!"

이제는 가운이 흰색도 아니었다. 칠흑보다도 새까만 색이었다. 무슨 저승사자처럼. 죽음을 암시하는 상징처럼. 목소리조차 저승에서 직접 올라오는 듯 기괴하게 뒤틀린 채였다.

---

* 크롬친화세포는 크로뮴염으로 처리했을 때 갈색으로 염색되기에 붙은 이름이다. 따라서 종양이 갈색세포종인지는 크로뮴염 염색으로도 확인이 가능하다. 이 세계에서는 힘들겠지만.
** 크로모그라닌 A(Chromogranin A). 크롬친화세포 등의 내분비세포 및 신경세포에 주로 분포하는 단백질의 일종. 이 단백질에 결합하는 항체를 이용한 염색법도 갈색세포종 진단에 쓸 수 있다. 물론 이 세계에서는 불가능한 일이다.
*** Dopamine beta-hydroxylase. 도파민을 노르에피네프린으로 바꾸는 데에 쓰이는 효소. 이 효소의 정보가 함유된 유전자가 발현되었는지를 검사해 갈색세포종을 진단할 수도 있다. 이 세계에서 유전자 발현 여부를 알아낼 방법부터 고안해낼 수 있다면.

"너는 끝까지 해답에 다다르지 못해! 여기서 싸우고, 감염되고, 죽는다! 순순히 눈을 감고 최후를 받아들여라. 정해진 결말은, 운명은 결코 바뀌는 법이 없으니!"

"나도 알아. 현실에서는 그렇더라."

한편 내 대답은 스스로도 깜짝 놀랄 만큼 평온했다.

"하지만 이건 게임이거든. 게임이기에 가능한 질병이라면, 게임이기에 가능한 방법으로 진단하고 예방할 수도 있을 거야. 그래, 예컨대 평화의 찬송이라면 어떨까."

곁에서 가만히 듣고 있던 프리베가 화들짝 놀란 표정을 지었다. 그야 마지막 전투에서 평화의 찬송은 쓸 이유가 전혀 없는 기술이니까. 세이렌도 등장하지 않고, 디에날은 지배의 지팡이의 힘 때문에 찬송이 듣지 않고, 해골 같은 언데드 적에게는 원래 안 통하는 기술이니까. 하지만 아까 말했듯이, 피의 호수에는 우리가 상대해야 할 또 하나의 무시무시한 적이 도사리고 있다.

"설마 암세포에다가 찬송을 들려주란 말씀이세요? 인간이 아니면 아무 효과도 없는데요?"

"글쎄, 이 게임에서 적은 전부 인간, 동물, 정령, 언데드 중 하나로 분류되지. 그런데 암세포는 마력으로 이루어진 게 아니니까 정령도 아니고, 자기 생명력으로 증식하는 거지 어둠의 마법으로 조종당하는 게 아니니까 언데드도 아니잖아."

"동물일 수도 있잖아요? 신들의 전쟁 때 인간으로부터 분화되어 나온 전혀 새로운 생명체라고 가정하면, 아무튼 그게 인간은 아닐 테니까요."

"잘 생각해 봐. 엘프는 생물학적으로 인간과 같은 종이야. 디에날은 하프엘프니까 잡종 1세대인데, 그 딸이 후속작 주인공이란 건 생식 능력이 있다는 뜻이고, 잡종 1세대가 생식 능력을 유지하는 개체들의 집단이 바로 생물학에서 가장 널리 쓰이는 종의 정의거든. 그런데 신들의 전쟁에 참여한 영웅 중엔 하이엘프 대사제 콘제니가 있으니까, 당시에도 엘프란 종족은 이미 존재했던 거야. 다시 말해서 엘프는 광전사의 암세포보다도 더 이전에 인간과 분리된 집단이라는 뜻이지. 그런데도 엘프의 일종인 세이렌한테는 네 찬송이 통하잖아. 그게 무슨 뜻이겠어?"

아직 인체에 들어가서 종양을 형성하지 않은, 호수에 떠다니는 광전사의 암세포들은 인간의 신체 일부가 아니라 독립된 생물이나 마찬가지다. 그렇다면 엘프보다 더 인간과 먼 생물이라고 말할 수도 없다. 엘프가 인간이라면 암세포도 아직은 충분히 인간이다. 그래, 물론 지금으로선 가설에 불과하다. 하지만 최소한 이건 검증을 위해 현미경이나 유전자 검사법을 새로 발명해 낼 필요가 없는 가설이다. 여기에는 프리베가 있으니까. 얼굴에서 반신반의하는 기색을 지우고, 상냥함이 흘러넘치는 입가에 강한 결의를 굳힌 프리베가.

"만일 제 노래가 암세포를 몰아낼 수 있다면, 그 말은 당신의 가설이 옳았다는 뜻이고…. 그러면 다들 저 때문에 죽은 게 아니라는 뜻이겠네요. 그렇죠?"

"그래, 프리베. 지금부터 그걸 증명하는 거야."

프리베는 대답하지 않았다. 대신에 아름다운 목소리가 잔잔한 물결처럼 수면을 따라 퍼져 나갔다. 아니, 그건 정말로 물결이었다. 피의 호수가 흔들리고 있었다. 찰방찰방, 철썩철썩, 호수에 살고 있던 아주 작은 생물들이 일제히 도망치기 시작한 듯이. 노래가 계속될수록 물은 점점 더 거세게 일렁였고, 그 아래로 이따금 기이하리만치 커다란 부정형의 덩어리 같은 것들이 구물구물 헤엄쳐 멀어져 가는 모습도 보이는 듯했다. 설마 저것들도 암세포일까? 아득한 세월 동안 배양액 속에서 증식하며 독립적인 생명체로 진화해 온 암세포란 도대체 어떤 형태가 되는 걸까? 생각해 볼 거리는 많았지만, 지금은 때가 아니었다. 프리베가 기술을 쓰는 순간 이미 전투는 시작되어 있었다. 디아그와 로그노스가 무기를 고쳐 쥐며 제각기 한마디씩 얹었다.

"어이, 성직자가 계속 찬송만 쓰고 있으면 회복은 누가 해 줘? 설마 최종 보스전에서 한 명을 빼놓고 싸우란 말은 아니겠지."

"그 레벨에 회복 욕심까지 부리다니 웃음도 안 나오는군. 네 놈이 10턴 내내 해골들한테 두들겨 맞아도 나보단 체력이 많을 거다."

뒤이어 디에날이 지배의 지팡이를 높이 치켜들었다. 그 어깨로부터 검은 가운이, 흰 가운이 차례차례 벗겨져 날아갔다. 이제 디에날은 틀림없는 하프엘프 흑마법사의 모습을 하고 있었다. 어서 덤비라고 외쳐 대는 목소리도 더는 귀에 익지 않았다. 악당 특유의 시시한 도발 대사가 신성한 찬양에 부딪혀 공기 중으로 산산이 흩어졌다. 그 소리를 들으며 나는 천천히 프리베의 얼굴에서 눈을 떼고, 지팡이를 든 손에 단단히 힘을 주었다.

"자, 그럼 슬슬 끝내야겠지."

막 클라이맥스에 다다른 최종 결전 BGM에 묻혀, 그 혼잣말은 누구에게도 들리지 않았다.

◇ ◇ ◇

최후의 결전은 순식간에 마무리되었다. 옛 용사들의 힘으로 세계를 파괴하려 했던 흑마법사 디에날은 마지막으로 발악하려 지배의 지팡이를 치켜들었지만, 지팡이의 마력을 통제하지 못해 그대로 보랏빛 화염에 휩싸여 한 줌 재로 변하고 말았다.

안타까운 광경이기는 했지만, 아무리 봐도 반할 만한 모습은 아니었다. 무슨 저주를 걸 새가 없었음은 물론이었다. 그럴 줄 알았지. 후속작 전개는 애초에 말이 안 되는 거였다니까?

"저기, 노래는, 이제 됐죠? 저 슬슬, 목이 잠기려고 해서…."

피의 호수를 떠나서 눈 덮인 숲길을 따라 되돌아가는 동안, 계속 평화의 찬송을 부르고 있던 사제가 마침내 숨을 헐떡이며 물었다. 한편 디아그는 여전히 조금 미심쩍어하는 기색이었다.

"진짜 괜찮은 거 맞겠지? 나 아까 코에 물 좀 들어간 것 같다고."

"잘됐군. 네놈이 진짜 암에 걸리면, 그것도 훌륭한 증명이 될 테니."

로그노스가 끝까지 퉁명스러움을 버리지 않고 대꾸했다. 뭐, 이러고도 증상이 나타난다면 그땐 바로 말해 달라고 했으니까. 일단 병의 정체를 알아낸 이상, 조기에 발견하면 치료법도 어떻게든 찾을 수 있을 것이다. 현실이라면 모를까 여긴 게임 속이니까. 마법이 엄연히 실존하는 세상이니까.

"저어, 에티올? 그럼 이제부턴 뭘 하실 건가요?"

프리베가 다시 물었다. 아, 그래. 이게 남아 있었지.

"여기 온 목적도 이루셨고, 최종 보스도 쓰러뜨리셨고, 그럼 역시 현실로 돌아가시는 거겠죠? 학위까지 따면서 바쁘게 살고 계셨잖아요. 그럼 현실에서 할 일도 많으실 테니까….”

"그게 말이지, 실은 알 것 같아. 내가 이 세계에 돌아온 진짜 이유가 뭔지.”

덧붙여 왜 내가 질병의 원인을 찾아내는 데 이토록 집착했는지. 대체 뭐에 쓰겠다고 온갖 치명적인 질병 얘기를 머릿속에 잔뜩 담아 두었는지. 아무래도 그게 단지 학업이나 연구 때문만은 아니었으리라고 짐작 정도는 하고 있었다. 그리고 최종 결전을 거치며 짐작은 확신으로 변했다. 아마 나는 현실에서도 똑같이 골몰하고 있었으리라. 이 병의 원인을 알 수 있다면, 수수께끼를 풀 수만 있다면, 그러면 해결책을 찾을 수도 있을 텐데. 정해진 운명을 바꿀 수도 있을 텐데. 그런 생각에 사로잡힌 채로.

“아무래도 현실에선 불가능했던 모양이야. 대체 나한테 무슨 일이 일어나고 있는지, 왜 이렇게 되고 말았는지 알아내는 게. 그래서 이런 꿈을 꾼 거겠지. 현실에서는 불가능한 일이 가능해지는 세상의 꿈을. 어릴 때처럼 말이야.”

"에티올, 그 말씀은….”

"이제 됐어. 덕분에 엄청 후련해졌거든. 아, 이거 완전히 다섯 단계 중 마지막이네.”

부정, 분노, 거래, 좌절, 수용. 마침내 그 마지막 단계에 어색하게나마 발을 디딘 내게 동료들이 차례로 미소를 보내왔다.

제브라시아 최강의 검이자 방패인 전사 디아그가, 쌀쌀맞지만 믿을 수 있는 엘프 궁수 로그노스가.

"이거 현실에서도 꽤 만만찮은 싸움을 벌인 모양인데? 고생 많았다, 에티올."

"대체 왜 이런 옛날 게임으로 돌아왔나 했지. 안 하던 짓을 할 때는 이유가 있는 법이군."

그리고 사제 프리베도. 나를 여기까지 이끌어 준 사람, 내가 첫눈에 반했던 사람, 변함없이 내가 가장 좋아하는 사람. 나약한 내가 영영 주저앉지 않도록 지금도 어김없이 손을 내밀어 주는 사람.

"그럼 이제 슬슬 출발할까요, 에티올? 조금만 더 가면 엔딩이에요."

그 손을 꼭 붙잡자 세상이 세피아 빛으로 물들었다. 살아생전에 처음 보는 광경이었다. 그렇구나, 이 뒤의 일은 분명 아무도 모르는 이야기야. 그 누구도 본 적 없는 이야기야. 끝난 게임의 후속작을 위해 억지로 급조된 이야기가 아니라, 마땅히 그리 되어야 할 이야기야. 그 당연한 미래를 상상하며 나는 작게 입을 열어, 앞서 나아가는 프리베에게만 간신히 들리도록, 속삭였다.

"고마웠어, 프리베. 끝까지."

"저야말로 고마웠어요, 에티올!"

프리베가 뒤를 돌아보며 화답했다. 이벤트 CG며 콘셉트 아트에서 본 그 어떠한 모습보다도 아름다운 미소를 머금은 채로. 세피아 톤으로 그려진 해피엔딩 일러스트 한가운데에서, 성직자 프리베는 마지막의 마지막 순간이 다하도록 나를 향해 활짝 웃어 주었다. 게임 화면이 서서히 암전되는 동안 나는 그 모습을 계속해서, 그저 하염없이 바라보고 있었다.

작가의 말

미국 의학계에는 "등 뒤에서 말발굽 소리가 들리거든 얼룩말을 예상하지 말라."라는 격언이 있습니다. 진단을 내릴 때는 가장 흔한 병명을 먼저 고려해야 한다는 뜻입니다. 보기 드문 진단명을 뜻하는 속어 '얼룩말 Zebra'이 바로 이 격언에서 유래했지요. <하우스> 같은 의학 미스터리 시리즈에는 별별 얼룩말이 다 등장하는데, 현직 의학자들에 따르면 그중 일부는 세상에 존재조차 하지 않는 형태의 질병이라고 하더라고요. 전문가의 자문을 거쳐 나름대로 과학적 근거를 갖추었지만 정작 실존하지는 않는 병이라니, 이 정도면 하드 SF의 영역에 발을 걸쳤다고도 말할 수 있지 않을까요? 그래서 바로 그런 하드 SF를 써 보았습니다.

사랑과 혁명, 그리고 퀘스트_하드 SF 단편선

1판 1쇄 인쇄 2024년 7월 8일
1판 1쇄 발행 2024년 7월 18일

지은이 위래, 남세오, 해도연, 이하진, 최의택, 이산화
기획 구픽

발행인 김지아
표지 및 본문 디자인 Misoso
인쇄 금비피앤피

펴낸곳 구픽
출판등록 2015년 7월 1일 제2015-27호
주소 서울시 광진구 동일로 459, 1102호
전화 02-491-0121
팩스 02-6919-1351
이메일 guzma@naver.com
홈페이지 www.gufic.co.kr

ⓒ 위래, 남세오, 해도연, 이하진, 최의택, 이산화, 2024

ISBN 979-11-93367-06-3 03810

※ 이 책은 구픽이 저자와의 계약에 따라 발행한 것이므로 본사의 서면 허락 없이는 어떠한 형태나 수단으로도 이 책의 내용을 이용하지 못합니다.
※ 책값은 뒤표지에 있습니다.